manholt verlag

J E A N   E C H E N O Z

Das Puzzle des Byron Caine

Roman

manholt

Titel der Originalausgabe: »Le méridien de Greenwich«

Aus dem Französischen von
Christiane Baumann und Gisela Lerch

Umschlag: Frank Bornemann, Bremen
Satz: Types Layoutsatz, Bremen
Druck: Roder Druck, Bremen

ISBN 3-924903-62-X

I

Auf dem Bild sind ein Mann und eine Frau zu sehen, im Hintergrund eine verwirrende Landschaft. Der Mann ist dunkelblau gekleidet und hat grüne Gummistiefel an. Die Frau trägt ein weißes Kleid; ein etwas befremdlicher Anblick in dieser prähistorischen Umgebung. Wenn man diese Frau so sieht, könnte man sich mühelos vorstellen, daß ihre Taille von einer goldenen Kordel umschlungen und sie von Vögeln, sogar Blumen auf übersinnliche Weise umflattert wird, sie könnte sich jederzeit in eine Allegorie verwandeln, von was auch immer.

Es war am anderen Ende der Welt, zu Beginn des Winters. Der Mann und die Frau bewegten sich auf dem Kamm eines abschüssigen Geländes, voller ovaler, stumpfer Kieselsteine; sie waren leicht wie Bimsstein, glitten unter ihren Füßen davon, rollten auf beiden Seiten des Bergrückens hinunter, zogen sich an durch wechselseitige Aufreizung und strömten zu einem langen Geriesel sich überlagernder Krachlaute zusammen, wie ein unendlich gerolltes r. Die Landschaft um diese beiden Figuren herum war zerklüftet, wie umgepflügt, wie von einem Fleischwolf zerhackt; sie selbst hießen Byron und Rachel mit Vornamen.

Man mag eine Beschreibung dieses ursprünglich starren Bildes versuchen, man mag sich daran wagen, seine Details zu erarbeiten oder zu erahnen, in jedem Fall wecken die Klangfarbe und die Geschwindigkeit dieser Einzelheiten, ihr möglicher Geruch, ihr Geschmack, ihre Beschaffenheit und ihre anderen Eigenschaften einen Verdacht. Die Tatsache, daß man von diesem Bild so sehr angezogen wird, läßt sogar an seiner Realität als Bild zweifeln. Vielleicht ist es nur eine

Metapher, vielleicht aber auch der Gegenstand irgendeiner Geschichte, das Zentrum, der Ausgangspunkt einer Erzählung oder der Vorwand dafür.

Byron und Rachel wanderten länger als eine Stunde, durchquerten vier Kilometer hügeligen Geländes und kamen am Rand einer Felsklippe an, die über das Meer hinausragte. Sie gingen eine Weile am Abgrund entlang, bevor sie einen Weg fanden, der in die Tiefe führte. Der Weg bestand aus Trümmerresten von Treppen, kleinen Balken, verrosteten Geländern, verfaulten Seilen, Planen und vielleicht aus anderen Dingen mehr. Die Tiefe war aus Fels und Wasser.

Einen Augenblick lang schauten sie auf den leeren Horizont. Byron setzte sich auf den Boden, Rachel tauchte eine Fußspitze ins Wasser.

– Es ist kalt, sagte sie. Ist es hier?

– Ich glaube ja.

– Finden Sie, es ähnelt dem, was Arbogast beschrieben hat?

– Alle diese Orte ähneln sich, sagte Byron, und auch alle Beschreibungen.

– Trotzdem, sagte Rachel.

– Rosafarbene Klippen gibt es aber nicht, er ist ein Schwindler. Außerdem haben wir Zeit.

– Trotzdem, wiederholte sie, es muß eine rosafarbene Klippe geben.

Sie beharrte darauf.

– Byron, dies ist nicht der richtige Ort, man muß die Küste in nördlicher Richtung hochgehen.

– Ich gebe zu, sagte Byron, dies ist nicht der Ort. Gehen wir also weiter.

Sie nutzten die Zeit, die ihnen zur Verfügung stand. Sie hielten Rast auf einem kleinen, grauen Sandstrand, der die Größe eines breiten, halbkreisförmigen Bettes hatte, sein Rand wurde durch die Grenze des Meeres geprägt und ständig verändert, er schien durch die Bewegung der sich an ihm brechenden, zusammenfallenden, aufeinanderprallenden oder scheiternden Wellen von ihnen vereinnahmt zu werden, hartnäckig verdeckten und entblößten sie diesen Saum aus ertränktem Sand, der sich in einem ungewissen Status befand, einer Art Niemandsland vergleichbar, einer Grenzzone, die der Ozean dem Festland streitig gemacht hatte und in die sich nach jedem Ansturm, als wollte er das Land zum Zeichen der Herausforderung markieren, oder, wie man zertrümmerte Waffen auf dem Schlachtfeld zurückläßt, die Spur seines Dagewesenseins in Form schaumiger und vergänglicher Gischtkräuselungen einprägte, die zerfetzten Spitzen ähneln. Vielleicht also doch eher ein Roman als eine Erzählung.

Sie ließen ihre Kleider auf den Felsen zurück, glitten zwischen den Sand und das Wasser wie zwischen frische, kühle Laken und tauchten bis zu den Schultern ein. Die stärksten Wellen schlugen ihnen in Ohren und Nasenlöcher, reizten ihre Kehlen und brannten in ihren Augen. Sie umarmten sich auf dieser Schicht durchnäßten Pulvers, dessen kalk- und kieselhaltige Körner sich eine Weile in ihre abgehärtete Haut eindrückten, bevor eine nächste Welle sie wieder abschwemmte, als ginge es dieser binären, wässrigen und felsigen Umgebung darum, ihre Bestandteile in jedem Fall, auch in diesem erotischen Ausnahmefall, wieder für sich zurückzuerobern. Lange verweilten sie so, folgten dem unregelmäßigen Spiel der Wogen, die Herr über ihre Körper waren, da sie deren Lage bestimmten. Mit geschlossenen Augen, ineinander verschlungen, schwebten sie in einer Wolke der Abstraktion, in einem unvergänglichen, zeitlosen und schwerelosen Raum, in dem sich beispielsweise auch Engelchen und Fische hätten begegnen können.

Sie widmeten sich einander, bis es ihnen etwas zu schmerzhaft wurde; dann ruhten sie sich aus, bis es ihnen zu kalt wurde. Sie lagen auf dem Rücken, Seite an Seite. Sie hatten sich aus dem Wasser herausgeschält, wie man Bettlaken beiseite schiebt. Rachels Haare bedeckten Byrons Gesicht. Sie erhoben sich, gingen ins Wasser und schwammen geradewegs ins offene Meer hinaus, auf die waagrechte Grenzlinie zu. Als sie weit vom Strand entfernt waren, beinahe mitten im Meer, versuchten sie sich wieder zu lieben, dieses Mal über einem flüssigen Abgrund; es gelang ihnen nicht. Sie kehrten zurück, umsich wieder zwischen die Felsen zu legen, in eine Mulde aus trockenem Sand.

Dann brachen sie erneut auf und folgten der Küste nach Norden. Sie kletterten wieder die Felswand hinauf. Bald darauf entdeckte Rachel zu ihrer Rechten, in Landrichtung, eine hohe, schmale Säule aus grauem Beton, die aus einem Dickicht wilder Sträucher hervorragte, deren große, glänzende Blätter sich schlaff um sie herumrankten. Der Megalith schien schon alt zu sein; die Seiten waren verwittert und der Sockel von Moosschwämmen zernagt, die eine dichte Hülle aus grünem und braunem Filz um ihn bildeten.

– Das ist der Meridian von Greenwich, sagte Byron mit leiser Stimme, wie beim Anblick eines ungebetenen Gastes. Sie brauchen ihn nicht weiter zu beachten.

– Was ist das?

– Ein Punkt der Datumsgrenze, flüsterte er weiter, als hätte die Säule Ohren, die Grenze, die den einen Tag vom nächsten trennt. Diese Insel ist sehr klein, ziemlich abseitig gelegen und man hat sie erst sehr spät entdeckt, als der Verlauf des Meridians bereits festgelegt war. Damals lebte niemand hier, das ist auch nicht verwunderlich, da sie unbewohnbar ist. Man hielt es nicht für nötig, seinen Verlauf wegen einer solchen Kleinigkeit zu ändern.

Sie blieben stehen. Rachel sagte nichts, ihre Augen waren auf diese absurde Grenze geheftet.

– Das ist ein etwas krummer Meridian, fuhr Byron fort, er ist krumm und schwimmt. Er windet sich im Wasser von einem Pol zum anderen, ohne irgendein anderes Land zu streifen. Ich denke, es wäre einigermaßen kompliziert, in einem Land zu leben, in dem der Abend eines Tages und der Morgen des nächsten nur wenige Zentimeter voneinander entfernt sind, man liefe immer Gefahr, sich im Raum oder im Kalender zu irren, das wäre unerträglich. Allein an dieser Stelle hier verläuft der Meridian im Trockenen, und man hat auf diese Weise seinen Weg markiert. Man hätte ebenso gut eine Mauer bauen können, um die Insel in zwei Zeitzonen zu teilen.

– Lassen Sie uns dort hingehen, sagte Rachel.

– Aber vielleicht ist es gefährlich, protestierte Byron halbherzig.

– Kommen Sie.

Sie lief bereits davon, er folgte ihr. Da sie sich mittlerweile etwas erholt hatten, legten sie sich nun auf dieses neue Bett aus glänzenden Blättern, am Fuß der Kalenderblattschwelle, und rollten engumschlungen hin und her zwischen dem Gestern und dem Morgen und genossen das nicht datierbare Heute.

Schließlich kamen sie an den Ort, den Arbogast ihnen beschrieben hatte. Er ähnelte in der Tat vielen anderen Punkten im Umkreis der Insel, zumindest in ihrem abendländischen Teil, war aber an der Wasseroberfläche durch eine Reihe von Klippen geschmückt, die wie Haifischflossen aussahen und deren hervorstehendste und entfernteste von einer Art aufblühenden Schimmel in einem orangefarbenen Rosa überwuchert war und als Leuchtfeuer zu dienen schien. Dieses Mal warteten sie am Rand der Felswand. Und dann kam plötzlich das Schiff.

Es war ein großes Segelschiff, wie man sie heute noch in Flaschen eingeschlossen oder auf den Bildern von Joseph Vernet sehen kann, mit vor Kanonen strotzenden Breitseiten. Es näherte sich langsam der Küste, mit Kurs auf die rosafarbenen Riffe.

– Es ist nicht zu übersehen, bemerkte Rachel.

– Genau, sagte Byron, ich vermute, es ist Absicht. Man wird nie auf die Idee kommen, Sie hier zu suchen. Mag Gutman auch alle Fischerboote durchsuchen, mag er das Betreten aller Schiffe und sogar die Schiffahrtsstraßen überwachen, keiner wird auf dieses Schiff kommen, ganz einfach, weil es geradezu in die Augen sticht. Ein alter und bewährter Trick.

Von der Schiffsbrücke aus gab ihnen jemand Zeichen; Byron winkte mit dem Arm. Die Verständigung ging nur so weit, wie sie zwischen zwei Gestalten eben möglich ist. Auf dem Schiff war man eifrig bemüht, eine Barke ins Wasser zu lassen, mit vier anderen Silhouetten an Bord, die anfingen, in Richtung Felswand, in ihre Richtung zu rudern.

Während des langen Augenblicks, den sie damit verbrachten, sich zu küssen, hatte Byron die Zeit zu denken, daß sie bald aufhörten, sich zu küssen, daß sie dann die Felswand auf einem Weg hinabstiegen, der einfacher wäre als der vorige, und daß die Barke ankäme. Sie würden sich noch einmal küssen und Rachel stiege zu den Gestalten ein, die unterdessen zu Gesichtern, zu Körpern und Kleidern auf diesen Körpern geworden wären, alle ganz deutlich, konkret, einer vom anderen zu unterscheiden, und sich daranmachten, wieder zurückzurudern, und dabei kräftig ihre Muskeln spielen ließen. Byron sähe einen Augenblick lang zu, wie die Barke sich entfernte und finge an, die Felswand hochzuklettern, wobei er sich dabei hin und wieder umdrehte. Rachel drehte sich ebenfalls um, zumindest so lange ihre Augen füreinander noch deutlich wahrzunehmen wären. Dann, wenn sie sich gleichfalls in Gestalten verwandelt hätten, würde Byron aufhören, sich umzudrehen. Er durchschritte erneut viertausend Meter Gesteinswüste und kehrte in den Palast zurück.

Genauso war es auch, nur mit dem einen Unterschied, daß er sich noch einmal umdrehte, ein letztes Mal, als er auf dem Gipfel der Felswand angekommen war, von wo aus er das Meer betrachtete. Das Schiff wogte sanft hin und her, es schien auf eine zerstreute, beiläufige, fast gleichgültige Art zu schweben. Es war sehr groß. Byron zählte die Masten, drei an der Zahl, und dann die Segel.

Auf einmal flimmerten an genau dieser Stelle in großer Geschwindigkeit die Zahlen sechs, fünf, vier, drei, zwei, eins und null in dicken Ziffern vorbei, und von diesen großen schwarzen und undeutlichen Zeichen auf gräulichem Hintergrund, der von flüchtigen Staubkörnern verunreinigt war, folgte ebenso schnell eine unleserliche und auf den Kopf gestellte Aufschrift, ebenfalls schwarz auf grauem Grund. Dann war diese Fläche plötzlich nur noch ein großes, weißes, hell erleuchtetes Rechteck, das sich deutlich vom Hintergrund abhob. Als dieser Hintergrund sich erhellte, verblaßte das Rechteck und enthüllte die naturfarbene Wand, die ihm als Grundlage gedient hatte.

Also doch kein Roman; ein Film war es. Wie verrückt drehte sich die Spule um die eigene Achse, das Endstück des Films peitschte die Luft. Georges Haas hielt den Apparat an, nahm die Spule heraus und ließ einen Augenblick lang das Zelluloidband zwischen Daumen und Zeigefinger gleiten. Dann verschloß er sie in einer Schachtel aus brauner Pappe und schob sie in die hinterste Ecke eines hohen und massiven Möbelstücks aus rotem Holz, das von einer Vielzahl Schubladen in allen Größen strotzte und im siebzehnten Jahrhundert von einem Engländer angefertigt worden war.

2

Georges Haas' Büro befand sich im zweiten Stock eines Gebäudes am Boulevard Haussmann. Der Raum hatte die Ausmaße einer Turnhalle, der Schreibtisch die eines Billardtisches. Die Wände waren längsseits von zwei Arten Öffnungen durchbrochen. Auf der Straßenseite reihten sich enge Fenster, mit dunklen Vorhängen und doppelten Scheiben ausgestattet. An der gegenüberliegenden Wand führten große, breite Fenster, die von Jalousien mit langen und beweglichen, parallelen und verstellbaren Lamellen verdeckt waren auf einen riesigen, wie ein Park angelegten Garten hinaus, in dem man fröhliche Gärtner in blauen Schürzen und Strohhüten umhergehen sehen konnte, die zwischen den Beeten liefen und kleine Gießkannen schwenkten. Vom Innern des Zimmers aus schien das Wetter, je nachdem ob man zum Garten oder zur Straße hinaus sah, nicht das Gleiche zu sein.

Der große Tisch war in einem verödeten Zustand; die wenigen Gegenstände, die ihn bevölkerten, schienen in Oasen aus Kristall, Leder oder Pappe verwandelt. Georges Haas zog seinen Sessel zum Tisch und drückte einen Knopf, der eine Oase aus Hartgummi in Form einer Hohlmuschel zierte und von unzähligen Löchern durchbrochen war, um seine Stimme durchzulassen. Er plazierte ein einsilbiges, satzähnliches Gebilde in die Hohlmuschel und ließ sich in seinen Sessel sinken.

Während er auf das Aufblühen des Einsilbers wartete, warf er, so gut er eben konnte, einen Rundblick in den viereckigen Raum. An den Wänden hingen einige Gemälde, darunter ein großer, ganz blauer Monory, der einen Flur des Hotels Gare d'Orsay darstellte und ein monochromes Werk von Yves Klein, ebenfalls vollkommen blau, allerdings in etwas anderem Ton. Es gab auch eine Edgar Poe gewidmete Lithographie von Odilon Redon mit dem Titel DAS AUGE ENTSCHWEBT WIE EIN BIZARRER BALLON INS UNENDLICHE. Das Ding stellte ein Luftschiff dar, mit einem riesigen Augapfel anstelle eines Ballons und statt einer Gondel hing eine Platte darunter, auf der ein abgeschlagener Kopf ruhte. Der monströse Apparat schwebte zwischen zwei Welten, über einer Art Meereslandschaft mit einem undefinierbaren Gewächs im Vordergrund, das an eine dicke Iris oder eine kleine Agave erinnerte.

Unter der Lithographie stand auf einem schmalen Pfeiler eine Tonform, die aus Smyrna stammte und das vermeintliche

Aussehen des Zyklopen Polyphem darstellte, die Stirn mit einem vorstehenden Auge geziert. Der Schöpfer des Werks hatte zwar auf die sprichwörtlich einäugige Wahrnehmung des Zyklopen geachtet, es jedoch nicht für nötig gehalten, die Spur der anderen beiden Augen zu entfernen. An ihrer Stelle schienen zwei geschlossene, etwas hohle Lider in diesem Gesicht zu ruhen und zwei riesenhafte Öffnungen zu bedecken, die vermuten ließen, daß Polyphem beide Augen entfernt wurden, bevor ihm das Stirnauge gewachsen war.

Haas fragte sich, ob der Bildhauer diese Augenspuren aus einem anderen Grund erhalten wollte, vielleicht aus obskuren mythologischen Gründen; oder aus irgendeiner Abneigung, diese Organe durch zwei glatte Tonflächen zu ersetzen, die sich von den Ohren bis zum Nasenrücken ausdehnten – als wäre es weniger riskant, dem Gesicht eine Eigenschaft hinzuzufügen, als ihm eine andere zu nehmen. Nun hatte Polyphem jedoch nichts Erschreckendes mehr an sich; er wirkte, als sei ermit einer Prothese ausstaffiert. Es ist gar nicht so einfach, ein Monster zu schaffen, dachte Haas. Der anonyme Smyrnote war an einem Übermaß an Diskretion gescheitert, weil er sich darauf beschränkt hatte, das menschliche Gesicht mit einem zusätzlichen Auge zu versehen, ebenso wie selbiger Odilon Redon an seinem Zyklopen, der im Otterlo Museum ausgestellt ist, scheiterte, weil er den ganzen Kopf des Polyphem, unter Vernachlässigung aller anderen Organe, auf ein einziges Auge reduzierte, ein riesiges Auge, das eine gewaltige Fläche des Schädels einnimmt und obendrein noch blau ist; eine andere Art zu übertreiben.

Die Hohlmuschel gab ein kurzes Brummen von sich, zum Zeichen, daß der Einsilber aufgekeimt war. Haas richtete seine Augen auf die Bürotür, die Pradon von außen aufstieß.

Haas war etwa fünfzig Jahre alt, Pradon um die dreißig. Das Alter des Mannes, der mit Pradon zusammen eintrat, lag ungefähr dazwischen. Er war mager, in sich beißenden Farben gekleidet, und trug eine Brille mit ungemein dicken, lupenartigen Gläsern, die er auf Haas richtete, während Pradon ihn zu einem Sessel führte.

– Ich habe gezögert, Russel, sagte Haas.

– Alle zögern, sagte Russel und setzte sich. Und im Grunde ist das ja auch ganz normal.

– Ich war mir nicht sicher, ob Sie der rechte Mann dafür sind. Ich weiß es bis heute nicht

– Das ist Ihr gutes Recht, gestand Russel zu, aber ich werde Ihnen Garantien geben. Worum handelt es sich denn?

Haas deutete mit einer knappen Bewegung auf seinen Sekretär.

– Wir vermissen jemanden, betete Pradon seinen Spruch herunter. Ein Forscher aus den Labors ist mit einem Dokument verschwunden, das Monsieur Haas wiederhaben möchte. Es scheint, daß mit ihm auch die Tochter von Monsieur Haas verschwunden ist. Monsieur Haas möchte auch sie wiederhaben, obwohl es sich offenkundig um verschiedene Probleme handelt.

– Sie sehen nun wohl in etwa das Grundprinzip der Sache, mutmaßte Haas.

– Bestens, sagte Russel, das Schema ist ziemlich klassisch. Fahren wir fort.

– Einen Augenblick, meinte Haas.

– Bevor wir fortfahren, kommentierte Pradon, hätte Monsieur Haas gern einen kleinen Einblick in Ihre bisherige Arbeit.

– Aber natürlich, sagte Russel und zog dabei aus seiner Tasche einen kleinen, flachen Gegenstand, den er vor sich hinstreckte. Mein Lebenslauf.

Pradon nestelte an der Zellophanhülle und zog eine kleine Filmrolle, vom gleichen Typ wie die vorige, heraus. Er ging zu dem Zyklopen und betätigte vermutlich einen Knopf, der hinter dem antiken Nacken versteckt war, denn der Kopf spaltete sich in zwei Teile, drehte sich um unsichtbare Scharniere und enthüllte dabei ein kleines Vorführgerät, das an der

Stelle untergebracht war, an der man das Gehirn des Polyphems vermutete.

Pradon legte den Film in den Apparat ein und setzte ihn in Gang, nachdem er die Vorhänge zugezogen und die Jalousien bewegt hatte, deren Lamellen sich wie Mauern aus parallelen Lidern schlossen.

Das Stirnauge blinzelte und projizierte dabei einen Lichtkegel in den Raum, der wie ein leuchtender Trichter den umherschwebenden, normalerweise unsichtbaren Staub verstofflichte. Gleichzeitig war aus den eingebauten Lautsprechern in der Wand ein Ton zu hören, oder besser gesagt, die Anfangslaute, die Untermalung, die Spur eines kommenden Tons, zwar wahrnehmbar, aber von einer leeren, neutralen Klangfarbe, leicht zischend, wie eine gedämpfte Reibung, die von knackenden Störgeräuschen unterbrochen wird. Als die Musik in die Spur einmündete, wandten sich Haas und Pradon der Wand zu, die dem Zyklopen gegenüberlag. Russel bewegte sich nicht, hatte den Blick stur auf den Schreibtisch vor sich gerichtet, und war in seinem Sessel, hinter seinen riesigen Gläsern wie ein schlafendes oder lauerndes Insekt erstarrt.

Die Musik war binär, schematisch, verstärkt; in ihren Zwischenräumen hatten sich das Klirren von Gläsern und Fetzen eines verschwommenen Gesprächs festgesetzt. Auch das Bild war verschwommen; kräftige Farben waren zu sehen; Pradon stellte scharf.

Auf der engen Bühne eines Nachtclubs entkleidete sich eine Frau. In den Kulissen konnte man einen Mann erkennen, der älter war und sie betrachtete, während er die immer kleineren Stoffteile, die in seine Richtung geworfen wurden, eins nach dem andern aufhob und zusammenfaltete. Am Ende dieses Vorgangs bewegte die junge Frau ein paar Minuten lang rhythmisch das, was von ihr noch übrig war, dann verschwand sie.

Der Vorhang schloß sich und erstickte den dürftigen Applaus.

– Guten Abend Carla, sagte der Mann.

– Guten Abend Abel, sagte die Frau.

Auf diese Weise erfuhr man ihre Namen. Er trat näher und streckte ihr das kleine Paket sorgfältig aufgestapelter Kleidungsstücke entgegen.

– Keiner denkt an den Typ, der sie aufhebt, meinte er rührselig.

– So lange noch einer da ist, um sie aufzuheben, seufzte Carla, ist noch nicht alles verloren.

Ein Zuschauer hatte sich aus seinem Bereich herausgewagt. Er starrte Carla mit einem fanatischen Blick an und preßte dabei eine gelbe Plastiktüte unter seinem Arm. Abel mußte ihn wegstoßen, damit er endlich ging; rückwärtsstolpernd verschwand er nach draußen.

– Jeden Abend das gleiche, sagte Abel, als er zurückkam, immer gibt es Ärger.

– Heute abend erwarte ich jemanden, sagte Carla, einen Amerikaner. Du kannst ihn durchlassen.

Abel nickte zustimmend. Er schaute sie an. Sie nahm die rote Schleife ab, die sie um den Hals trug, das einzige Kleidungsstück, das sie auf der Bühne nach ihrer Entkleidung anbehielt; sie war jetzt so nackt wie nur irgendmöglich. Seine Tätigkeit als Geschäftsführer dieses Etablissements hatte langsam im Lauf der Jahre eine Art Wall zwischen Abel und der Nacktheit errichtet, einen undurchlässigen und dennoch ziemlich transparenten Schirm, der ihn vor jeder unnötigen Erregung bewahrte. Für gewöhnlich ging er ungerührt zwischen den entblößten und geschminkten Körpern umher, gleichgültig wie ein Seziermesser, das von einer Leber zur anderen springt. Und trotzdem, er schaute sie an.

– Achtung, lächelte sie, du wirst gleich mit dir selbst Ärger bekommen.

Er trat von einem Fuß auf den anderen, schluckte und eine alberne Verlegenheit erhitzte sein Gesicht. Carla lächelte wieder und ging zum Umkleideraum. Abel lief einen Moment lang mit besorgter Miene in den Kulissen hin und her, und ließ sich dann wie in einem Reflex in die Bar hinaustreiben.

Im Umkleideraum herrschte große Unordnung. Carla saß vor einem großen, runden Spiegel, der von nackten, meist durchgebrannten Glühbirnen umrankt war und schminkte sich ab, bevor sie sich erneut schminkte. Als es an der Tür klopfte, erhob sie sich schnell und lief, um sie zu öffnen, wurde aber, als sie geöffnet hatte, jäh in ihrem Schwung gebremst. Automatisch verkreuzte sie die Arme vor der Brust.

– Entschuldigen Sie, sagte Carla, ich hatte jemand anderen erwartet.

– Ich sammle für Blinde, sagte Russel.

Er hatte seine dicken Gläser gegen undurchsichtige eingetauscht. Er trug einen Stock in der linken Hand und in der rechten eine kleine Metallbüchse mit einem Griff, einem Schlitz an der Oberseite und einem aufgeklebten Etikett auf der Vorderseite.

– Selbstverständlich, einen Augenblick, meinte Carla und ließ ihre Arme wieder sinken.

Sie kehrte zum Spiegel zurück, öffnete ihre Tasche und kam mit ein paar Münzen zurück, die sie in den dafür vorgesehenen Schlitz gleiten ließ.

– Sie haben ein gutes Herz, sagte Russel und drückte dabei den Griff seines tragbaren Opferstocks.

Es war kaum etwas zu hören, unversehens aber war unter Carlas linker Brust ein kleines Loch entstanden, genau auf der Höhe des obengenannten Organs. Sie zuckte zusammen und ließ sich dann mit einem völlig erstaunten Blick auf den Boden des Umkleideraums gleiten, der mit großen Fliesen aus rosafarbener Marmorimitation ausgelegt war, wo ihre aufgelösten Haare einen kleinen, runden und blonden Teppich um sie bildeten. Russel befreite seine Schuhspitze, die unter dem Körper eingeklemmt war, blies auf den falschen Opferstock, aus dem sich eine Rauchspirale kräuselte, und begab sich dann in den hinteren Teil des Umkleideraums, wobei er mit der Bewegung, die er machte, um die im Schrank versteckte Kamera anzuhalten, den Eindruck erweckte, als wolle er auf die Zuschauer zugehen, um ihnen die Hand zu reichen. Man sah noch eine letzte Großaufnahme seines Gesichts, ein bißchen schräg – dann nur noch schwarz.

– Raffiniert, sagte Georges Haas. Machen wir weiter.

3

VERA WAR GERADE IN IHREM ZIMMER und lag auf ihrem Bett, als das Telefon zirpte.

Wegen der Schnurlänge stand das Telefon häufig im Badezimmer, am anderen Ende des Flurs. Vera durchquerte also den Flur.

Das Badezimmer war fast zu groß. Die Decke war hoch, die Wände waren leichenblaß mit grauen Streifen. Das Telefon war in unsicherer Lage auf dem Rand des Waschbeckens abgestellt. Aus der Nähe zirpte es nicht mehr, es schrillte; es strampelte, schrie sich wie wild die Lunge aus dem Leib, mit heftigen Erschütterungen, die jedesmal sein Gleichgewicht etwas mehr zu gefährden schienen. Vera setzte sich auf die Rundung der Badewanne.

– Ich bin's, teilte der Apparat mit. Paul.

– Ja, ich bin's, sagte sie.

– Ich wollte mich nur mal wieder melden, sagte Paul ausweichend.

Er begann, an einem Stück zu reden. Vera hörte ihm zerstreut zu. Es war sehr wenig Licht im Badezimmer; mit der Schminke wirkten ihre Augenlider schwarz. Sie äußerte hauptsächlich vage, etwas gedehnte Laute der Zustimmung.

Wenn sie doch einmal etwas sagte, bewegte sie dabei rasch ihre großen Augen, nach links, nach rechts, wirklich sehr rasch. Sie ähnelte Dorothy Gish, Lilians Schwester.

Paul rief an diesem Tag schon zum dritten Mal an. Er war hartnäckig. Seine Stimme drang in Veras Ohr wie eine Art Trockennahrung, dehydriert, tiefgefroren und mit einem sehr feinen, beigen Baumwollfaden umwickelt. Unaufhörlich bildete er Worte. Es gelang ihr nicht, die Satzmelodie wahrzunehmen, nicht einmal die Atempausen waren hörbar im Nebel seiner langen Sätze, die von Abschweifungen, Inversionen, Ellipsen, Verweisen, Streichungen und Aufzählungen heimgesucht waren, und von der Schnur des Telefons, selbst schwarz, dehnbar und gewunden, ohne sein Zutun befördert wurden. Vera spielte nebenbei mit dieser Schnur, zog sie zusammen, ließ sie wieder los und knüpfte mit ihrer freien Hand Schleifen hinein, um das, was Paul sagte, noch mehr zu verwickeln. Sie betrachtete die Badewanne, die noch mit abgestandenem Wasser gefüllt war, das erkaltete. Man hätte Paul mit Haut und Haaren, mit all seinen Worten in dieses Bad werfen sollen, damit sie und er sich auflockern, aufweichen, anschwellen und ihren Sinn ändern, wie diese orientalischen Papierblumen, diese zusammengepreßten Kokons, die durch das Wasser aus ihrem unförmigen Zustand befreit werden und dann aufgeblüht inmitten der Flüssigkeit schweben – was für ein abgegriffener Vergleich, bedauerte sie.

– Wissen Sie, das ist ganz ungewöhnlich, sagte Paul gerade, gewöhnlich bin ich eher ein zurückhaltender Mensch.

Vera nahm den kleinen Zusatzhörer, der schwer und dunkel war wie ein richtiger Gegenstand, was er ja auch war, aus seiner Halterung. Sie ließ ihn hin- und herbaumeln am Ende der Schnur, die sie langsam zwischen ihren Fingern über die Badewanne gleiten ließ, bis er fast die seifige Oberfläche streifte. Sie fragte sich, ob es wohl ratsam sei, diesen Hörer einzutauchen, ob nicht eine starke elektrische Spannung plötzlich auf das Wasser übergreifen könnte, auf die Luft, auf sie selbst, mit großen, weißen Blitzen. Sie stellte sich vor, wie sie erstarrte und in das Badewasser fiele, das zu kochen und vibrieren anfinge wie ein altes, voll aufgedrehtes Radiogerät; das trübe Wasser würde sich wie ein durchgedrehter Flipperapparat anhören und Paul begänne am anderen Ende der Leitung zu schreien.

– Ich würde Sie gern sehen, beharrte Paul.

Sie legte den Zusatzhörer an seinen Platz zurück und tauchte ihre Hand ins Wasser. Eigentlich duschte sie lieber. Unter der Dusche spürte sie stärker wie das Flüssige ihre Haut erkundete und bearbeitete, die dabei zum Hindernis wurde zwischen den zwei Wasserstrahlen, dem, der herauskam und dem, der ablief; ihr Körper wurde ein Zwischenglied, eine Schaltstelle im Labyrinth des fließenden Wassers, das wie ein fein verwobenes Muster die Städte durchläuft.

– Jedenfalls nicht heute abend.

Sie hatte das in einem sehr überzeugten Ton gesagt, als dächte sie wirklich darüber nach, als hätte sie sich ernsthaft mit dieser Idee beschäftigt, während sie, von diesem fließenden Wasser fortgerissen, eher der Vorstellung nachhing, wie sie sich auflöste, mit diesem Wasser verschmolz und ihm bis in die letzten Ecken der Kanalisation folgte, wie sie überall hinging und Schrecken verbreitete, wenn sie unversehens aus einem Wasserhahn auftauchte und von der Spitze der Geiser und Springbrunnen eine Ansprache an die versammelte Menschenmenge hielt, und sich schließlich durch die Poren einer Gießkannenbrause genüßlich vervielfachte, um sich zu den Früchten, den Blumen und dem Gemüse zu gesellen.

– Ich kann Sie nicht hören, sagte Paul.

– Ich habe nichts gesagt.

– Wo sind Sie?

– Im Badezimmer. Ich sitze auf dem Rand der Badewanne.

Und auf seine Bitte hin präzisierte sie, daß diese Badewanne Füße, Wände, einen Boden, eine Abflußöffnung und Wasserhähne hatte. Er wollte alles wissen, selbst das, was man nicht wissen muß. Da waren noch die Rohre, die diese Badewanne mit der Welt verbanden und in einer dunklen Ecke im hinteren Teil des Badezimmers mit anderen Rohren zusammenliefen. Dann, ihr fiel nichts mehr ein.

Paul freute sich, all das zu erfahren, er freute sich einfach über diese Gelegenheit. Genau damit kannte er sich aus, und er beschrieb in allen Einzelheiten den Verlauf der Rohre in ihren Ummantelungen durch Gips, Zement, Beton, bis hin zu den unterirdischen Abwasserrohren, den Sammelbecken, den Filteranlagen – und von da kehrte das Flüssige wieder zurück, durch andere Rohre, floß ununterbrochen, verschliß alles auf seinem Weg, die Rohre, die Gegenstände, die eingeseifte Haut und sich selbst.

Jetzt redete er also vom Wasser. Es war nicht klar, ob Vera ihm wirklich zuhörte. Redselig wie er war, lieferte er Unmengen beliebiger Details über das Wasser, genauso viel, wie er bei jedem anderen Thema auch geliefert hätte; so reinigte man das Wasser, indem man auf seinem Weg bestimmte Harzsorten anbrachte, die die Verunreinigungen festhielten; so entsprach jeder besonderen Verunreinigungsart eine besondere Harzsorte; all das war ausgesprochen gut organisiert; die Harze wiederum wurden in der Mutterlauge gereinigt.

Über die Mutterlauge mußte Vera lächeln, aber Paul hörte dieses Lächeln nicht.

– Etwas anderes jetzt, sagte sie.

– Eine Geschichte, schlug Paul vor.

– Warum nicht.

– Die drei Lanzenreiter aus Bengalen, kündigte Paul an.

Es waren einmal drei Soldaten der indischen Armee in einem Regiment der Lanzenreiter, das von einem gewissen Oberst Stone kommandiert wurde. Der erste Soldat hieß Mac Gregor, der zweite Forsythe. Der dritte, der nicht so interessant war wie die anderen, hieß Stone; er war der Sohn von Oberst Stone; sie verstanden sich nicht allzu gut, der junge und der alte Stone. Gut. All diese Leute kämpften gegen einen Maharadschah namens Mohamed Khan, der sich der Beihilfe einer schönen Spionin namens Tania oder so ähnlich versichert hatte.

Paul versprach die Fortsetzung der Geschichte für später.

– Ein anderes Mal, sagte er. Ich melde mich wieder.

Bevor sie auflegte, lächelte Vera noch einmal, zuckte mit den Achseln, blickte zustimmend und machte eine knappe Geste mit der Hand und nie hat ein Mensch von diesen vier Bewegungen erfahren. Dann ging sie in ihr Zimmer zurück und legte sich, nachdem sie die Vorhänge zugezogen hatte, aufs Bett.

4

Der Mann, der eben die Strasse entlangging, sah vielleicht, wie in einem Stockwerk die Vorhänge zugezogen wurden, aber er widmete dieser Tatsache keine besondere Aufmerksamkeit.

Dieser Mann hieß Selmer und Théo mit Vornamen. Er war vielleicht ein bißchen größer als der Durchschnitt, aber nicht viel. Er trug eine graue Kordhose und eine Jacke aus blauem Wollstoff mit einem abgetragenen und der Kälte wegen hochgeschlagenen Kragen.

Théo Selmer rasierte sich nur alle zwei Tage; heute war nicht der Tag dafür. Im übrigen war sein Hotelzimmer dürftig ausgestattet und so wusch er sich nur alle drei Tage. Dafür war heute der Tag. Zum Baden ging er in eine öffentliche Badeanstalt, an der Place des Patriarches, und von dort kam er gerade, traurig, aber sauber, feucht und erniedrigt. Er war allein. Er ging an der Moschee entlang, durchquerte den Jardin des Plantes, gelangte zur Seine und überquerte sie.

Théo Selmers Route schien von keinem besonderen Ziel bestimmt zu sein. Er ließ sich eher gehen, als daß er ging. Er lief am Ufer entlang, wo ein paar Buchtrödler in mehrere übereinandergezogene Mäntel verpackt mit ihren Füßen auf den Boden stampften und ihre Finger anhauchten. Zweimal blieb er vor einem Stand staubiger und ausländischer Bücher stehen, aber erkaufte keins. Er hatte nicht viel Geld, weder bei sich zu Hause, noch auf irgendeiner Bank, kurz, er hatte nicht viel Geld. Er stieß auf die Rue de Rivoli und folgte ihr bis zum Palais-Royal. Die Statue der Jeanne d' Arc, die in der Sonne gleißend und golden aussah, war, als er vorbeiging, gelb und glanzlos. An der Place du Théâtre-Français weckte der Blick auf die Oper, auch wenn er sie nur von fern sah, seinen Hunger: Das Bauwerk erinnerte an ein riesiges Mandeltörtchen. Er betrat eine Bäckerei und kaufte ein Croissant, das er mit einem Zehnfrancsschein bezahlte. Die Bäckerin ließ eine Ladung Kleingeld in seine Hand rieseln, er tat, als zähle er nach, aber sein Blick war zu flüchtig, um wirklich nachzuzählen. Er ging die Avenue de l'Opéra auf dem rechten Bürgersteig hoch, kaute sein Croissant und machte Inventur.

In seiner rechten Hosentasche ruhte ein Fünfzigfrancsschein, der unter dem restlichen Kleingeld des Zehnfrancsscheins, das bei jedem Schritt gegen seine Schenkel klatschte, verschwand; in der linken waren Fahrscheine der öffentlichen Verkehrsmittel, gültige und ungültige. In seinen Jackentaschen befand sich ein kleines, dünnes Notizheft mit einer verbogenen Metallspirale, das aus einem grünen, verblichenen Pappdeckel und rund zwanzig, meist unbeschriebenen Blättern bestand, sowie aus Überbleibseln herausgerissener Blätter, die in der Spirale eingeklemmt waren; einige Seiten waren mit Telefonnummern geschmückt, mit oder ohne die dazugehörigen Namen, mit Hinweisen auf ausländische Bücher, unlesbaren oder durchgestrichenen Notizen und kleinen hingekritzelten Zeichnungen. Die gleiche Tasche enthielt noch ein Paket plattgedrückter, geknickter und an ihren Enden zerbröselter Zigaretten, sowie ein Feuerzeug und einen Kugelschreiber, beide aus rotem Plastik; weiterhin zerrissene Eintrittskarten von Museen und Kinos, drei oder vier kolumbianische Pesos, Tabakkrümel, Stoffetzen und ein Haar. Die andere Tasche wurde ganz von der broschierten Ausgabe einer polnischen Grammatik in Beschlag genommen, die regelmäßig gegen seine linke Hüfte schlug, in einem gegenläufigen Rhythmus zum Kleingeld.

In der Innentasche seiner Jacke steckten ein mit Visa vollgestempelter Paß, eine Brieftasche aus gelbem Leder, die einen Impfausweis, sowie die Fotografie eines Hauses, ein ungültiges Flugticket und einen abgegriffenen Führerschein enthielt, der 1962 von der Präfektur Toulon (Var) ausgestellt wurde und von einem alten, trocken und brüchig gewordenen Klebeband zusammengehalten und mit einem Automatenfoto von Théo Selmer im Alter von neunzehn Jahren geschmückt war. Diverse Drucksachen offizieller Art, in englischer, spanischer oder portugiesischer Sprache verfaßt, füllten die Fächer seiner Brieftasche bis zum Rand. Der größte Teil dieser Papiere war zu nichts mehr nutze, aber Selmer konnte sich nicht entschließen, sie wegzuwerfen und manchmal machte er sich deswegen halbherzige Vorwürfe.

Er ging am Palais Garnier vorbei, der auf der linken Seite lag, und erreichte die Rue de la Chaussée-d'Antin, die in ihrer ganzen Länge mit einer Flut vielfarbiger, beweglicher und blinkender Neonschilder bestückt war; in ihrer Maßlosigkeit schienen sie eher zu den Kulissen eines Theaterstücks oder einer Vorstellung aufgebaut, während die Bühnenarbeiter im Hintergrund schon auf den Augenblick des Abbauens warten. Zur Zeit war Schlußverkauf und eine riesige Menge Statisten zwängten sich um die Stände und Auslagen, die von herabgesetzten Kleidungsstücken überquollen. Selmer mußte sich einen Weg durch die Hausfrauen hindurch bahnen, die kreischend Stapel von Unterwäsche an sich rissen und von

Scharen von Verkäuferinnen mit stumpfen und schwarz umrandeten Augen umzingelt waren. Als es ihm gelang, der geschäftigen Ansammlung zu entrinnen, kam er auf einen Platz mit einer Grünanlage, wo Rentner und Tauben sich irgendwie beschäftigten, indem die einen die anderen mit Essensresten fütterten.

Er überquerte den Platz und ging weiter zur Rue Blanche, dann zur Rue Pigalle bis zum Boulevard de Clichy. Das Viertel belebte sich allmählich mit Frauen, die verstreut auf den Bürgersteigen herumstanden, allein oder in kleinen Gruppen, zu zweit oder zu dritt. Der strenge Winter zwang sie, sich zu bedecken, normalerweise offenherzig präsentierte Argumente unter den Mänteln zu verbergen, so daß von der Oberfläche, die der erigiblen Stimulation der Passanten dient und entscheidend ist für das Zustandekommen des kurzen Handels, nur noch das Gesicht übrigblieb. Eine der handelswilligen Damen brachte Selmer in Versuchung, aber er mußte sich enthalten und rechtfertigte seine Zurückhaltung durch ein unbestimmtes Gefühl vorweggenommener Verbitterung oder, genauer gesagt, durch die äußerste und darüber hinaus besorgniserregende Beschränktheit seiner Mittel. Er lief um die Place Pigalle und ging die Straße hinunter bis zur Abzweigung der Rue La Rochefoucauld, an deren Ende sich auf der linken Seite das Gustave Moreau Museum befand, welches er betrat.

Es existierte kein direkter Zugang zum Museum; man mußte klingeln, damit einem Einlaß gewährt wurde. Als er eintrat, hatte Selmer das Gefühl, in das Haus eines Privatmanns einzudringen: Überall waren Teppiche, Kupfergegenstände, Grünpflanzen in Töpfen; der Kartenverkäufer erinnerte an einen Concièrge und die wenigen Wärter wirkten wie Haushofmeister. Das Museum nahm die vier Stockwerke des Gebäudes ein, die untereinander durch drei Treppen verbunden waren, wobei zum obersten eine Wendeltreppe führte.

Er ging einen Augenblick lang im großen Saal des zweiten Stocks hin und her und verweilte besonders lange vor drei Bildern, das erste trug den Titel DIE MUSEN VERLASSEN APOLLO, IHREN VATER, UM DIE WELT ZU ERLEUCHTEN, das zweite hieß DIE SCHIMÄREN und das letzte DIE FREIER. Zunächst interessierte er sich für die Machart dieser Objekte. Man wußte nicht genau, ob sie wirklich fertiggestellt waren. Einige Teile der Leinwand waren mit übereinanderliegenden Schichten bedeckt, von denen jede nur einen Teil der unter ihr liegenden Schicht verdeckte, und so, den Wünschen Gustaves entsprechend, die Motive zum Vorschein kommen oder erraten ließen, die sie zugleich verschleiern und verstärken sollten. Da er dieser technischen Überlegungen schnell überdrüssig wurde, zog es Selmer dann vor, sich über den roten Faden Gedanken zu machen, der diese drei Gemälde vielleicht verband, als wären sie verschiedene Episoden einer einzigen Erzählung, von der Anfangsszene, wo die Musen ihren Vater verlassen, bis zum Endmassaker der Freier, über die Schimären, die der mögliche Anreiz für die Geschichte waren, oder nur ein Vorwand. Nachdem dies getan war, kletterte er auf den Stufen, die sich um ihre eigene Achse wanden, von der zweiten in die dritte Etage.

Der erste Saal war leer. Der zweite war nur von einem Individuum in Beschlag genommen, das von unnormaler Größe war und vor einem Gemälde im Hintergrund rechts verharrte. Théo Selmer näherte sich und betrachtete seinerseits den Gegenstand einer solchen Aufmerksamkeit. Das Bild stellte die Marter des Prometheus dar.

5

– Auf diesem hier ist er im rechten Profil zu sehen, mit nacktem Oberkörper, an einen Pfosten gelehnt, die Hände hinter dem Rücken und den Fuß auf eine Art Meilenstein gestellt. Auf der rechten Seite kann man auf der Höhe der Leber eine Narbe erkennen. Das Bild ist sehr dunkel, es muß Nacht sein, und außerdem sieht man genau über ihm eine Straßenlaterne. Sein Gesicht ist eher länglich, er hat kastanienbraune Haare, helle Augen und eine leichte Adlernase. Er schaut vor sich hin, in die Höhe. Was er anschaut, liegt außerhalb des Bildes.

– Das dürfte genügen, sagte Russel.

– Es war das letzte, sagte Pradon, wir haben kein anderes Foto von Caine.

– Es wird mir sowieso nicht viel nützen, sagte Russel, aber man weiß nie. Erzählen Sie ein bißchen von ihm.

Pradon zog einen Zettel aus der Tasche.

– Name Caine, las er, Vorname Byron. Geboren 1929 in Baltimore. Studium an der Universität von Chicago, dort lernt er Kathleen Evans kennen und heiratet sie dann. 1958 mehrmonatiger Aufenthalt in einer psychiatrischen Klinik. Im Februar 1959 wurde er in einem Labor angestellt, das als Zulieferer für uns arbeitete. Seine Arbeit weckt die Aufmerksamkeit von Gibbons, der damals für diesen Bereich verantwortlich war, und 1962 wird er in einer Filiale dieser Firma angestellt. Bis 1979 arbeitet er in den Vereinigten Staaten für uns, im gleichen Jahr kommt er nach Paris, um hier seine Forschungsarbeiten fortzusetzen. Lebt von seiner Frau getrennt. Das ist alles.

Russel sagte wieder, man könne nie wissen. Haas sagte zu

Pradon, er könne sich zurückziehen. Pradon sagte nichts und ging.

– Ich habe gezögert, Russel, wiederholte Haas.

Russel hatte seine riesige Brille abgenommen und reinigte sie mit geschlossenen Augen unter Zuhilfenahme eines großen, blauweiß karierten Taschentuchs.

– Warum auch nicht? wich er aus. Kannte Caine Ihre Tochter schon lange?

– Ich weiß es nicht, ich hatte nichts bemerkt. Rachel arbeitete hier mit mir zusammen, und so kamen sie häufig miteinander in Berührung.

– Wann sind sie aufgebrochen?

– Vor zwei Monaten. Die Reise sollte etwa zehn Tage dauern. Es ging darum, für die geplante Einrichtung einer Fabrik in Australien das Terrain zu erkunden. Das einzige, was ich bekam, war eine Postkarte von Rachel, abgestempelt in Melbourne, mit einer Känguruhherde auf der Vorderseite. Danach kam nichts mehr. Zunächst habe ich mir nichts dabei gedacht, Rachel verlängerte oft ihr Fortbleiben, ohne mir vorher Bescheid zu sagen. Aber vor kurzem hat man entdeckt, daß Caine einige sehr wichtige Papiere mitgenommen hat, die er keineswegs brauchte. Wir müssen diese Papiere wieder zurückbekommen, obwohl ich fürchte, daß sie bereits bei einem Konkurrenten gelandet sind. Leider wird es nötig sein, auch Caine verschwinden zu lassen, die Mittel überlassen wir Ihnen.

– Daran mangelt es mir nicht, sagte Russel. Welcher Art sind diese Papiere?

– Der Name des Projekts, Prestidge, ist auf ihnen vermerkt, mehr kann ich Ihnen nicht sagen. Ich möchte Sie bitten, nicht darüber zu sprechen, die Sache ist höchst vertraulich.

– Es gehört zur Aufgabe des Blinden, auch stumm zu sein, schulmeisterte Russel.

Er setzte seine Brille wieder auf und öffnete die Augen dahinter.

– Sind Sie wirklich völlig blind? fragte Haas vorsichtig.

– Nicht wirklich. Falls es Sie beruhigt, ein klein wenig kann ich sehen. Ich kann dunkle Flecken und Lichter unterscheiden. Mit beiden Augen zusammen komme ich auf knapp zehn Dioptrien. Sie dienen mir vor allem zu erkennen, ob es Tag oder Nacht ist. Aber das beeinträchtigt mich nicht beim Arbeiten.

– Das ist erstaunlich.

– Ich habe auch keine Erklärung dafür. Ich glaube, es sind vor allem meine anderen Sinne, die arbeiten. Sie sind sehr entwickelt. Ich nehme alles wahr, was geschieht, aber eben mit anderen Mitteln. Bitte bleiben Sie, wo Sie sind, fügte Russel plötzlich hinzu und streckte dabei seine linke Hand nach vorne.

– Aber ich habe mich doch gar nicht gerührt, sagte Haas. Russel tastete einen Augenblick lang mit seinen Fingern inder Luft, dann zog er unwillig seine Hand zurück.

– Ich glaubte, auf dieser Seite eine Erhöhung der Temperatur wahrzunehmen, erklärte er. Auf diese Weise orte ich die Leute.

– Danebengegangen, sagte Haas.

– Nun, es geht auch oft daneben.

Er öffnete das Glas seiner Armbanduhr und strich schnell mit einem Finger über die Zeiger.

– Ich muß jetzt aufbrechen. Meine Tarife habe ich Ihrem Sekretär mitgeteilt.

– In Ordnung, sagte Haas.

Er öffnete den Mund, um noch etwas hinzuzufügen, besann sich aber und schloß ihn wieder, ohne etwas von sich zu geben. Russel nahm das Geräusch des Zuklappens wahr und lächelte.

– Sie brauchen mir nicht nochmals zu sagen, daß Sie gezögert haben, merkte er an und erhob sich. Ich verstehe Sie. Das ist doch das mindeste, daß man zögert.

6

– FORSYTHE SPIELTE JEDEN ABEND FLÖTE, sagte Paul, eine dieser nasalierenden Flöten, wie sie von Schlangenbeschwörern verwendet werden. Am Anfang spielte er nur für sich, ohne Schlange und ohne Publikum. Als eraber feststellte, daß Mac Gregor den Klang dieses Instruments nicht ertragen konnte, und er ihn, wie soll man sagen, necken wollte, spielte Forsythe schließlich nur noch, um Mac Gregor zu ärgern.

Vera hörte zu.

– Mac Gregor sah, sagen wir, wie Gary Cooper aus und Forsythe eher wie Franchot Tone. Eines Abends, als einer den anderen ärgerte, tauchte eine echte Schlange auf.

Sie saßen in einem Café an der Porte de la Villette, in der Nähe der Stadtautobahn. Der Raum war überflutet von gelbem Licht und davon gelb wirkenden Gegenständen, die sich in den Glaswänden spiegelten, in denen man die ersten Häuser von Aubervilliers sehen konnte. In einer Ecke, ganz allein an seinem Tischchen, tippte ein betagter Herr diskret auf einer kleinen Reiseschreibmaschine aus grauem Plastik; er tippte langsam, suchte lange nach den Tasten und zielte genau, wie ein Polizeibeamter auf dem Revier.

– Mac Gregor sah die Schlange sofort, aber er sagte nichts. Durch den Klang der Flöte angezogen kam die Schlange, irgendeine Cobraart, auf Forsythe zu, der ruhig vor sich hin spielte, ohne etwas zu bemerken. Als er die Cobra entdeckte, war diese schon zu nah, als daß er aufstehen und fliehen konnte, und Mac Gregor begann zu lachen. Machen Sie weiter, sagte er, spielen Sie, spielen Sie, es ist in Ihrem eigenen Interesse. Und Forsythe blieb nichts anderes übrig, als sein ganzes Repertoire durchzuflöten, um die Schlange zu betören, und es klappte auch, und das gräßliche Tier begann, vor ihm zu tanzen. Machen Sie weiter, lachte Mac Gregor noch lauter, flöten Sie, flöten Sie, jetzt oder nie. Und der andere schwitzte furchtbar, die Wangen gebläht, Auge in Auge mit dem Reptil.

Eine lange geschwungene Theke aus buntem Mosaik, ohne jede Kante, ragte aus dem gefliesten Boden wie eine Welle aus dem Meer, ihr Kamm war zurechtgehobelt, mit Kupfer vernietet und aus den Bierhähnen sprudelte der Schaum. Man könnte diese Theke ebenfalls, um mit der Metapher auch die Höhenlage zu wechseln, mit irgendeinem großen Felsmassiv, herzynischer oder pliozenischer Art vergleichen. Vera und Paul hatten in der Nähe der Theke Platz genommen. Es wurde dunkel, obwohl es noch früh war. Es war Winter, noch immer.

– Schließlich erbarmte sich Mac Gregor und tötete die Schlange, schloß Paul. Er schoß sie nieder. Natürlich genügte eine einzige Kugel.

– Und dann? sagte sie.

– Fortsetzung folgt, sagte er.

Sie saßen sich gegenüber und klemmten dabei einen kleinen, rechteckigen Tisch zwischen sich ein – unmöglich zu fliehen, dachte der Tisch, sie drücken mich mit ihren Ellbogen auf den Boden. Sie redeten. Ihre Worte kreuzten sich, ihre Stimmen bekämpften einander wie Gladiatoren, der eine mit Schwert und Helm ausgerüstet, der andere mit Schild und Netz. Die Hauptarbeit leisteten ihre Münder und der größte Teil ihrer Gesichtsmuskeln, die Hände und die Unterarme sorgten für die Zeichensetzung, die Veranschaulichung und den Kommentar. Der Rest ihrer Körper ruhte sich aus, war fast unbeweglich, schüttelte sich nur manchmal wie ein Hund in seiner Hütte und überkreuzte oder entkreuzte dabei die Beine; hie und da ein kleiner Juckreiz auf beiden Seiten und bei Paul eine Erektion; auf dem Tisch zwei leere und zwei volle Gläser.

Sie redeten. Es war wie ein Gespräch am Rand eines

Abgrunds, eine brüchige Unterhaltung auf beiden Seiten einer Schlucht, und ihre Worte bedienten sich dünner Stege, die sich von einem Rand der Tiefe zum anderen spannten, aus faulenden Lianen bestanden und jeden Augenblick nachgeben konnten; und die Worte gingen weiter, eines nach dem anderen, auf diesem unsicheren Gerüst, waren manchmal miteinander verbunden, wie Erzklumpen, die noch an der Schlacke kleben und auf kleine Wägelchen, wie man sie in den Bergwerken und in den Steinbrüchen benutzt, aufgetürmt sind; und jedes Wort trug so einen Bedeutungsklumpen mit verschiedenen Abnutzungsgraden, entweder der Müdigkeit oder der Spannung. Manchmal stürzte auch ein Wort den Abgrund hinunter.

Paul war fünfunddreißig Jahre, er trug einen amerikanischen Trenchcoat und eine Brille; er war ziemlich ruhig und ziemlich groß, er lebte allein. Er hatte Vera davon überzeugt, sich ein erstes Mal zu treffen, dann ein zweites Mal und danach noch viele andere Male. Er war hartnäckig. Er hatte sich vorgenommen, sie zu verführen. Nicht mehr.

– Haben Sie eine Zigarette?

– Nur schwarze, sagte Paul und kramte dabei in den Taschen.

– Nein, sagte Vera, eine leichte. Zu viele Worte und zu wenig leichte Zigaretten, leider. Leider.

Er holte welche an der Theke. Mit Filter? fragte die Besitzerin. Ohne, antwortete Paul. Er setzte sich wieder.

– Wenn ich Musiker wäre, eröffnete er.

Er nestelte das Zellophanpapier und das Silberpapier ab, zog eines der Röllchen zu einem Drittel heraus, reichte es Vera und zündete es an. Wäre er Musiker, so könnte er jetzt sagen, daß er an manchen Tagen schon am frühen Morgen seine Partituren nicht wiederfand, während man ihm an anderen Tagen sein Instrument stahl. Nun, er war aber kein Musiker.

– Und trotzdem, sagte er, genauso läuft es.

Ein Gast setzte die Musikbox in Gang.

– Sie mögen Musik, vermutete Paul.

– Nicht besonders, sagte Vera, sie läuft nie schnell genug, sie läßt sich immer zu viel Zeit. Sie hindert einen nicht daran, an anderes zu denken.

– Gewiß, gewiß, sagte Paul, aber. Usw.

Usw.

Und so redeten sie stundenlang, jeder war mal dran. Am Ende wußte man nicht mehr, sie selbst wußten nicht mehr, ob sie miteinander redeten oder für sich, ob sie zu einem einzigen Wort miteinander verschmolzen oder ob sie gegeneinander kämpften, so wie jeder von ihnen jeden Tag aufs neue einsam gegen den Rest der Welt kämpfte und gegen das, was sich den Worten nicht unterwarf, so daß sie gezwungen waren, unaufhörlich diesen Angriff zu improvisieren, mit unsicheren Mitteln, behelfsmäßigen Waffen, irgendwelchen Werkzeugen, Gegenständen, die sie mit sich schleppten, weil sie sie irgendwann, irgendwo für nützlich befunden und behalten hatten, nicht zu weit entfernt, in Reichweite ihrer Hand, oder sogar bei sich, in den Taschen ihrer Kleidung, sofern dort noch Platz war.

7

Die Architektur des Palastes vereinte eine repräsentative Auswahl verschiedener Stile und Materialien. Eigentlich sah dieser Palast keineswegs wie ein Palast aus. Er verdankte diese Bezeichnung allein der Tatsache, daß er das einzige bewohnbare, solide Bauwerk war, und da er etwas abseits lag, umgab er seine jeweiligen Gäste mit einer hochherrschaftlichen Aura. Er stand im Osten der Insel, die zudem in ihrem Umkreis, auf die drei anderen Himmelsrichtungen verteilt, mit kleinen, militärisch aussehenden Gebäuden, etwas dürftigen, behelfsmäßigen und mit vielsprachigen Graffitti und vertrockneten Exkrementen übersäten Blockhäusern ausgestattet war.

Der Palast ruhte auf Betonfundamenten, die unmittelbar auf undatierbare Ruinen gegossen waren. Der Beton zog sich zunächst ganz regelmäßig hoch, ein Zeichen, daß man den Bau mit viel Sorgfalt begonnen hatte, am Anfang zumindest, denn die Mauern schienen, je höher sie wurden, immer mehr hingepfuscht, verkamen immer offenkundiger und endeten plötzlich in einem unregelmäßigen Profil, als seien sie in ihrem senkrechten Schwung etwa auf der Höhe des ersten Stockwerkes gebremst worden. Man hatte diesen Unterbau mit Ziegelsteinen befestigt und auf grob behauenen Baumstümpfen, die als Balken dienten, ein Wellblechdach angebracht. Es fehlte dem Ganzen nicht an Spalten, Rissen, auch nicht an Löchern aller Art, die mit Brettern und Aluminiumplatten zugedeckt wurden und dem Gebäude ein oxydiertes, bunt zusammengewürfeltes und liebloses Aussehen verliehen.

Mitten im Erdgeschoß, einem dunklen, fensterlosen und ebenerdigen Raum, erhob sich der Anfang der Treppe, die nach zwölf Stufen endete. Die Decke war mit geschmacklosem und verfallenem Stuck verziert, dessen Gips rissig war und einen gelblichen Stich angenommen hatte. Unter dieser Decke ließ der Boden aus bloßer Erde inmitten eines Schutthaufens ein paar dürftige Pflanzen wachsen, unter anderem eine kleine Palme mit teerbeschmutztem Stamm.

Um in den ersten Stock zu gelangen, mußte man eine exotische Leiter hochklettern, die aus zusammengebundenen Holzstangen gebaut war und knirschte. Das Stockwerk bestand aus nur einem Raum, und war mit Möbeln, Koffern und etlichen mehr oder weniger verschimmelten Gegenständen, darunter eine Menge untauglicher Ventilatoren, ausgestattet. In die kleinen Fensterrahmen hatte man, da die Scheiben zumeist zerbrochen waren, dicke, durchscheinende Plastikplanen gespannt; durch eine große, milchglasartige Fensterscheibe sah man wie auf einer Kinoleinwand verschwommen und verzerrt das einige hundert Meter entfernte Meer.

Unter den Möbeln befanden sich einige Tische, auf denen die lebensnotwendigen Gegenstände lagen: Papiere, Kleider, Bürsten, Flaschen, Lampen. Die Oberfläche des größten Tisches war fast gänzlich von einem unfertigen Puzzle in Beschlag genommen, das in Fragmenten den BESUCH EINER GALERIE von van Hacht darstellte. Byron Caine vervollständigte gerade eine der Rosetten an der Decke der Galerie, als die Leiter unter Josephs Gewicht knarrte.

Joseph war hoch, breit, dick. Sein Schnurrbart war groß und grau, sein Oberkörper bäuerlich, seine Haare kurz geschnitten und nach hinten gedrillt. Er sah wie Stalin aus; folglich traf es sich gut, daß er Joseph hieß; aber vielleicht war das auch nicht sein wirklicher Name.

– Carrier hat heute morgen angerufen.

Byron Caine gab keine Antwort. Mit großer Geschwindigkeit schob er ein orangefarbenes und graues Teilchen über die Oberfläche des Puzzles, um den passenden Ausschnitt zu finden.

– Sie haben jemanden engagiert, fügte Joseph hinzu.

– Für wen haben sie sich entschieden, fragte Caine ohne den Blick zu heben. Ist es einer der üblichen grünen Lodenmäntel oder ein Spezialist von Pinkerton?

Er sprach leise und systematisch, aber mit einer leichten Anspannung in der Stimme, einer verborgenen Anspannung, wie eingeschlossen im Inneren dieser Stimme und kaum wahrnehmbar, obwohl, wenn man sie einmal entdeckt hatte, nur noch sie zu hören war. Er hatte auch seltsame Betonungen, so, als habe er zunächst alle Spuren eines amerikanischen

Akzents verloren und später versucht, einige Züge wiederzuerlangen, und sich, da er sie nicht wiedergefunden hatte, einen neuen Akzent ausgedacht, einen, der aus allem Möglichen zusammengebastelt war und weder mit dem alten Akzent etwas zu tun hatte, noch mit irgendeinem anderen – ein gewissermaßen literarischer Akzent. Von diesen phonatorischen Besonderheiten abgesehen, wirkte er geduldig, zerstreut, ein bißchen müßiggängerisch, und er schien auf seine Zerstreuung und seine Geduld zu setzen, um seinen Müßiggang auszuhalten. Er trug immer die gleiche Kleidung aus blauem Leinen, eine Jacke aus Shanghai und eine Hose aus Macao. Er wandte sich Joseph zu, der zögernd antwortete.

– Ein Blinder, sagte Joseph.

Für einen Augenblick hielt Caine den Flug des Teilchens über dem Puzzle an.

– Ein Blinder, wiederholte er in einem fast ehrerbietigen Ton. Sieh an. Ein blinder Mörder. Die Liebe ist ein blinder Mörder, gab es nicht ein Lied, das so hieß?

– Keine Ahnung, sagte Joseph, ich erinnere mich nicht daran.

– Aber sagen Sie, meinte Caine leichthin, ist es denn sinnvoll, einen Blinden zu engagieren, um jemanden ausfindig zu machen?

– Es ist Russel, merkte Joseph an.

– Kenne ich nicht. Einer Ihrer Freunde?

– Sie kennen aber auch gar nichts, erwiderte Joseph.

– Das stimmt, doppelte Caine, ich weiß alles und kenne nichts.

Ein dritter Mann erschien am Ende der Leiter und bahnte sich einen Weg durch die Abfälle.

– Es ist so weit, kündigte er an.

Er war wie sie um die fünfzig. Er war ziemlich lang und spitz und hatte einen müden Blick. Er trug einen Anzug in Veronesergrün über einem Hemd in Veronesergrün sowie gelbe Schuhe. Er hieß Tristano. Er ging an ihnen vorbei, schob ein paar Ventilatoren beiseite und erreichte ein riesiges Hindernis, das mit einer schweren Plane zugedeckt war. Er zog sie mit einem Ruck beiseite und enthüllte eine große, verchromte Sender- und Empfängerstation, die in ihrer glänzenden Modernität in diesen Schuttkulissen etwas deplaziert wirkte.

– Es ist soweit, können Sie es für mich einstellen?

Byron Caine verließ sein Puzzle und setzte sich vor den Apparat, er drückte die Knöpfe, schob die Regler, stellte die Spannungsteiler ein und überprüfte die Skala. Er wanderte zwischen den Frequenzen hin und her und spulte sanft das schlangenförmige und unregelmäßige Band der Wellenlängen ab. Man hörte Knackgeräusche und Vibrationen in verschiedenen Klanghöhen, schrilles Knistern, synkoptisches Plätschern, Fetzen von Nationalhymnen und Botschaften in Morsezeichen, Fragmente, Stücke, Teile, auf Englisch, Japanisch, Arabisch, diffuse Musikströme, Infra- und Ultraschall; zuweilen hörte man undeutliche Stimmen sich rufen, Klangsilhouetten, die weit weg und auch untereinander weit entfernt zu sein schienen.

– Es ist alles bereit, sagte Caine, als er eine einsame Stimme, trocken und brummend wie ein synthetisches Produkt, isoliert hatte, die mechanisch einen Countdown abspulte.

– Sechsundneunzig, machte das synthetische Organ, fünfundneunzig.

– Irgendwelche Neuigkeiten von Gutman? fragte Tristano.

– Immer noch in Brisbane, sagte Joseph. Er wirbt alle möglichen Leute an. Arbogast meint, daß sie vielleicht näherrükken. Sie könnten sich auf den Phönix-Inseln oder auf den Marshall-Inseln niederlassen.

– Sie werden doch nicht etwa eine Armee aufstellen, schaltete sich Caine dazwischen.

– Wenn sie zu einer Entscheidung kommen, brauchen sie keine Armee, sagte Joseph.

– Zweiundsiebzig, sagte die Stimme.

– Sie haben Angst, sagte Tristano. Sie wissen nicht, wie weit wir sind. Solange sie glauben, daß das Prestidge Projekt abgeschlossen ist, werden sie sich nicht von der Stelle rühren. Wüßten sie, daß es noch nicht so weit ist, wären sie in einer Sekunde da.

– Es muß etwas geschehen, sagte Joseph. Noch eine Weile und sie werden begreifen, daß es nichts zu fürchten gibt. Eines schönen Tages werden sie hier auftauchen.

Tristano rieb sein Ohrläppchen, er schien nachzudenken.

– Hatte Arbogast nicht von einem Waffendepot gesprochen?

– Unmöglich, sagte Joseph, es wurde schon alles umgegraben und die Insel ist nicht allzu groß. Er sucht noch, aber ich bin sicher, es kommt nichts dabei heraus.

– Was für ein Waffendepot? fragte Caine.

Tristano wandte sich ihm zu, ohne eine Antwort zu geben.

– Dreiunddreißig, sagte die Stimme.

– Wie weit sind Sie?

– Es geht voran, Sie wissen, wie das ist, sagte Caine.

– Nein, sagte Tristano, ich weiß es nicht.

– Es läuft eben nicht immer, wie man will.

Sie schwiegen eine Weile. Tristano drehte lauter und näherte sich dem Mikro.

– Beeilen Sie sich.

– Sechzehn, sagte die Stimme.

– Ich tue mein Möglichstes, sagte Caine.

– Jetzt hängt alles von Ihnen ab.

– Ich weiß.

– Vier, sagte die Stimme.

Tristano legte seinen Finger auf die Lippen.

– Zero, sagte die Stimme. Xerox.

Es gab eine kleine Störung und einige Knackgeräusche ließen die Membran des Lautsprechers vibrieren, dann machte eine andere Stimme weiter, die ebenso künstlich war wie die erste, aber anders, als stamme sie aus einer anderen Maschine.

– Alsthom Harmony Pennaroya, sagte sie. Ferodo Pennaroya.

Tristano zog eine Grimasse.

– Bic Pennaroya, antwortete er, Alsthom Bic Harmony. Ferodo Petrofina.

Die Stimme am anderen Ende wurde aufdringlich.

– Harmony Pennaroya, skandierte sie. Bic Petrofina Harmony Ferodo, Xerox.

– Xerox, sagte Tristano.

Er schaltete den Apparat ab.

– Sie sind nicht zufrieden, decodierte er, sie dachten, es sei alles erledigt. Wann glauben Sie, fertig zu sein?

– Den ganzen Tag über tut er nichts, empörte sich Joseph, es ist ihm scheißegal. Er verbringt den ganzen Tag mit seinem Puzzle. Man spricht von Russel und es ist ihm scheißegal. Alles ist ihm scheißegal.

– Es braucht seine Zeit, maulte der Erfinder vor sich hin, manche der langwierigen Versuche dauern eben. Und außerdem hat der letzte Test die Batterien des peripherischen Systems aufgebraucht, wir müssen warten, bis sie wieder aufgeladen sind. Und mir fehlt das nötige Material.

– Das ist Ihre Sache, sagte Tristano, beeilen Sie sich. Sobald Sie fertig sind, haben wir von Gutmans Seite nichts mehr zu befürchten. Und wegen Russel, machen Sie sich keine Sorgen, Carrier wird uns Leute schicken. Es wird schon klargehen. Wir warten nur noch auf Sie.

– Aber ich mache mir keine Sorgen, ich mache mir wirklich keine Sorgen, sagte Caine so nachdrücklich, daß man vermuten konnte, er mache sich trotzdem ein ganz klein wenig Sorgen.

Die Wahrheit ist, daß er sich keine Sorgen machte; er hatte soeben das entscheidende Teilchen entdeckt, mit dem er den kupfernen Kronleuchter, der an der Decke der Galerie hing, vervollständigen konnte; er frohlockte.

8

René Carrier war ein Mann mit traurigem Gesicht und kahlwüstiger Kopfhaut; sein Körper war eiförmig und untersetzt. Mit nicht allzu wachem Blick überflog er das Kapitel V eines soziologischen Werkes von Georg Simmel in der Originalausgabe von 1908, erschienen bei Duncker und Humblot. Da er der deutschen Sprache kaum mächtig war, verweilte sein Blick hin und wieder bei einem unbekannten Wort und nahm dann als Zeichen der geistigen Anstrengung einen eigentümlichen Glanz an, so als stieße er innerlich einen großen Stein beiseite, der ihm ein Hindernis gewesen war.

Als es an der Tür klingelte, klappte René Carrier das Buch über seinem Finger zu, drehte das Radio leiser, schälte sich mühsam aus seinem Sessel und durchquerte die Wohnung. Er öffnete die Tür und stand Théo Selmer gegenüber.

Théo Selmer wiederum hatte von frühester Jugend an eine ausgeprägte Neigung für Fremdsprachen gezeigt. Da er diesem Weg hartnäckig folgte, landete er im Erwachsenenalter als Dolmetscher bei der UNO, wo er, in einer kleinen Kabine eingepfercht, für die anderen übersetzte, was die einen sagten. Dafür war er mit einem Mikro, einem Notizblock und einem Kopfhörer ausgerüstet.

In New York führte Selmer ein ruhiges Leben. Er kannte kaum jemanden, ging wenig aus. Gelegentlich verbrachte er ein paar Stunden bei Berkowitz in einem Schießübungsraum, der sich in einer ehemaligen Tiefgarage befand. Auch da war eine Kabine für ihn reserviert; es war ein schmaler Raum, schlauchartig, wie ein geschlossener Gang, an dessen Ende eine menschenähnliche Schießscheibe aus ausgesägtem Holz und einem roten Punkt anstelle des Herzens stand. In jeder

Kabine war ein Kleiderhaken, ein kleiner Wandschrank und ein Barhocker. Es gab auch eine Art Kopfhörer mit Dämpfern, die sich die Schützen über die Ohren stülpten, um nicht taub zu werden. Selmer setzte seinen nie auf.

Die Stammkunden liehen sich ihre Waffen an Ort und Stelle; sie wurden ihnen von dicken, behäbigen Jungs gebracht, in gelben und flatternden Nylonhemden, auf deren Rücken in schwarz der Name Berkowitz in einem cocalesken Schriftzug eingestickt war. Sie waren auch dafür zuständig, die Schützen mit Munition zu versorgen, die Ladehemmungen der Waffen zu beseitigen, die zerfetzten Schießscheiben zu erneuern, die Wandschränke zu überwachen, in denen manche ihre Ginflaschen versteckten, und die betrunkenen Kunden hinauszubefördern, die am späten Abend gelegentlich auf die Idee kamen, in alle Richtungen zu schießen.

Théo Selmer lieh sich keine Waffe. Er besaß eine automatische Llama Pistole, Modell Standard und einen vernickelten, ziemlich leichten Rossi Revolver. Obwohl er keinen Waffenschein besaß, beförderte er gelegentlich das eine oder andere dieser Objekte in einer Innentasche seiner Jacke, die er mit einem Nylonfaden verstärkt hatte. Im Prinzip verbot Berkowitz das Mitbringen persönlicher Waffen; auf diesen Umstand verwies in klein gedruckten Buchstaben die Hausordnung, die hinter der Tür jeder Kabine angebracht war. Aber Selmer kannte Berkowitz gut. Dieser erhielt mehr oder weniger regelmäßig Zeitungen in kyrillischer Schrift, auf grauem schlechten Papier gedruckt, die ihm Emigrantenorganisationen zukommen ließen. Da er den größten Teil seiner Muttersprache vergessen hatte, half ihm Selmer dabei, Neuigkeiten aus einem Land zu übersetzen, an das Berkowitz nur noch ein halbes Dutzend willkürlicher Erinnerungen in schwarz und weiß besaß.

Den Rest der Zeit verbrachte Selmer entweder bei sich auf seinem Bett, mit dem Studium irgendwelcher Redewendungen beschäftigt, oder außer Haus, manchmal in einer Bar oder in einem Kino. Das ging nun seit vier Jahren so; er hatte bereits zweiunddreißig Jahre hinter sich; er spürte die Langeweile, die sich langsam in ihm festsetzte.

Am Ende des Winters, den er in New York verbrachte, war er immer häufiger rasch ärgerlich, leicht erregbar, zunehmend giftig. Er bemerkte, daß er in letzter Zeit im Schießraum die Zielscheibe nie verfehlte, was ihm sonderbar vorkam, da er sich für einen von solchen Leistungen weit entfernten und eigentlich mittelmäßigen Schützen hielt. Daran gewohnt, alle Arten von Zeichen zu übersetzen, ordnete er diesem eine etwas beunruhigende, wenn auch noch unklare Bedeutung zu.

Am letzten Morgen, an dem er seiner Arbeit nachging, betrat Selmer seine Kabine, legte einen Hot-dog in einer kleinen Papiertüte verpackt vor sich hin, stülpte die Kopfhörer über und setzte sich ans Mikrophon; dann übersetzte er.

Zunächst äußerte sich ein Vertreter der Republik Südafrika, dessen Gesicht Selmer auf dem kleinen Fernsehmonitor nicht ohne Unbehagen beobachtete; ein bleicher Hampelmann mit schief gewachsenen Zähnen; er sprach über Apartheid und erklärte, daß diese seiner Meinung nach gar nicht so schlecht sei. Auf ihn folgte ein schwedischer und kahlköpfiger Redner, der die Ansicht vertrat, daß sie doch nicht so gut sei. Selmer begann zuübersetzen, wie gewöhnlich nahm er die Worte durch die Ohren auf und ließ sie in übertragener Form durch den Mund heraus und sorgte dabei, so mechanisch wie man einen Motor überwacht, für ein Minimum an Verzerrung und falscher Bedeutung. Er folgte der Debatte mit einer Art angespannter Langeweile, als beobachte er zwei gleich gute Tischtennischampions, die sich einen endlosen Kampf lieferten.

Dann, ohne genau zu wissen wie oder weshalb, machte er plötzlich Schluß; er hörte auf zu übersetzen, zu arbeiten, zu funktionieren; er streikte, streckte seine Hand aus und holte den Hot-dog aus der Tüte.

Er hatte weder die Kopfhörer abgesetzt, noch das Mikro abgeschaltet; er aß vor sich hin. Im Konferenzraum begannen die Frankophonen, an die seine Übersetzung gerichtet war, sich wegen der Unterbrechung zu beunruhigen: In ihre Ohren drang nur noch überdimensional ein unerschütterliches Kaugeräusch. Selmer malte sich aus, wie sie anfingen, sich umzudrehen, sich gegenseitig Zeichen zu geben, wie sie das Dienstpersonal riefen und dabei ratlos einen Zeigefinger auf die kleinen Hörgeräte in ihren Ohren richteten.

Als er mit dem Hot-dog fertig war, leckte sich Selmer die Finger ab. Dann griff er nach der kleinen Papiertüte, blies sie auf und drehte sie zu; er hielt sie ganz nah an das Mikro, schloß die Augen, holte tief Luft und brachte mit einem entschlossenen Schlag die Verpackung zum Platzen. Im Konferenzsaal zuckten die Frankophonen zusammen, stimmten einen kurzen Schmerzensakkord an, hielten sich rasch die Hände über die Ohren und schnitten gräßliche und gleichzeitige Grimassen. Selmer stand auf und entledigte sich seiner Ausrüstung. Als der Chefdolmetscher verstört in die Kabine stürmte, hatte er sie bereits verlassen; nur ein paar Krümel mit Senfspuren erinnerten noch an ihn. Den Nachmittag verbrachte er damit, bei Berkowitz das Herz der Schießscheibe zu durchbohren; das Knallen der Rossi, das in diesem niedrigen Raum mit nackten Betonwänden unendlich widerhallte, berauschte ihn. Dann ging er nach Hause und duschte.

Am nächsten Morgen schrieb er sein Entlassungsgesuch, löschte sein Konto, ließ alles Geld in Reiseschecks umwandeln und trug seinen Paß auf diverse Botschaften. Eine Woche später stieg er in einen großen Bus Richtung mexikanische Grenze.

Théo Selmer verbrachte die folgenden Monate damit, sich im Zickzack durch Südamerika zu bewegen, von einem schweren Koffer voller Wörterbücher begleitet; einige waren ausgehöhlt und enthielten seine Waffen, so daß er nie wußte, wenn er eins aufschlug, ob er eine Rossi, eine Llama oder eine

Vokabel darin fände. Als sein Geld aufgebraucht war, sah er sich nach Übersetzungsarbeiten um. Man vertraute ihm Romane, wissenschaftliche Werke an; aber da er von einer Art fortwährender Ungeduld gepackt war, wurde es ihm unmöglich, mehr als vierzehn Tage in der gleichen Stadt zu bleiben und er nahm nur noch Übersetzungen von Artikeln und schließlich nur noch von Prospekten an, die er immer seltener zu Ende brachte.

Eines Tages, als er zwischen Quito und Bogota in einen Bus kletterte, der in einem äußerst kräftigen Rosa frisch lackiert war, entdeckte er unter den Fahrgästen drei bekannte Gesichter, ohne daß er sich daran erinnern konnte, wo und wann er sie gesehen hatte. Die drei Männer schienen ihn nicht zu beachten, er setzte sich neben sie und hörte, was sie sagten. Es dauerte nicht lange, bis er sie erkannte; es waren amerikanische Beamte, denen er gelegentlich in den Gängen der UNO begegnet war, angeblich technische Berater, die genau wie er Lateinamerika durchkreuzten, aber wahrscheinlich sehr viel präzisere Absichten hatten als er. Die Entdeckung ihrer Identität löste bei Selmer ein heftiges, aber schnell unterdrücktes Ekelgefühl aus, und als durch eine zwangsläufige Assoziation der südafrikanische Hampelmann und der kahlköpfige Schwede in zwei Fenstern seines Gedächtnisses erschienen, wurde sein Körper sonderbarerweise von einem starken Haßgefühl gepackt, das er einhundertachtzig Kilometer lang vergeblich abzuschütteln versuchte.

Am Abend parkte der Bus vor einem Motel in der Nähe einer Stadt namens Popayàn. Nach dem Abendessen ging Selmer auf sein Zimmer und suchte in seinem Koffer nach Band I eines alten Sachs-Villatte, in dem sich die in ein Tuch eingewickelte Llama Standard befand. Er baute die Waffe auseinander, reinigte sie sorgfältig mit einer Mischung aus Vaseline und Benzin, baute sie wieder zusammen und verbrachte einen Augenblick lang damit, in Band II zu blättern.

Am nächsten Morgen wurden zwei der drei Amerikaner tot

in ihren Betten aufgefunden. In den Zimmern war keinerlei Unordnung zu bemerken. Selmer hatte sie, nachdem er sie durch eine Ohrfeige geweckt hatte, direkt mit einer Kugel in die Stirn getötet. Die Abfahrt des Busses wurde durch die Ermittlungen verzögert; Dorfpolizisten tauchten auf, flankiert von hilflosen und ausgemergelten Übersetzern, die Hunger zu haben schienen. Das Chaos war vollkommen; es gab Touristen, Großfamilien, potentielle Denunzianten, Leute, die in Eile waren und heftig protestierten; auch zwielichtige Gestalten protestierten, aber auf eine andere Art. All diese Leute sprachen gleichzeitig in einem unauflösbaren Gemisch aus Englisch, Spanisch, Deutsch und Portugiesisch; keiner verstand etwas, Selmer verstand alles. Man verhörte auch ihn, das war schnell getan, und der rosafarbene Bus startete am frühen Abend im orangefarbenen Licht eines wundervollen Sonnenuntergangs, nachdem man eine Büglerin und einen Liftboy, die in wilder Ehe lebten, verhaftet hatte. Selmer setzte sich neben den übriggebliebenen Amerikaner.

Er hatte keine Schwierigkeiten, ein Gespräch anzuknüpfen. Der Amerikaner hieß Elvin Viceroy. Er wirkte nicht verstört, vielleicht nur eine Spur abwesend. Sie sprachen über alles und nichts, ohne die leiseste Anspielung auf die beiden Morde der vergangenen Nacht. Sie stellten fest, daß sie beide nach Bogota wollten, freundeten sich an und beschlossen, bis dorthin zusammenzubleiben. Zwei Tage später hielt der Bus mitten auf dem Parkplatz eines großen Hotels in einem Vorort von Bogota und Elvin Viceroy starb noch am gleichen Abend ganz einfach in seinem Bett, genau wie seine Kollegen.

Dieses Mal hatte Selmer keine Lust, auf die Polizei zu warten. Gleich nach seiner Tat verließ er das Hotel und nahm ein Taxi bis zum Flughafen von Bogota. Er verbrachte den Rest der Nacht in der Halle, in einen weichen Sessel vergraben und wartete darauf, daß die Schalter öffneten. Am frühen Nachmittag startete er mit einer 747 der Avianca Fluggesellschaft; nach zwei Zwischenlandungen in Caracas und Fort-de-

France setzte das Flugzeug am nächsten Morgen auf der Landebahn von Roissy auf. Vierzig Minuten später war Théo Selmer in Paris. Er nahm in einem Hotel an der Gare de l'Est ein Zimmer, stellte seinen Koffer dort ab und ging spazieren.

Er langweilte sich bald in Paris. Er kannte dort niemanden mehr, er hatte nicht mehr viel Geld und außerdem war es kalt. Dennoch verbrachte er den größten Teil seiner Zeit außerhalb des Hotels, kehrte nur am Abend zum Schlafen zurück und verließ es am frühen Morgen. Genau wie in New York ging er in Museen, ins Kino, immer allein. Er war ein vollkommen einsamer Mensch, einer von denen, die man gelegentlich trifft.

Eines Nachmittags blieb er im Gustave Moreau Museum lange Zeit vor der Marter des Prometheus stehen. Dieser war an den kaukasischen Felsen gelehnt dargestellt, die Füße in Ketten und die Hände auf dem Rücken gefesselt. Über seinem Kopf eine Feuerzunge; hinter ihm eine schmale ionische Säule mit einem Kapitell, das an den Seiten mit zwei Voluten verziert war; vor ihm der leere und blau gemalte Abgrund. Der Titan betrachtete einigermaßen unbeschwert den Himmel, ohne erkennbaren Schmerz, obwohl ein Geier an seinen Eingeweiden nagte; ein zweiter Vogel ruhte auf rätselhafte Weise zu seinen Füßen, vielleicht war er tot oder sattgefressen, mit der Leber des Prometheus vollgestopft.

Neben Selmer schaute ein riesenhafter Mann, dessen Körper mit grauem Flanell bedeckt war, eingehend auf den oberen Teil des Gemäldes, ohne das zentrale Motiv eines Blickes zu würdigen; seine Augen drückten eine solche Aufmerksamkeit aus, daß man den Eindruck gewinnen konnte, er habe beschlossen, seine Aufmerksamkeit nur auf die Gegenstände zu richten, die sich in der Höhe seiner Augen befanden, vielleicht widmete er sich auch einfach dem Studium der oberen Teile der Gemälde, weil er aus seiner ungewöhnlichen Größe einen Nutzen ziehen wollte.

Ansonsten hatte dieser Mann ein rechteckiges, blasses

Gesicht. Die Decke seines Schädels, die außerordentlich weit vom Boden entfernt war, trug eine unerreichbare Schicht weißer Haare, die sich wie ewiger Schnee ausnahmen. Mit hartnäckigem Eifer kreiste sein Blick langsam und eindringlich auf dem oberen Viertel des Werkes.

Das eigentümliche Verhalten dieses Riesen machte Selmer neugierig. Er neigte den Kopf ein wenig nach hinten und schickte zu diesem Gipfel eine Frage, die den Geier betraf, der nichts fraß. Wieso saß er da? Wozu war er gut? Wer war dieser Geier? Es verstrichen ein paar Augenblicke, bevor eine Antwort herniederfiel.

– Ich weiß es nicht, sagte der große Mann mit tiefer Stimme, ohne einen Blick auf den Vogel zu werfen und als spräche er nur für sich.

Selmer ließ nicht locker. Und der Himmel? Wenn sich dieser schweigsame Nachbar nur für die oberen Teile des Gemäldes interessierte, konnte man in ihm schließlich einen Experten für Himmel vermuten, ausschließlich für Himmel. Was war denn nun das Besondere an diesem Himmel?

Der andere neigte seinen Kopf über die Brust, um Selmer in Augenschein zu nehmen. Von vorn schien sein Kopf noch rechteckiger, seine Augen waren fahlgelb, ein bißchen erdfarben, wie bei manchen Hunden.

– Ich kenne mich da nicht so aus, sagte er.

Auf dieses Geständnis folgte eine Pause.

– Ich kam einfach so vorbei, fuhr der Riese fort. Ich bin hier, weil ich, wie soll ich sagen, nichts anderes zu tun hatte.

Er erkundete jetzt Théos Gesicht, genau wie er einige Augenblicke zuvor den gemalten Himmel erkundet hatte, mit dem gleichen Ausdruck beflissener Aufmerksamkeit, mit hartnäckiger, fast mühsamer Konzentration. Das konnte sein natürlicher, alltäglicher Blick sein, immer auf der Suche nach einem zu erkundenden Objekt, der ihn befähigte, sich, sobald das Objekt gefunden war, stundenlang seiner beharrlichen, schweigsamen und sich festsaugenden Versenkung zu überlassen, als hätten seine Augen, sobald sie einmal auf etwas oder jemanden gerichtet waren, enorme Schwierigkeiten, sich wieder davon zu lösen.

– Ich auch, sagte Selmer, durch Zufall, fast durch Zufall. Das Lächeln des Riesen verzerrte leicht das Rechteck seines Gesichts, das er auf die Höhe von Selmers Gesicht niedersinken ließ, während er seinen Daumen in Richtung Ausgang drehte.

In der Bar stellte er sich vor. Er hieß Lafont und war zwei Meter und zwei Zentimeter groß. Sie bestellten zwei Cognac, wonach Lafont Selmer fragte, was er so tue, worauf Selmer antwortete, daß er ein Übersetzer ohne Arbeit sei. Der andere fragte, wieviel Sprachen er beherrsche.

– Fünfzehn, sagte Selmer, um eine runde Zahl zu nennen.

– Ein Polyglotte, flüsterte der Riese mit einem verschwörerischen Lächeln, als habe Selmer ihm soeben irgendeine Perversion gestanden.

Der besondere Klang dieses Wortes schien in seinem Kopf eine ähnliche Bedeutung hervorzurufen wie die Worte pädophil oder koprophag. Und er, was er so tue?

– Geschäfte, sagte er, indem er seinen langen Arm in Schwung versetzte und so den Raum über dem Tisch wegfegte.

– Geschäfte, wiederholte Selmer, als habe er nicht verstanden.

– Geld, sagte Lafont. Kaufen, verkaufen. Sie verstehen.

– Ja, sagte Selmer, ich verstehe.

Dennoch erschien ihm dies wie eine Lüge. Die beschauliche Apathie von Lafont schien kilometerweit von dem entfernt, was Selmer sich unter der Geschäftswelt vorstellte: eine hastige und harte, unruhige und geschwätzige Welt, in der erstarrte Riesen keinen Platz haben. Und außerdem war die Antwort nicht zufriedenstellend, sie war zu konventionell, ihr fehlte auf unerhörte Weise jede Überraschung. Vielleicht war Selmer auch auf Anhieb überzeugt, daß Lafont ihm nur eine vage und vermutlich falsche Antwort liefern konnte. Er nahm ihm seine Lüge nicht übel, außerdem erwartete er von ihm fast, daß er nicht ganz die Wahrheit sagte, aber vielleicht log Lafont ja auch gar nicht. Beide tranken sie ihr Glas halb leer.

– Sie brauchen nicht zufällig jemanden für Ihre Geschäfte, fragte Théo.

Lafont warf ihm einen erstaunlich interessierten Blick zu, und fing wieder an, irgendwo auf dem Tisch einen Punkt zu erkunden, hielt dabei aber weiter sein Glas an die Lippen gepreßt; er murmelte leise in seinen Cognac, als spräche er in ein Mikro.

– Ich weiß es nicht, fügte Théo hinzu, man kann nie wissen.

Der Riese leerte sein Glas, stellte es ab, zog aus seiner Tasche einen kleinen Kalender aus schwarzem Kunstleder, und riß eine Seite heraus. Dann begann er zu schreiben, ein Akt, der sich bei ihm nicht auf eine einfache Bewegung der Hand und des Handgelenks beschränkte; der Vorgang aktivierte seinen Unterarm, brachte seinen Arm zum Schwingen und verstärkte sich auf der Höhe der Schultern, die sich ihrerseits in Bewegung setzten und wie dicke Äste bei starkem Wind geschüttelt wurden; schließlich schwankte auf eine chaotische Art sein ganzer Oberkörper, seine Füße klopften auf den Boden, das Ganze wirkte wie ein menschliches Erdbeben. Als dieses Phänomen zu seiner Vollendung gekommen war, hatte der manuelle Auswuchs dieses riesenhaften Körpers, der von den ausholenden und schweren Stößen ganz durchgeschüttelt wurde, dennoch eine genaue, flüssige, ruhige und winzig kleine Schrift erzeugt.

Er blies auf die Tinte, faltete das Blatt doppelt zusammen und ließ es über den Tisch in Selmers Richtung gleiten.

– Man weiß nie, wiederholte er. Ich muß jetzt aufbrechen. Er kramte in seinen Taschen, erhob sich, bezahlte, grüßte und verließ die Bar, nicht ohne vorsichtig den Kopf zu senken, als er durch die Tür ging. Selmer sah durch die Scheiben, wie er sich entfernte. Dann betrachtete er das Blatt Papier neben seinem Glas. Bevor er es entfaltete, bestellte er eine Tasse schwarzen Tee.

Der nächste Tag war ein Samstag. Die Kälte hatte etwas Graues, Feuchtes und Trübes. Um vier Uhr nachmittag befand sich Théo Selmer mit einem dicken Buch unter dem Arm vor der Tür eines heruntergekommenen Gebäudes, das allein auf einem Niemandsland stand, nah an einer stillgelegten Fabrik, kurz hinter der Ausfahrt nach Nanterre. Das Gebäude stammte aus der Zeit der Jahrhundertwende, schien unbewohnt, fast eine Ruine, die für einen baldigen Abriß bestimmt war. Die Fenster der ersten Etage hatte man bereits mit Ziegelsteinen zugemauert, die mit noch frischem Zement bestrichen waren.

Die Umgebung wirkte verlassen. Selmer las noch einmal das Kalenderblatt, überprüfte noch einmal Stunde und Adresse, dann betrat er den Innenhof. Er fand mühelos den Aufgang B, stieg vier Treppen hoch und klingelte an der rechten Tür. Wider Erwarten funktionierte die Klingel. Es dauerte eine Weile, bis sich die Tür öffnete, und ein strenges, etwa sechzigjähriges Männergesicht zum Vorschein kam.

– Ich habe hier eine Verabredung, sagte Selmer, ich glaube es ist hier.

– Es ist hier, sagte eine strenge Stimme aus dem strengen Gesicht heraus. Treten Sie ein.

Er trat ein und folgte diesem Strengen, das von einem ziemlich kleinen, eher gedrungenen Körper getragen wurde. Auch er hielt ein Buch in der Hand, den Zeigefinger zwischen die Seiten geklemmt. Sie gingen einen engen Gang mit vergilbten Tapeten entlang, wo sich auf dem Fußboden Staubflocken häuften. Am Ende des Gangs war ein quadratischer, geheizter Raum. Aus einem großen Radiogerät, das auf dem Boden stand, sickerte leise Musik. Selmer horchte auf, erkannte den Klang eines Klaviers, traute sich aber nicht, lauter zu drehen oder seinen Gastgeber darum zu bitten; er dachte, es sei nicht der rechte Moment dafür. Der andere verwies ihn auf ein Sofa.

– Ich heiße Carrier, sagte er. Setzen Sie sich, Lafont wird gleich kommen.

9

Das Telefon rasselte auf der langen, geschwungenen Theke, die sich einen Augenblick unter dem gellenden Ton zu versteifen schien. Die Frau des Besitzers, von der normalerweise nur der Oberkörper, umrahmt mit Kaugummis und Feuerzeugen und aufgestapelten Tabakpäckchen im Hintergrund, zu sehen war, stand auf, umkurvte den Postkartenständer, ging an den aufgereihten Trinkern entlang und griff nach dem Hörer.

– Zweihundertdrei siebenundzwanzig zwanzig, psalmodierte sie.

Es dauerte eine Weile, bis sie wieder etwas sagte; am anderen Ende wurde lange gesprochen. Zwölf Gäste waren im Bistro, vier an der Theke, acht im Saal, fünf Frauen, sieben Männer. Sie schaute jeden einzelnen der männlichen Kunden prüfend an und ihr Blick blieb an Paul hängen.

– Ich schau mal, ich glaube, er ist da.

– Scheiße, entfuhr es Paul.

– Es ist für Sie, sagte die Cafébesitzerin laut prustend, zog ihr Kinn vom Hörer und bedeckte mit der Hand die Löcher im Apparat.

Er nickte mit dem Kopf.

– Er ist da, kündigte sie an und nahm ihre Hand von den Löchern.

Paul stand auf und ging zur Theke.

– Gehen Sie in die Kabine, raunte sie und bedeckte erneut die Löcher.

Er folgte dem Pfeil Toiletten-Telefon.

– Bleiben Sie dran, riet sie den Löchern.

Paul trat in die Kabine und nahm den Hörer ab.

– Ja, sagte er. Ja.

Das erste Ja war sehr langgezogen, das zweite weniger; er gab mehrere von sich, versuchte an eines von ihnen noch etwas dranzuhängen, aber es schien unmöglich und stattdessen sagte er nein aber. Es folgten noch einige Neins, Jas, Vielleichts, die mit einem ungeduldigen oder niedergeschlagenen Ton ausgesprochen wurden, dann sagte er noch, daß er es nicht wisse, fügte noch einen Stapel Ja hinzu und legte auf.

Mit finsterer Miene ging er ins Pissoir, das an die Kabine grenzte. Der Boden war feucht, ein bißchen klebrig; es stank; einer war gerade dabei zu pissen. Paul trat in die freie Nische, stellte sich in Positur und hörte seinen Nachbarn Wasser lassen. Man kann die Männer in zwei Kategorien einteilen, dachte er, die einen pinkeln schräg an die Wand des Pissoirs und die anderen zielen genau aufs Loch, ohne sich um das laute Plätschern, das sie verursachen, zu kümmern. Dieser zweite Typus war wahrscheinlich der geläufigere. Paul gehörte zum ersten, zu den Schrägpissern. Der Nachbar ging. Paul war fertig, er schüttelte sich und betrat wieder das Bistro.

– Nie wird man in Ruhe gelassen, beschwerte er sich, ich werde die Kneipe wechseln.

– Wer war das?

– Ein Freund.

Auf Veras Gesicht breitete sich ein skeptisches Lächeln aus.

– Zugegeben. Es war kein Freund.

– Dauernd erzählst du Lügen, sagte sie.

Sieh mal an, sie duzten sich jetzt.

– Ja, sagte Paul, warum auch nicht.

Sie nahmen das unterbrochene Gespräch wieder auf. Vera beschrieb eine syrische Zeremonie, die sie ein paar Tage zuvor in einer Kirche in der Rue des Carmes miterlebt hatte. Sie nahm regelmäßig an religiösen Veranstaltungen teil und ging in Moscheen, Synagogen, Kathedralen und sonstige Kirchen wie andere in Kaufhäuser. Wie man sich an Zirkusaufführungen berauschen kann, so berauschte sie sich an Zeremonien, welcher Religion auch immer; dieser letzte Punkt war für sie ohne Belang. Dafür ging sie ungern ins Theater, sie zog jeden Gottesdienst vor, denn dort fand sie einen Glanz, über den das Theater nicht verfügte. Im übrigen fehlte den Gottesdiensten jeder epische Ablauf, sie hatten weder Anfang noch Ende, folglich konnte man kommen und gehen wann man wollte, und überdies war der Zutritt kostenlos. Kurzum, es sprach einiges dafür, fast alles.

Paul zeigte Anzeichen von Zerstreutheit. Er schaute hinter sich, spielte mit der Asche seiner Zigarette oder zerzauste seine Augenbrauen, um sie dann wieder mit einer doppelten, symmetrischen Bewegung des rechten Daumens und Mittelfingers glattzustreichen. Vera beschrieb und beschrieb, schwelgte in Details. Paul stellte drei oder vier dieser Details zusammen und baute daraus ein Bild; schließlich behielt er von ihren Ausführungen nur noch die Details, die mit diesem Bild übereinstimmten, wies die anderen, die in der Überzahl waren, zurück und erhielt so eine bewegliche, etwas verschwommene, wolkige Form, die von Veras Stimme eingelullt wurde.

– Du hörst mir überhaupt nicht zu.

– Wie? meinte er empört.

Mißtrauisch fuhr sie fort. Paul betrachtete den Boden des Bistros. Das Muster der Fliesen bestand aus aneinandergereihten Würfeln, die auf einem ihrer Winkel zu stehen schienen, in schwarz und weiß und in Form einer optischen Täuschung. Die Perspektivwirkung vermittelte den Eindruck, zumindest auf den ersten Blick, als ginge man auf würfelförmigen Eiern – er löste sich auf, sobald man die Zementrillen der Fliesen entdeckte und verwandelte sich wieder zu einem Fliesenboden, dessen Musterung zwar kunstvoller war als bei anderen, aber genauso flach, so daß dem Boden seine gewohnte Ebenheit wieder zurückgegeben war. Paul interessierte sich für die Oberfläche des Bodens wie Vera sich für Tempel interessierte: die Beliebigkeit der Geschmäcker. Der Boden unter dem Tisch wirkte ziemlich sauber und blank, trotz zweier Zigarettenstummel und eines zerknitterten Stücks Zellophanpapier.

Vera fand, daß er viel zu unaufmerksam war. Ohne daß er es bemerkte, entledigte sie sich ihres rechten Schuhs, indem sie mit dem anderen Bein nachhalf; dabei rieb sie die Seide auf weiche und wollüstige Weise am Leder, aber es war niemand unter dem Tisch, um es zu hören. Vorsichtig hob sie ihr Bein, legte taktvoll ihre Zehen auf Pauls Geschlechtsteil, der verdutzt innehielt und erstarrt lächelte. Der Fuß bewegte sich leicht und zauberte dabei mit seiner vielschichtigen Architektur wundersame Wirkungen hervor.

– Dort hörst du mir zu. Ich merke es sehr genau.

Er raffte sich auf. Jetzt konnte es nur noch darum gehen, so schnell wie möglich den Tisch umzukippen, Vera zu packen und sich mit ihr auf die Theke zu schwingen, um gemeinsam dort einzudringen, in sie, auf oder unter ihr, aber all das kam im Augenblick nicht in Betracht.

– Schon gut, sagte er mit einer Handbewegung. Stop.

Wie bedauernd kehrte der Fuß wieder zu seinem Schuh zurück.

– Sei mir nicht böse, ich habe Probleme.

– Die Fortsetzung der Geschichte, schlug Vera vor.

– Wo waren wir nochmal?

– An der Stelle, wo Forsythe und Mac Gregor als indische Händler verkleidet die Stadt Mohamed Khans betreten, um den jungen Stone, den Sohn des alten Stone zu befreien.

– Gut, ich weiß Bescheid, sagte Paul.

Er fuhr mit den Fingern über die Augen und über den Nasenrücken, wo er innehielt, als wolle er sich konzentrieren und alle Details der Geschichte auf diese Stelle ziehen.

– Mohamed Khan war kein Dummkopf. Er merkte sehr schnell, daß die Teppichverkäufer unter ihrer Schminke nur die Offiziere der englischen Armee sein konnten. Unter dem Vorwand, ihre Waren begutachten zu wollen, bestellte er sie in seinen Palast und zeigte sich interessiert. Sie mußten sich in acht nehmen: Forsythe war der einzige, der korrekt indisch sprechen und den Gegner hinters Licht führen konnte. Mac Gregor tat, als sei er stumm.

Paul erzählte den ganzen Verlauf des Essens, bei dem die Spionin Tania anwesend war, so wie das ganze doppeldeutige Gespräch bis zu dem Augenblick, in dem Mohamed Khan, nach dem Abendessen, die Knechte des britischen Imperialismus entlarvte.

– Hören wir auf für heute, die nächste Episode ist ein Kapitel für sich.

Es folgte ein Schweigen, das vom Schnurren der Wagen, die sich noch immer auf der Stadtautobahn stauten, untermalt wurde. Die meisten hatten ihre Standlichter eingeschaltet. Ein Flugzeug, an einem blinkenden weißen Punkt und einem durchgängig leuchtenden roten Punkt zu erkennen, die durch die beschlagenen Scheiben des Bistros kaum wahrzunehmen waren, bewegte sich am schwarzen Himmel. Es war sehr feucht; wenn man mit dem Finger über die Glasscheibe strich, bildeten sich große Tropfen, die bis zum Boden rannen und dabei senkrechte glänzende Linien zogen, die fast parallel verliefen, obwohl sie sich auch manchmal vereinten.

– Brechen wir auf, sagte Vera. Ich habe etwas Hunger.

10

Abel brachte Carlas Umkleideraum in Ordnung. Er arbeitete langsam, traurig; er war traurig. Es war nicht mehr Carlas Umkleideraum. Seit ihrem Tod wurde er von zwei anderen Frauen in Anspruch genommen.

Abel war nach dem Mord auch sehr in Anspruch genommen. Polizisten, Justizbeamte, Journalisten, Aushilfskräfte und eine Menge ungewohnter Aufgaben waren auf ihn zugekommen. Abel traf Verabredungen, erhielt Vorladungen, führte Vorstellungsgespräche, und all das zwang ihn, einen Terminkalender zu Hilfe zu nehmen, dessen Seiten er zwei Wochen lang vollkritzelte und dann, als die allgemeine Aufregung sich gedämpft hatte, wieder wegwarf.

Sie hatte sich gedämpft. Abel hatte sich im dunklen Raum des Nachtclubs einen Augenblick lang mit dem niederdrükkenden Gefühl herumgetrieben, daß auch seine Stimmung sich gedämpft hatte. Die Sonne schien kalt an diesem Nachmittag. Es waren nicht viele Leute auf der Straße und der Raum war fast leer. In einem schummrigen Winkel verglichen halblaut zwei untätige Putzfrauen ihren Cholesterinspiegel. Unter der Bühne hämmerte der Pianist mit dem ausdruckslosen Gesicht einer Tippse auf die Tastatur. Ein ungewöhnlich langer und leicht gewölbter Aschenrest haftete noch an seinem zwischen die Mundwinkel geklemmten Zigarettenstummel, und eine Rauchschwade stieg an seinem Gesicht empor, schmiegte sich den Zügen an, strich an seinen fast geschlossenen Augen vorbei und verteilte sich dann an seiner Stirn, am Saum seiner Haare. Eine kleine Klemmlampe war am Rand des Klaviers befestigt und beleuchtete die Partitur von These foolish things (remind me of you), aus der der Instrumentalist unendliche Variationen entwickelte. Im Halbschatten, in der Nähe des Klaviers, nahm ein junges Mädchen in blauer Strumpfhose zum Rhythmus von Moschwitz und Strachey in einer reizlosen, anatomischen Metrik eine provozierende Stellung nach der anderen ein.

Abel hatte sie eine Weile beobachtet und war dann in die Umkleideräume hochgegangen. Carlas Raum war noch überfüllter als die anderen. Der Boden war mit Sachen bedeckt, die sich angesammelt hatten; Carlas Sachen bildeten die unterste Schicht, die Ablagerungen der nachfolgenden Nachfolgerinnen befanden sich entsprechend näher an der Oberfläche. Strümpfe, bunte Unterwäsche, Lackstiefel lagen herum, sowie eine bemerkenswerte Ansammlung von Schminkzubehör, aufgehäufte Mäntel in den Ecken, aufgestapelte Zeitungen an der Wand, Kleider über den Stuhllehnen, Fotos von Schauspielern oder Unbekannten waren an die Tapete geheftet, Spiegel, Papiertaschentücher, Blumensträuße in unterschiedlichen Phasen des Verwelkens, Kleiderbügel, Aschenbecher, Behälter, die als Aschenbecher dienten, Mineralwasserflaschen, nackte Glühbirnen ergänzten das Durcheinander.

Abel hatte mit dem Aufräumen angefangen. Er hatte vor, Carlas Sachen, die seit ihrem Tod hier so liegengeblieben waren, zusammenzuräumen. Es betrübte ihn, sie so zu sehen, verstreut, zertreten, zerknittert, abgelegt. Er hatte eine Zeitlang darauf gewartet, daß jemand sie abholte, aber es war niemand gekommen. Er beschloß, sie in einen Karton zu packen, den er mit nach Hause nähme; so hätte er ein Andenken an sie. Er wollte eine Schnur um den Karton wickeln, vielleicht einen Aufkleber anbringen und ihn in einem tiefen Wandschrank vergraben, zwischen anderen aufgestapelten Kartons, die so etwas wie Erinnerungpakete waren, die Abel aufbewahrte, ohne sie allzu oft zu öffnen.

Er räumte das rosafarbene Linoleum frei, dann die Möbel und häufte einen kleinen Berg an. Nicht ohne ein bißchen zu mogeln: es kam vor, daß er das eine oder andere von Carlas Kleidungsstücken, das mit seinem Bild von ihr nicht genügend übereinstimmte, beiseite ließ und es im Gegenzug durch irgendeinen nebensächlichen Gegenstand ersetzte, von dem er glaubte, daß sie ihn wohl geliebt hätte. Nachdem er die größte Unordnung beseitigt hatte, machte er sich an die Garderobe, die Wandschränke, die Schubladen und schließlich an die Ecken.

Eine der Ecken schien unzugänglich zu sein. Der Winkel einer Schrägwand war mit einem großen, am Boden festgeschraubten Koffer aus dicken Spanplatten versperrt, möglicherweise ein Behälter für schmutzige Wäsche. Es war ein häßliches, kompaktes Ding; irgend jemanden mußte die Lust gepackt haben, es anzustreichen, denn es waren noch orangefarbene Spuren zu sehen, aber die Spanplatte hatte die Farbe aufgesaugt. Zwischen der Seitenwand dieses Möbelstücks und der Mauer klaffte ein dreieckiges Loch. Abel legte sich flach auf den Bauch, verrenkte den Kopf und untersuchte den Hohlraum. Er war dunkel, tief, schwer zugänglich, aber so groß, daß sich etwas darin befinden konnte. Er streckte seinen Arm aus, soweit er konnte und berührte mit den Fingerspitzen eine Oberfläche, die sich in ihrer Beschaffenheit von der Mauer unterschied; es schien, als enthielte der Behälter einen Inhalt.

Abel bastelte ein Gerät aus einer Schnur und einem Besenstiel, woran er einen metallenen, hakenförmig gebogenen Kleiderbügel befestigte. Um eine Beute zu finden, mußte er langsam, methodisch und sorgfältig vorgehen, und er ließ sich auch ausgiebig Zeit dafür. Die Beschäftigung fesselte ihn, lenkte ihn fast von seiner Traurigkeit ab; sie füllte einen Teil seines Tages, nahm ihm ein Stück dieser sich selbst überlassenen, völlig unnützen, verfügbaren Zeit, die keinerlei Erwartungen in sich trug; unter diesen Umständen wäre es nicht allzu schlimm, wenn sich die Sache als vergeblich erwiese.

Natürlich war sie es nicht. Als Ergebnis seiner Anstrengung

zerrte Abel ein zylindrisches Paket hervor; es war sehr schwer, sorgfältig in Zeitungspapier eingewickelt und mit Isolierband zugeklebt. Er betrachtete es eine Weile mit einem fragenden Gesichtsausdruck, als warte er darauf, daß das Ding zu sprechen begänne. Dann verfiel er auf die Idee, nach dem Datum der Zeitung zu sehen; sie stimmte mit dem Zeitraum überein, in dem Carla den Umkleideraum belegte; das unerwartete Paket stammte also aus ihrer Zeit. Abel war fast gerührt. Er machte den Tisch frei und stellte das Paket darauf.

Er zwang sich, einen Schritt zurückzutreten, und so zu tun, als räume er den Umkleideraum weiter auf, ohne genau zu wissen, weshalb; vielleicht um sich Bedenkzeit zu verschaffen oder um durch ein ähnliches Verfahren wie beim Beischlaf den Kitzel seiner Neugier aufzureizen, indem er den Höhepunkt und das Ende hinauszögerte. Schließlich trennte er das Papier auf, schnitt mit der Schere die Klebestreifen durch und öffnete die Schachtel.

Es war eine Hutschachtel ohne Hut darin; an seiner Stelle lag ein Stoß Papiere, in einer beigefarbenen Mappe gebündelt. Abel las eines nach dem anderen, zunächst sehr sorgfältig, dann immer schneller.

Einige Papiere waren mit Zahlen übersät, für deren Anordnung die Verwendung von vier Kugelschreibern mit verschiedenfarbigen Minen erforderlich gewesen war; andere waren mit graphischen Zeichnungen bedeckt, die keinen Sinn erkennen ließen. Eine ganze Reihe von Blättern war von kurzen algebraischen Formeln überwuchert, die in einer undurchschaubaren Ordnung durch Pfeile in rotem Filzstift untereinander verbunden waren. Auf den letzten Blättern häuften sich Titel wissenschaftlicher Bücher und Artikel mit den entsprechenden Angaben. Die meisten waren in einer fremden Sprache, aber selbst die französischen Titel waren aus Worten gebildet, die Abel fremd waren. Er begriff sehr schnell, daß er nichts davon begriff. Er durchblätterte den Stapel einen Augenblick lang mit fast neidvoller Wehmut, nahm ihn dann heraus und legte ihn auf den Tisch. In zerknitterte Blätter eingezwängt, hatte sich auf dem Boden der Schachtel noch etwas verkrochen.

Es war eine Art würfelförmiges, geschlossenes Gehäuse von der Größe eines Stücks Kernseife. Seine Oberfläche war glanzlos und kalt, seine Farbe dunkelgrau und auf der Unterseite etwas heller. Seine Beschaffenheit erinnerte zugleich an Gußeisen und an den Kunststoff von alten Telefonapparaten. Es war überdies außerordentlich schwer und das Mißverhältnis zwischen den kleinen Ausmaßen und dem ungewöhnlichen Gewicht weckte bei Abel, der es nur mit größter Vorsicht in die Hand nahm, einige Befürchtungen.

Er betrachtete es sorgfältig und suchte nach einer Markierung, einem Stempel, einer Unregelmäßigkeit, nach irgendeinem Zeichen, das geeignet wäre, diesem Ding einen Sinn, eine Funktion zuzuschreiben. Es gab nichts dergleichen. Die Flächen waren glatt, die Kanten regelmäßig, die Winkel stumpf; es war nichts zu finden, nicht einmal die Schweißnaht.

Abel war verstimmt. Seine Logik stieß bei diesem würfelförmigen Ding ebenso an Grenzen wie bei dem Papierstapel. Diese Dinge paßten in kein logisches Raster, sie teilten nichts mit, sie enthüllten nichts, außer ihrer bloßen Erscheinung. Von ihrem vagen, wissenschaftlichen Beigeschmack abgesehen, waren sie weder klassifizierbar, noch benennbar. Der Würfel sah aus wie eine Büchse, aber nichts bewies, daß es auch eine war; er konnte auch porös sein wie ein Ziegelstein oder kompakt wie ein Goldbarren.

Nicht nur diese Dinge und ihre Zusammenstellung waren nicht zu verstehen, sondern auch ihre Anwesenheit hier. In Abel tauchte der Gedanke auf, daß diese mysteriösen, geheimen, offenkundig versteckten Gegenstände eine Verbindung haben könnten zu dem Mord an Carla, da das Tatmotiv bisher nicht herausgefunden werden konnte und die beiden Geheimnisse untergründig miteinander verwandt zu sein schienen. Abel stellte sich die Nachforschungen vor, die nötig wären, um die Wege zu entdecken, die zu dieser Verbindung führten; sie wären sicher lang und unergiebig, möglicherweise gefährlich und erforderten vielleicht Anstrengungen, zu denen er sich nicht fähig fühlte, selbst wenn die Aussicht, Carlas Mörder zu finden und die Vorstellung, aus Liebe zur Symmetrie, diesen Mörder zu ermorden, eine abenteuerlustige und mordlüsterne Regung in ihm weckte. Aus verschiedenen Gründen war es jedoch unvorstellbar, die Polizei hinzuzuziehen. Er hatte sich in einen Sessel gesetzt, um über all das nachzudenken.

Nachdem er wieder aufgestanden war, legte er die Dinge in die Hutschachtel zurück, ohne an ihrer ursprünglichen Ordnung etwas zu verändern, dann wickelte er die Schachtel in das alte Papier und rekonstruierte peinlich genau die Verpakkung, die er mit einem neuen Isolierband versah.

Etwas später ging Abel mit einer Schachtel unter jedem Arm aus seinem Lokal in die kalte Luft und in das matte Licht hinaus. Die zylindrische Schachtel wog mehr als Veras Sachen; Abel neigte nach links. Der Himmel war von unzähligen Wolken überzogen, so dicht, daß es nur eine einzige zu sein schien. Die Bürgersteige waren grau in grau. Ein Simca 1000 parkte auf der anderen Seite der Straße, der junge Mann, der am Steuer saß und zu warten schien, hauchte auf seine Finger, um sie zu wärmen; bei jedem Hauchen strömte die warme Luft wie ein Dampfstrahl aus seinem Mund.

Abel blieb am Rand des Bürgersteigs stehen und spähte nach einem Taxi, das schließlich auch kam. Er öffnete die hintere Tür, schob die Schachteln auf den Sitz und stieg danach selbst in den Wagen. Der Fahrer streckte ihm, ohne sich umzudrehen, ein Ohr zu, das mit altweißer Watte vollgestopft war.

– Rue Mogador, sagte Abel.

Sobald die Botschaft durch die Watte gedrungen war, startete das Taxi. Der junge Mann im Simca 1000 fuhr los, drehte die Heizung auf, wendete mit einem großen Bogen in der ausgestorbenen Straße und folgte dem Taxi. Der junge Mann schien wirklich sehr jung zu sein. Es war sogar schwierig, sein Alter zu schätzen, denn er schien dieses Alter noch immer nicht erreicht zu haben, so daß man auch den Verdacht hegen konnte, daß er viel älter war. Sein Gesicht war von einer Nikkelbrille verstellt, die er nur als Accessoire zu tragen schien, vielleicht um sich ein bißchen älter zu machen. Hin und wieder runzelte er die Stirn und setzte eine konzentrierte Miene auf, als müßte er sich ständig selbst zur Ordnung rufen. Seine Haare waren kastanienfarben, ziemlich lang, aber ihr Schnitt verriet die Unentschiedenheit des jungen Mannes, der nicht zu wissen schien, ob er sie kurz oder lang tragen sollte. Er hatte eine grüne Kordhose an, die etwas zu dünn war für die Jahreszeit, Turnschuhe mit dicken, grauen Wollstrümpfen und einen Caban, an dem Knöpfe fehlten. Er rauchte rote Bastos, blies den Rauch aus, ohne zu inhalieren, und hieß Albin.

II

Im Zimmer herrschte ein Schweigen wie in einem Warteraum, nichts als Räuspern und das Rascheln umgeblätterter Seiten. Nachdem Carrier das Radio ausgeschaltet hatte, nahm er seine Lektüre wieder auf. Selmer saß da, mit seinem geschlossenen Buch flach auf den Knien. Nach einer Weile brach er das Schweigen im üblichen Umgangston von Warteräumen, als wolle er sich nach dem baldigen Erscheinen des Zahnarztes erkundigen.

– Worum handelt es sich genau?

Carrier bremste seine Augen, die über die Zeilen eilten und hob den Kopf, ohne zu antworten.

– Ich dachte, Sie bräuchten jemanden. Vielleicht könnten Sie mir sagen, worum es sich handelt, wiederholte Selmer.

– Sie müssen schon auf Lafont warten, er wird es Ihnen erklären.

– Verzeihen Sie, ich dachte, Sie wüßten Bescheid.

– Natürlich weiß ich Bescheid, sagte Carrier in einem gereizten Ton, darum geht es nicht, Lafont wird Ihnen alles erklären.

– Können Sie es mir nicht selbst erklären? beharrte Selmer.

– Das ist unmöglich, sagte Carrier und tat so, als finge er wieder zu lesen an. Ich fürchte, ich könnte Ihnen zu viel sagen.

Selmer lächelte.

– Das Wesentliche würde mit genügen, schlug er vor.

– Das schon gar nicht, sagte Carrier.

– Und Lafont?

– Er wird Ihnen so viel sagen, wie eben nötig, indem er genau darauf achtet, was er sagt, was er nicht sagt und was er geheimhalten will.

– Das klingt ein bißchen arg intellektuell, sagte Selmer.

– Das ist nun einmal so, sagte Carrier. Möchten Sie etwas trinken? Ich habe spanischen Cognac und Enzianlikör.

Selmer antwortete nicht sofort.

– Sie sind mißtrauisch.

– Ich habe nur gezögert, log Selmer. Einen Schluck Enzianlikör bitte.

– Ich habe leider keine Eiswürfel, entschuldigte sich Carrier.

– Ich trinke ihn ohne Eis.

Diese Höflichkeiten, die mit einem Zurechtrücken der Gläser und Flaschen verbunden waren, lockerten ihre Beziehung ein wenig.

– Und Sie sind nicht beunruhigt? fragte der Strenge mit einer Gebärde und in einem Ton, als erkundige er sich, ob der Raum warm genug sei.

Selmer steckte seine Nase in den Enzian und machte seinerseits eine Geste, die sagen sollte, daß er es nicht sei.

– Ich wollte nur ein bißchen mehr darüber wissen, sagte er, während er sein Glas abstellte.

– Eine Organisation, sagte Carrier, eine einfache Organisation, wie viele andere, mit Chefs, die Befehle erteilen und mit Ausführenden, die sie ausführen. Sie sehen, die Sache ist überhaupt nicht kompliziert.

– Es ist das Einfachste von der Welt, pflichtete Selmer ihm bei. Und Sie, gehören Sie zu den Chefs oder zu den Ausführenden?

– Ich stehe dazwischen.

– Ah, sagte Selmer, das ist die undankbarste Rolle.

– Was Sie nicht sagen, gab Carrier zurück.

Sie legten eine Pause ein und tranken Schluck um Schluck.

– Und womit beschäftigt sich die Organisation?

Carrier wirkte jetzt weniger steif; seine Strenge warf Ballast ab. Er machte es sich in seinem Sessel bequem, straffte seine Lenden, entspannte sie dann und streckte seine Beine unter den niedrigen Tisch, der zwischen Selmer und ihm stand.

– Mehr oder weniger mit allem, antwortete er, es gibt keine Bezeichnung dafür. Sie werden schon sehen.

Er lächelte. Selmer ließ nicht locker.

– Aber was soll ich in dieser Geschichte? Ich? Welche Rolle spiele ich dabei?

– Ich habe Ihnen bereits gesagt, Lafont wird Ihnen alles weitere erklären.

– Das hieße also, Ihre Organisation wäre dermaßen nach außen abgeschottet, daß Sie selbst keinen Durchblick haben könnten, konjunktivierte der Übersetzer korrekt.

– Ich werde es Ihnen erklären, brachte Carrier in lehrerhaftem Ton hervor. Der Unterschied zwischen Lafont und mir ist, daß ich, was unsere momentanen Unternehmungen angeht, für die wir Sie brauchen, mehr auf dem laufenden bin als er. Lafont fungiert als Verbindungsglied zwischen uns beiden, als eine Art Filter. Ich habe ihm einige Informationen mitgeteilt, damit er sie heute an Sie weitergibt. Würde ich sie Ihnen selbst weitergeben, könnte der fehlende Filter in diesem Mechanismus das ganze System stören. Am Ende wüßten Sie zu viel oder eben zu wenig. Habe ich mich klar ausgedrückt?

– Gestatten Sie, daß ich skeptisch bleibe, sagte Selmer.

– Hören Sie einen Moment zu und Sie werden sehen, wie es funktioniert.

Carrier leerte sein Glas, stellte es ab und begann über die Lehnen seines Sessels zu streichen.

– Ich weiß genau, wo Sie sich vor einer Stunde befanden, fuhr er fort. Und im übrigen habe ich eine ungefähre Vorstellung des Ortes, an den Sie sich von hier aus begeben werden. Diese ungefähre Vorstellung konkretisiert sich zudem, sobald Sie selbst wissen, daß ich zu wissen glaube, wohin Sie gehen werden.

Selmer zog eine Augenbraue hoch.

– Es bleiben nur zwei Möglichkeiten, folgerte Carrier. Entweder Sie werden nicht dahingehen, wo Sie denken, daß ich vermute, daß Sie hingehen werden, und werden sich an einen anderen Ort begeben, im übrigen ohne sicher zu sein, daß es nicht genau dieser Ort war, den ich ins Auge gefaßt hatte.

Er verhedderte sich ein wenig in den Nebensätzen. Ohne im Reden innezuhalten, füllte er erneut beide Gläser.

– Oder, wenn Sie noch schlauer sind, was letztendlich nur ein anderer Grad von Naivität ist, werden Sie sich an den Ort begeben, den Sie ursprünglich vorgesehen hatten, noch immer ohne genau zu wissen, ob es nicht genau der Ort war, an den ich Sie führen wollte. Sehen Sie, das ist ein klassischer Vorgang, den man unendlich weiterspinnen kann. Nein, eigentlich doch nicht, berichtigte er gewissenhaft, nicht ganz bis ins Unendliche. Es gibt einen Punkt, wo es nicht weitergeht. Aber es wäre zu umständlich, dies zu erklären.

Selmer erschien sein Platz etwas ungemütlich. Er rutschte hin und her.

– Mal sehen, sagte er mit weniger fester Stimme, ich werde vielleicht ins Kino gehen.

– Ich weiß, nicht weit von Ihrem Hotel entfernt wird wieder einmal DIE HÖLLE GEHÖRT IHM gespielt. Stimmt's?

Selmers Schweigen beantwortete die Frage von selbst. Ihm wurde unbehaglich.

– Die Kopie soll in einem schlechten Zustand sein, sagte Carrier verträumt.

– Hören Sie, sagte Selmer, Sie haben mich kommen lassen, weil Sie mich brauchen. Und glauben Sie mir, wenn Sie mich brauchen, hat es keinen Sinn, mich zu beunruhigen.

– Gut, sagte Carrier, ich werde Sie beruhigen. Auf Ihr Wohl.

Bis zum letzten Tropfen leerten Sie ihre Stamper, die Carrier gleich wieder füllte.

– Bei der Arbeit, die wir Ihnen anbieten, werden zwangsläufig unvorhersehbare Situationen eintreten, Komplikationen, Unklarheiten, was weiß ich. Hören Sie gut zu, sagte er laut und betonte dabei jede Silbe, was auch immer geschieht, wenn Sie für die betreffende Situation keine Anweisungen haben, müssen Sie einfach Ihrer Lust entsprechend handeln. Sie dürfen keine Zeit damit verlieren, mit uns Kontakt aufzunehmen. Sie müssen sich spontan Ihrer Intuition überlassen, auch wenn Ihnen das absurd oder willkürlich erscheint, auch wenn es, ich betone das nochmals, scheinbar Ihrer Aufgabe widerspricht. Was halten Sie davon? Ist das nicht beruhigend?

Selmer antwortete nicht gleich. Er erhob sich, ohne sein Glas abzustellen und ging zum Fenster, schob den dicken, bräunlichen, vielleicht auch beigefarbenen Vorhang beiseite und warf einen Blick auf die Außenwelt. Alle Farben im Raum bewegten sich zwischen braun und beige. Die Außenwelt war vor allem braun und grau, trug aber auch einen beigen Ton in sich. Er betrachtete einen Augenblick lang das Niemandsland, an dessen Horizont eine Frau vorüberging, die ein Kind mit sich schleppte, das ein Spielzeug mit sich schleppte.

– Ich könnte mich weigern, sagte er leise und folgte dabei mit den Augen dem zappelnden Spielzeug.

Er drehte sich um. Carrier schwieg, er blickte in eine andere Richtung.

– Vielleicht haben Sie den Falschen erwischt, fügte Selmer noch hinzu. Wenn man jemandem kein Programm gibt, so vermutet man wohl, daß er bereits seinem eigenen Programm folgt. Man vermutet, daß er jemand ist, der gleichförmig und zuverlässig reagiert.

– Und?

– Nichts und, sagte Selmer.

Und der rosafarbene Bus, der Quito mit Bogota verbindet, durchquerte die Ebene seines Bewußtseins, von links nach rechts und mit einer Geschwindigkeit von neunzig Stundenkilometern.

– Ich habe hin und wieder etwas unberechenbare Reaktionen, fügte er hinzu, als wollte er im Verlauf einer Behandlung einem Spezialisten seinen Fall erläutern. Anfälle von Launenhaftigkeit, die ich nicht unter Kontrolle habe, eine Art Triebhaftigkeit. Ja, Triebhaftigkeit ist genau das richtige Wort dafür.

– Und? wiederholte Carrier. Ist das so wichtig?

– Sie brauchen einen ruhigen Menschen. Ich, ich bin viel zu labil.

– Woran denken Sie?

– An nichts, sagte Selmer.

– Doch, sagte Carrier, sie denken an etwas. Sie denken an die drei Amerikaner.

Selmer hatte zu lächeln angefangen. Sein Lächeln blieb für einen Augenblick auf seinem Gesicht stehen. Es wurde sogar noch um eine Spur breiter. Dann wandte sich Selmer dem Fenster zu, und Carrier konnte nicht sehen, in welche Richtung sich der Ausdruck seines Gesichts veränderte. Ein paar Sekunden verstrichen, dann kam Selmer zurück und setzte sich, seine Gesichtszüge waren teilnahmslos, aber von einer gewissen Müdigkeit gezeichnet. Er nahm eine Zigarette aus seiner Jackentasche. Carrier goß zum dritten Mal zwei Enzianlikör ein und begann zu reden. Vielleicht bin ich einfach nur betrunken, dachte Théo schnell.

– Sie sind mit den Amerikanern sehr gut zurechtgekommen, sagte Carrier. Natürlich war es ein bißchen riskant, sie nicht alle auf einmal umzubringen. Sie hätten Viceroy sofort beseitigen können, aber schließlich konnten Sie nicht wissen, daß er der Schwierigste von allen dreien war. Und außerdem gab das der Geschichte einen kleinen ästhetischen Beigeschmack, der sich ganz gut gemacht hat. Sie konnte es brauchen, fügte er lachend hinzu.

– Hören Sie mal, sagte Selmer in aller Ruhe, Sie können das doch gar nicht wissen.

Kurioserweise erschien es ihm, als könnte er Carrier davon überzeugen, daß er das gar nicht wissen konnte, und dieser, sobald er all die unzähligen, unausweichlichen Gründe erklärt hätte, weshalb Carrier das gar nicht wissen konnte, zugeben müßte, gezwungen wäre zu erkennen, daß er tatsächlich nichts wußte und nie etwas gewußt hatte. Ihm schien, es genügte, das klar, methodisch, überzeugend darzulegen. Gleichzeitig wußte er in seinem tiefsten Inneren, wie vergeblich all das war.

– Sie können es nicht wissen, begann er. Versuchen Sie doch zu begreifen.

Carrier brach erneut in ein niederschmetterndes Lachen aus, das sich anhörte, als zische Luft aus einem Reifen.

– Ich kannte keinen, sagte Selmer, ich war ganz zufällig dort. Keiner kannte mich. Ich habe mit keinem gesprochen, ich hatte zu keinem eine Beziehung. Sie können das gar nicht wissen.

Aber es ist doch alles vergeblich, dachte er. Er kam nicht mehr mit; der andere lachte noch immer.

– Ich habe nicht einmal gearbeitet, argumentierte er. Ich habe doch nicht für Sie gearbeitet?

– Aber ja doch, sagte Carrier.

Auf dem Niemandsland waren Geräusche zu hören. Carrier erhob sich, um nachzusehen. Zwei alte Leute rannten vorbei, verfolgten sich und warfen Steine aufeinander. Er kam zurück und setzte sich wieder.

– Aber ja doch, wiederholte er, wir kennen Sie schon seit langem, durch Berkowitz. Nach dem Zwischenfall bei der UNO begannen wir, uns für Sie zu interessieren, Sie wissen ja, die Papiertüte, Sie erinnern sich?

Théo erinnerte sich; er schüttelte den Kopf. Was heißt das nun für uns, fragte er sich in der ersten Person Plural.

– Nun denn, sagte Carrier etwas verlegen, als versuche er einem Mongoloiden den Dreisatz zu erklären. Nun, es ist ganz einfach. Von da an haben wir Sie eine Zeitlang beobachtet. Und dann, als wir den Eindruck hatten, daß Sie auf die gewünschte Art reagieren, mußten wir es nur noch so einrichten, daß die Amerikaner den gleichen Bus nehmen wie Sie.

– Ich glaube, ich verstehe, sagte Selmer langsam. Sofern das möglich ist.

– Natürlich, sagte Carrier.

Es folgte ein Schweigen, das nur von sporadisch ausgetauschten Halbsätzen unterbrochen wurde.

– Was mich ein wenig verwirrt, sagte Selmer, ist die Umständlichkeit der Sache. Wenn Ihnen so viel daran lag, diese Amerikaner zu beseitigen, warum haben Sie dann nicht gleich einen dieser guten alten professionellen Killer engagiert? Er hätte das mindestens ebensogut erledigt wie ich.

– Das war eine heikle Angelegenheit. Es war unbedingt erforderlich, daß bei dieser Geschichte keiner auf uns kommt. Hätten Sie versagt, hätten Sie sich erwischen lassen, hätte keiner wissen können, daß wir dieses Ding gedreht haben, da Sie es selbst nicht wußten. Da auch Sie uns nicht kannten. Aber Sie haben sich ganz gut gehalten. Wissen Sie, daß noch immer gefahndet wird?

Er brach erneut in sein Autoreifenlachen aus.

– Sie haben Ihr Versprechen nicht gehalten, bemerkte Selmer. Sie haben mich nicht beruhigt.

– Das wird sich schon legen, sagte Carrier, eines schönen Tages hätten Sie sowieso da durch müssen.

– Und wenn ich jetzt gehen würde, sagte Selmer ohne große Überzeugung. Eigentlich könnte ich einfach davongehen. So, ich gehe, wir vergessen alles, wir reden nicht mehr darüber, und damit hat es sich. Nicht?

– Stellen Sie sich doch nicht so dumm, sagte Carrier mit sichtlichem Vergnügen, wir haben ein gutes Dutzend Beweise dafür, daß Sie die Amerikaner umgelegt haben. Ich glaube, es liegen sogar Fotos vor.

– So langsam verstehe ich, sagte Selmer.

– Das trifft sich gut, sagte Carrier mit einem letzten pneumatischen Geräusch.

Als es so aussah, als hätten sie sich nichts mehr zu sagen, klingelte es an der Tür.

– Das ist Lafont, sagte er.

Es war Albin.

– Ist Blaise noch nicht da? wunderte sich Albin.

12

PRADON BETRAT DAS GEBÄUDE, durchquerte die große Halle, nahm den Fahrstuhl und ging in sein Büro. Er ließ sich in seinen Sessel fallen, drückte auf die Sprechanlage, die ihn mit Brigitte verband und erkundigte sich, ob Verabredungen vorlägen. Lediglich eine Madame Caine war für fünfzehn Uhr angemeldet. Er schaute auf seine Armbanduhr und sah, daß er noch Zeit hatte.

Seit zwei Jahren arbeitete er für Haas. Er trug taillierte Anzüge mit Weste und bewegte sich, nachdem er sie am Morgen ein für alle Mal zugeknöpft hatte, den ganzen Tag über sehr steif, als dienten ihm diese Kleidungsstücke zugleich als Panzer und als Stütze. Er sackte etwas zusammen, machte die letzten Knöpfe seiner Weste auf und öffnete eine Schublade seines Schreibtischs, aus der er eine kleine Holzschachtel holte, die eine Rasierklinge und ein weißes, vierfach gefaltetes Blatt Papier in Form eines Etuis enthielt.

Das auseinandergefaltete Blatt enthielt einen Rest weißen Puders. Pradon formte vorsichtig ein kleines Häufchen auf dem Rand der Rasierklinge, und da er allein war, pulte er ausgiebig sein rechtes Nasenloch frei, hielt das linke mit dem Zeigefinger zu, beugte die Nase nach vorne und zog die Luft ein, kurz, aber mit Schwung.

Pradon seufzte tief und befriedigt und machte sich daran, den Vorgang auf der linken Seite zu wiederholen. Die Sache war hier ein bißchen mühsamer und seine Gesten waren eine Spur unbeholfener. Als er wieder schnüffelte, machte er eine falsche Bewegung und die Rasierklinge, die aus ihrer Bahn geriet, schnitt ihn ziemlich tief in den Knorpel. Das Blut spritzte auf ihn herab und um ihn herum. Er stieß einen Schrei aus, drückte hektisch auf die Sprechanlage, Brigitte kam angelaufen. Eine Stunde später empfing er mit einer vollständig mit Heftpflaster umwickelten Nase Kathleen Caine in seinem Büro.

Sie war etwas über vierzig Jahre alt, eher groß und schlank und hatte blonde, wellige, ein wenig zerzauste Haare. Pradon dachte nur an sein Heftpflaster.

– Monsieur Haar bittet Sie zu entschuldigen, daß er Sie nicht selbst empfangen kann, aber er ist im Augenblick sehr beschäftigt.

– Ich komme wegen Byron, sagte Kathleen Caine.

– Ich kann Ihre Besorgtheit verstehen, sagte Pradon mit Scharfsinn, aber es gibt keinen Grund zur Beunruhigung. Ihr

Gatte wird sehr von seiner Arbeit in Anspruch genommen, es kann sein, daß er bei seinen Forschungen auf eine neue Spur gestoßen ist. Vielleicht hat er in seinem Arbeitseifer einfach versäumt, die Verlängerung seines Aufenthaltes mitzuteilen. Er ist normalerweise nicht verpflichtet, sich an Zeiten oder Fristen zu halten. Das Prinzip unserer Forschungsarbeit, fügte er hinzu und ersetzte den gewieften durch einen gewichtigen Ton, beruht darauf, den Leuten im Labor die größtmögliche Freiheit zu lassen, erst recht, wenn es sich um einen so brillanten Forscher handelt wie Monsieur Caine, nicht wahr?

– Sie können sich das sparen, sagte Kathleen Caine. Ich habe einen Brief von Byron erhalten.

Pradon rückte seinen Gesichtsausdruck zurecht.

– Er erzählte mir in seinem Brief all das, was Sie mir nicht gesagt hatten, präzisierte sie, und noch ein paar andere Dinge, die Sie vielleicht gar nicht wissen.

– Wo ist er?

– Er sagt es nicht. Der Text ist ein bißchen konfus, aber ich konnte ihm entnehmen, daß er von einer anderen Firma angeheuert worden ist, oder irgend etwas in dieser Art.

Scheiße, dachte Pradon.

– Das wundert mich, sagte er.

– Nein, sagte Kathleen Caine, das wundert Sie nicht. Es geht jetzt darum, ihn wiederzufinden.

– Aber wir haben unsere Nachforschungen bereits verstärkt, sagte Pradon mit betrübter Stimme. Es ist immer peinlich, über diese Dinge zu sprechen, aber ich glaube, Ihr Gatte hat eine Art psychischer Behandlung hinter sich. Eventuell ein Rückfall.

– Byron kann nicht rückfällig werden, unterbrach sie ihn, er ist nur einmal tief gefallen, ein für alle Mal, vermutlich bei seiner Geburt. Darum geht es hier nicht.

– Worum dann?

– Sie müssen ihn wiederfinden, wiederholte Kathleen Caine.

Pradon verlor den Halt, legte seine Hände flach auf den Schreibtisch und formulierte schlüssig wirkende Sätze.

– Ich nehme Ihre Bitte zur Kenntnis. Ich werde sie gleich heute abend an Monsieur Haas weiterleiten, aber ich kann Ihnen versichern, daß wir bereits unser möglichstes tun.

– Sie irren, sagte sie, es handelt sich nicht um eine Bitte, es geht um mehr. Kennen Sie das Prestidge-Projekt?

Eine perfekte Scheiße, dachte Pradon, eine absolut perfekte Scheiße.

– Nie gehört, sagte er.

– Ich glaube Ihnen nicht, sagte Kathleen Caine.

– Ich verstehe nicht, sagte Pradon, vielleicht handelt es sich um einen Bereich, der außerhalb meiner Zuständigkeit liegt.

Ich bin kein guter Lügner, dachte er. Sie ließ ihn zappeln. Sie legte eine Pause ein.

– Hören Sie, sagte sie schließlich, Sie werden das an Ihren Chef weiterleiten. Wenn Sie es nicht verstehen, er wird es ganz sicher verstehen. Hören Sie gut zu, der Satz ist ganz einfach. Wenn Byron nicht innerhalb von zehn Tagen in Paris ist, werde ich alles, was ich über diese Geschichte und das Prestidge Projekt weiß, mit den entsprechenden Beweisen an die Zeitungen schicken. Die Zeitungen werden sich freuen, sie werden dann zumindest für die nächsten Tage eine Schlagzeile haben. Das wär's.

Sie stand auf, Pradon brauchte eine Weile, bis er seinerseits aufstand. Er begleitete sie zur Tür und wiederholte abwechselnd, daß er nichts verstehe, aber alles weiterleiten werde und daß er alles weiterleiten werde, obwohl er nichts verstehe. Sobald sie gegangen war, stürzte er zum Telefon und leitete alles weiter.

– Sie weiß sicher sehr viel, schlußfolgerte er.

– Ja, sagte Haas, sicher zu viel.

– Ich könnte versuchen, sie zum Sprechen zu bringen, schlug Pradon vor.

– Auf keinen Fall, sagte Haas, dann wären Sie es, der zu viel weiß. Sagen Sie lieber Russel Bescheid.

Pradon wählte die Nummer des Lutetia Hotels und verlangte Zimmer 308.

– Ich bin's, sagte er, ich habe etwas für Sie. Stört es Sie nicht, wenn es schon wieder eine Frau ist?

– Das ist zwar ein bißchen eintönig, meinte Russel, aber schließlich ist es mein Metier.

– Wunderbar, sagte Pradon, ich schicke Ihnen sofort die Informationen und den Scheck. Es müßte bis morgen erledigt sein.

– Ich rufe zurück, sagte Russel, bevor er auflegte.

Er durchquerte sein Zimmer in Richtung Bett, auf dem ein offener Koffer lag und holte einen kleinen, grünen Filzbeutel heraus, den er auf den Tisch legte; dann ging er zur Badewanne und ließ das Wasser einlaufen. Nachdem er sich gewaschen hatte, zog er sich um. Dann nahm er ein breites Laguiole mit Horngriff aus dem Filzbeutel, prüfte die Spitze, ließ vorsichtig seinen Finger über die Klinge gleiten, klappte es zusammen und ließ es in seiner Tasche verschwinden.

Es klopfte an der Tür. Es war ein Hotelboy, der einen Rohrpostbrief brachte. Russel öffnete ihn. Der Umschlag enthielt einen Scheck, den er in seine Brieftasche steckte sowie ein quadratisches, ziemlich dickes, gänzlich unbeschriebenes Stück Papier, dessen Oberfläche mit reliefartigen kleinen Punkten und Linien bedeckt war. Russel strich zweimal mit seinem Zeigefinger über die Karte und legte sie dann, nachdem er sie angezündet hatte, in den Aschenbecher.

Es war schon dunkel, als Kathleen Caine vier Stunden später ihre Wohnung verließ. Vor der Eingangstür des Hauses blieb sie einen Augenblick stehen und zog eine Puderdose aus ihrer Tasche, um noch etwas nachzulegen. Als sie gerade mit der Quaste hantierte, wurde sie von der demutsvollen und zurückhaltenden Stimme eines Blinden angerufen, der sie bat, ihm beim Überqueren der Straße zu helfen. Sie drehte sich um, und das Blut spritzte an ihr herab und um sie herum, und sie starb auf der Stelle.

Eine Viertelstunde später stolperte ein Passant über den Körper, der im Halbdunkel quer über den Bürgersteig lag. Der Passant stürzte beinahe, warf seine Arme nach vorn, um den Fall aufzufangen, stürzte nicht, fand sein Gleichgewicht wieder und beschimpfte das Hindernis, bevor er es untersuchte. Als er es identifizierte, stieß er einen kurzen Schrei aus und rannte zum nächsten Bistro, wo man die Polizei verständigte, wie man esin solchen Fällen eben tut. Die Polizei kam genau in dem Augenblick an den Tatort, als Russel in seinem Zimmer erneut in die Badewanne stieg. Der Blinde wusch sich viel und oft, vor allem an Arbeitstagen.

13

ZWEI JAHRE ZUVOR HATTE EINES MORGENS zu früher Stunde auf der Bir-Hakeim Brücke ein anderer Passant – vielleicht war es derselbe, in diesem Fall können wir uns seine Verwirrung vorstellen – auf gleiche Weise das Gleichgewicht verloren und die Arme nach vorne geworfen, als er über den Körper von Angelo Klopstock-Lopez stolperte.

Angelo Klopstock-Lopez war als Waffenhändler tätig gewesen, bevor er nächtlich und tödlich von drei Kugeln des Kalibers 11,43 durchlöchert wurde, und die letzte Regung seines Bewußtseins, der letzte Reflex dieses Fachmanns, bestand im übrigen darin, das genaue Kaliber der oben genannten Projektile am Klang zu erkennen, kurz bevor sie ihn durchsiebten. Angelos Vergangenheit war ebenso dunkel wie der bräunlich trübe Fluß, der an diesem Morgen unter seiner Leiche hindurchfloß; und genau wie der Fluß hatte er so viel Abstoßendes an sich, das Grund genug war, ihn umzulegen. Die riesige Menge möglicher Motive für diesen Mord und die beträchtliche Zahl der Gruppierungen und Einzelpersonen, die dafür in Frage kamen, hatten von vornherein etwas Entmutigendes an sich; zudem wirkten sich die politische und diplomatische Lage und in engem Zusammenhang damit, die letztendlich entscheidende Tatsache, daß kaum jemand vom Ableben Klopstock-Lopez' wirklich berührt war, nachhaltig auf die Ermittlungen aus, die auf der Stelle traten, nur nachlässig, verdrossen durchgeführt und schließlich eingestellt wurden. Man legte den Fall zu den Akten. Man vergaß ihn.

Gerechterweise muß hinzugefügt werden, daß Albin klug vorgegangen war. Von dem Tag, an dem ihm die originelle Idee gekommen war, bis zu der Nacht, in der sein Zeigefinger auf einen kalten Abzug drückte, führte er dieses Unternehmen in der vollkommensten Einsamkeit und der anerkennenswertesten Diskretion durch, wie in einem Bemühen um Sorgfalt, in einer Art naivem, aber wirksamen Perfektionismus; wie sich gezeigt hat.

Der Plan für diese eigentümliche Aktion war bei Albin unter einer Sonne des Überdrusses gereift, nachdem er sich ein ganzes Jahr lang in verschiedenen radikalen Gruppierungen herumgetrieben hatte und daraus kurzlebige Vergnügungen und nichts als Verbitterung gezogen hatte. Er zog es also vor, sich zurückzuziehen, doch nicht ohne darauf zu verzichten, bei seinem Abschied aus der Welt der Politik ein Zeichen zu setzen, um das, was er dennoch als Scheitern empfand, durch diese Geste wieder wettzumachen, die zugleich der Gipfel und das Ende seiner militanten Laufbahn wäre und die er genießen könnte, allein, nach erfüllter Aufgabe und mit gutem Gewissen. Vom Vergnügen an diesem Unternehmen ganz abgesehen.

Ohne jemandem etwas zu sagen, begann er mit Hilfe von Zeitungen, Büchern, Telefonbüchern, eine Liste der Leute zu erstellen, die den vier Bedingungen entsprachen, am Leben, in seinen Augen schuldig, in Paris wohnhaft und nicht allzu schwer zu töten zu sein. Das Auswahlverfahren nahm viel Zeit in Anspruch. Eine Menge Namen scharte sich vor den Toren der Liste. Es galt, streng und so unparteiisch wie möglich zu sein, jedes persönliche Gefühl auszuschalten und jeden Kandidaten, der auf dem Plan stand, genau zu prüfen. Die Nachforschungen erbrachten sechs Namen. Albin schrieb diese Namen auf sechs Zettel, die er faltete und durcheinander in einen eigens dafür gekauften Hut warf und das, was man Zufall, Schicksal, ausgleichende Gerechtigkeit oder die Geschichte nennen könnte, wollte, daß es Angelo Klopstock-Lopez' Name war, den Albin aus dem Hut zog.

Er verbrachte zwei Monate damit, den Händler außerhalb der Bürozeiten zu beobachten, und das Lästigste war noch, sich die Waffe zu beschaffen. Den Plan für die Ausführung selbst hatte Albin mit der gleichen gründlichen und fast heiteren Aufmerksamkeit erstellt wie zehn Jahre zuvor, als es noch darum ging, aus Legosteinen irgendeinen komplizierten Kran zu bauen. Er führte ihn ohne weitere Erschwernisse aus und hinterließ zu wenig Hinweise, als daß eine schludrige Ermittlung auch nur die geringste Chance gehabt hätte, die Spur bis zu ihm zurückzuverfolgen.

Die ersten Tage nach der Durchlöcherung Angelos frohlockte Albin, wobei er weniger die Perfektion der Handlung auskostete als die Tatsache, daß diese Handlung ausschließlich und vollkommen ihm gehörte. Als spulte sich immer wieder der gleiche Film ab, als spielte immer wieder dieselbe Platte, ging er die Erinnerung an dieses Ereignis durch, ohne Unterlaß, wie jemand, der durch ein leeres Haus geht, in dem er sich einzurichten gedenkt. Manchmal überfiel ihn, vor allem am Abend, eine Selbstliebe, eine Art Überschwenglichkeit, die ihn so beflügelte, daß er nicht einschlafen konnte.

Nach und nach nahm er sein früheres, vorwiegend müßiggängerisches Leben wieder auf und knüpfte erneut an alten Verbindungen an. In seiner Gegenwart wurde der Mord, der im übrigen wenig Aufsehen erregte, nie erwähnt; er selbst sagte nie einen Ton darüber. Durch eine weitere Folge dessen, was man das Schicksal, die Fatalität, die Ordnung der Dinge oder die Unkenntnis der Ursachen nennen könnte, brachte ihn sein zielloses Nichtstun eines Tages vor die Eingangstür des Cernuschi Museums in der Nähe des Parc Monceau. Er betrat es; es war Morgen; er besichtigte es. Als er vor einem Boddhisatva und neben einem Unbekannten stand, begann er plötzlich mit diesem ein Gespräch über jenen, nachdem er lange Zeit darauf verzichtet hatte, es umgekehrt zu machen. Der eine entdeckte beim anderen ein gleich starkes Interesse für die Khmer-Skulptur, sie fanden sich sympathisch und der Unbekannte lud Albin ein, an den Treffen der Ästheten teilzunehmen, die jeden Samstag in Nanterre stattfanden, bei einem Orientalisten, einem Freund von ihm.

Der Unbekannte war natürlich Lafont und der Orientale Carrier. Albin begriff sehr schnell, ohne es sich wirklich erklären zu können, daß man nicht über die Überreste von Angkor, sondern über die von Angelo Klopstock-Lopez sprechen würde. Genau wie Selmer zwei Jahre später, versank Albin in ein bitteres und konfuses Grübeln mit metaphysischem Beigeschmack, das um den Begriff des freien Willens kreiste. Er konnte einfach nicht begreifen, wie man derart sein Leben lenken konnte, ein paar Monate lang, an seiner Stelle und das ohne sein Wissen. Selbst wenn er sich bemühte, das Prinzip der Sache anzuerkennen, stieß er doch immer auf die Episode des Auslosens, deren vorbestimmter Ausgang alles überstieg, was er bisher für die Grenze des Wahrscheinlichen gehalten hatte. Er brauchte mehrere Monate um das Rätsel zu verdauen; es war wie ein Genesen. Von da an nahm er regelmäßig an den Samstagstreffen teil. An diesem Samstag trat er ein und setzte sich neben Selmer auf das Sofa.

– Ist Blaise noch nicht da?

– Lafont auch nicht, sagte Carrier, sie werden bald kommen.

– Ich habe Blaise Bescheid gegeben, sagte Albin, und dann

bin ich dem Geschäftsführer gefolgt. Er hatte Pakete unter dem Arm und ist nach Hause gegangen.

– Ich werde mich um ihn kümmern. Und Pradon?

– Ich habe von Brigitte seinen Zeitplan der letzten Wochen. Es gibt zwei oder drei mögliche Augenblicke, um ihn abzufangen.

– Wir sprechen noch darüber, kürzte Carrier die Sache ab, das steht auf der Tagesordnung.

– Und Tristano? fragte Albin.

– Steht auf der Tagesordnung.

– Und er? meinte Albin und zeigte auf Selmer. Steht der auch auf der Tagesordnung?

– Er auch, sagte Carrier.

– Ich seh schon, stöhnte Albin und sprach von Selmer, als wäre er nicht da, oder besser gesagt, als wäre er im Innern eines großen Pakets, das noch nicht aufgeschnürt war. Ich versteh schon. Er wird in aller Ruhe in die Sonne reisen, um den Mutanten zu überwachen und ich, ich werde hierbleiben, im Schlamm und im Regen und in der Kälte und in diesem ganzen Grau,mit meinem abgetragenen Mantel und meinen Schuhen, die nicht wasserdicht sind. So ein Pech.

– Was für ein Mutant? fragte Selmer.

– Albin, bitte, protestierte Carrier.

– Ein Erfinder, antwortete Albin mit unerwarteter Vertraulichkeit, als wäre das Paket, in dem Selmer sich befand, plötzlich aufgegangen. Irgend so ein verrückter Wissenschaftler, den sie aufgetrieben haben. Wir kennen uns noch nicht, ich heiße Albin.

– Selmer, sagte Selmer.

– Sie sind nicht zufällig verwandt mit einem Saxophonhersteller?

– Albin, bitte, wiederholte Carrier.

Es klingelte an der Tür, Carrier öffnete, Lafont trat ein. Sein beiläufiges Bücken beim Durchschreiten der Tür konnte als Begrüßung gemeint sein. Er trug wie immer seinen weiten, grauen Anzug, der ihn wie ein ausgedientes, trauriges Zirkuszelt aussehen ließ. Selmer bemerkte, daß die Sohlen seiner Schuhe ungewöhnlich dick, seiner Größte angepaßt waren.

– Blaise fehlt noch, sagte Carrier, aber wir können ohne ihn anfangen.

Es klingelte wieder. Carrier machte eine Handbewegung.

– Lassen Sie, sagte Lafont, ich mache schon auf.

Sein Kopf streifte die Decke des Flurs, als er zur Tür ging. Man hörte, wie sich seine Hand auf die Türklinke legte, dann ertönte eine andere Art von Geräusch, lang, durchschlagend, abgehackt, das ohne Zweifel von einer automatischen Waffe stammte. Der durch die Mitte umgesägte Riese stürzte wie ein Gebäude zusammen und sein Körper erstreckte sich über die ganze Fläche des Flurs.

Die Feuersalve hatte durch eine Reihe von Einschlägen über die ganze Breite der Tür eine punktierte Linie gezogen, wie in einer berühmten Szene eines berühmten Films, aber niemand hatte die Zeit, über diese zufällige Übereinstimmung nachzudenken. Die Tür öffnete sich heftig und gab vor einem vagen Hintergrund aus grünen Lodenmänteln den Blick auf kleine, dunkle Pistolenläufe frei, die nach innen gerichtet waren. Selmer sprang hinter das Sofa und schnappte dabei nach seinem Buch, um die Llama herauszuholen, während Albin und Carrier flach auf dem Boden liegend bereits in Richtung Tür zielten, über Lafonts Körper hinweg, der als Barrikade diente. Es fand ein allgemeiner, ohrenbetäubender Austausch von Projektilen statt, der mit dem Verschwinden der Grünmäntel ein Ende fand.

Carrier stürzte auf die Tür zu und schwang dabei einen riesigen 45er Colt, der seinen eiförmigen Körper etwas aus dem Gleichgewicht brachte. Er stürmte ins Treppenhaus, das leer war, rannte wieder in die Wohnung zurück und stürzte zum Fenster, um den Revolverhelden den Rückzug zu versperren, falls sie über das Niemandsland fliehen sollten. Er lauerte ihnen eine Weile auf, vergeblich; die Lodenliebhaber mußten das Gebäude auf der Hinterseite verlassen haben, auf der sich keine Fenster befanden.

Selmer atmete auf und räumte seinen Selbstlader in die Oktav-Hülle. Er schaute Carrier an, der Albin anschaute, der Lafont anschaute, der nichts anschaute. Die Augen des Riesen waren ebenso leer wie das Niemandsland und stimmten auch inihrer erdfarbenen Tönung mit diesem überein. Albin schloß sie, Carrier schloß die Tür und Selmer schloß sein Buch.

– Er ist tot, sagte Albin überflüssigerweise, wie ärgerlich.

– Und der Lärm dabei? sagte Carrier verdrossen. Finden Sie das etwa ein diskretes Vorgehen?

Es standen drei Tische im Raum. Sie legten Lafonts Körper auf die beiden längsten, die sie aneinanderschoben, und Carrier kündigte an, daß man sich um den dritten versammeln werde. Man ließ sich zunächst in die Sessel fallen, um wieder zu sich zu kommen, wie Sportler in einem Umkleideraum. Albin schaltete das Radio ein. Noch immer Klaviermusik. Sie war langsam, wehmütig, getragen.

– Wenn das Leben anfängt, wie Kino zu sein, sagte Albin, genügt es, das Radio einzuschalten und schon hat man die Musik zum Film.

– Machen Sie aus, entrüstete sich Carrier. Die Sitzung ist eröffnet.

Man begab sich auf die Stühle. Die Sitzung wurde verkürzt, die Tagesordnung verändert. Widerwillig mußte nun Carrier Selmer erklären, worin seine Aufgabe bestand. Sie schien auf den ersten Blick etwas undurchsichtig, aber Théo hütete sich, Fragen zu stellen; er ahnte, daß seine Fragen nur die Tür zu weiteren Fragen öffnete, und dann zu weiteren Fragen, und daß er so Gefahr liefe, eine endlose Folge von Fragen auszulösen, die zu bestimmten, waghalsigen Fragestellungen führten, auf die er sich grundsätzlich nicht einlassen wollte.

Er hörte übrigens den Ausführungen Carriers nur zerstreut zu und nahm folglich nur das Wesentliche auf: er müßte wieder reisen. Umso besser, dachte er. Seit seiner Ankunft fürchtete er sich ein wenig davor, den ganzen Winter in Paris zu verbringen.

14

NOCH BEVOR ES HELL WAR, klingelte das Telefon. Es dauerte eine Weile, bis das Dunkel durch eine Nachttischlampe mit einer vierzig Watt Birne vertrieben wurde, deren spärlicher Lichtschein den Bettrand erleuchtete, den Raum rundherum, der angefüllt war mit Büchern, Zeitungen, verstreuten Kleidungsstücken und Zigarettenstummeln, und schließlich die Insassin dieses Bettes, von der man, als sie den Hörer abnahm, nur den linken Arm und die linke Gesichtshälfte sah, jedoch deutlich genug, um Vera zu erkennen.

Sie wollte ja sagen, oder hallo, und formte diese Worte mit den Lippen, da aber kein Laut aus ihrem Mund drang, räusperte sie sich ein wenig, um ihre Stimmbänder in Schwingung zu versetzen, wie man einen kalten Motor in Gang bringt, indem man kräftig aufs Gaspedal tritt.

– Ja, brachte sie schließlich heraus.

Eine etwas zu hohe Männerstimme zirpte im Hartgummi.

– Nein, sagte Vera, das ist ein Irrtum. Und wieder zirpte es. Wie? fragte sie. Es zirpte lange. Ja, sagte Vera, es ist die richtige Nummer, aber es ist trotzdem ein Irrtum. Bei der nächsten Zirptirade fragte der andere Insasse des Bettes, der bisher unsichtbar war, was los sei.

– Da hat sich jemand verwählt, flüsterte Vera. Er sagt, daß er Blaise sprechen will und ich sage ihm, daß hier kein Blaise ist.

– Gib ihn mir, sagte Paul.
– Blaise? zirpte die Stimme fragend.
– Ja, sagte Paul, ich bin's.
– Ich weiß, ich rufe früh an. Habe ich Sie geweckt?

Paul schaute über Veras Schulter hinweg auf Veras Uhr. Es war kurz vor vier.

– Nein, sagte er, das heißt ja, ein wenig, das macht nichts.
– Es ist dringend, man wird Sie vielleicht brauchen.
– Hören Sie zu, sagte Paul, nachdem er tief Luft geholt hatte, das geht mich inzwischen nichts mehr an. Sie müssen endlich begreifen, daß ich nichts mehr damit zu tun haben will. Ich habe das auch schon Tristano gesagt, als ich ihn das letzte Mal gesehen habe. Ich mache nicht mehr mit, verstehen Sie? Es ist schon seltsam, scheinbar hört mir keiner zu, wenn ich das sage.
– Natürlich, zirpte Albin, ich verstehe. Wissen Sie, was gestern passiert ist?
– Nein, sagte Paul, ich weiß es nicht und ich will es auch nicht wissen. Verschonen Sie mich bitte damit.
– Ich muß Sie trotzdem auf dem laufenden halten.
– Albin, sagte Paul und riß sich zusammen, das war das letzte Mal, begreifen Sie doch endlich, daß ich von jetzt an nichts mehr wissen will. Es ist Schluß jetzt. Wir kennen uns nicht mehr, o.k.?
– O.k., sagte Albin, ich lasse Sie weiterschlafen. Auf Wiedersehen.
– Auf Nimmerwiedersehen, sagte Paul.

Er war erschöpft. Er legte auf, löschte die Lampe, schlief wieder ein. Der Morgen war dunkel, die Beleuchtung dürftig und trübe; auf den eisglatten Straßen waren nur wenige Autos und auf den Bürgersteigen war überhaupt niemand. Es herrschte eine niederdrückende Stille, die, da sie nicht ungetrübt war, umso niederdrückender wirkte.

Ein paar Stunden später wachten die Kinder in den benachbarten Wohnungen auf und begannen leise in den Zimmern zwischen den Betten der Erwachsenen, aus denen laute Atemgeräusche entwichen, umherzulaufen. Die Kinder, die begierig waren, sich zusammenzutun, sich zu scharen oder abzusondern, sprenkelten mit ihrem Getuschel die Stille, und alsder Tag anbrach, verstärkte sich ihr heftiges Gemurmel im Einklang mit dem verstohlenen Licht, das sich aus allen Richtungen einschlich, die Vorhänge durchdrang, die Dielen überflutete, die Wandschränke belagerte, die Spiegel für seine Sache gewann und sich nach und nach der strategisch wichtigen, optischen Punkte bemächtigte, bis zu dem Augenblick, wo es gebieterisch einbrach, die Väter mit den schweren und empfindlichen Augenlidern zum Aufstehen und Urinieren drängte und so das Startsignal für einen winterlichen Sonntag gab.

Noch ein paar Stunden und es war Mittag. Draußen tauten die Straßen langsam unter der verschleierten, fahlweißen, kraftlosen Sonne. Paul schlief noch, Vera ebenfalls. Es klingelte an der Tür. Paul stand auf und öffnete sie. Es war Albin.

– Tut mir leid, aber er möchte Sie sehen, sagte Albin.

– Aber, entgegnete Paul.

– Schon gut, schon gut, sagte Albin, ich verstehe Sie ja. Aber das hier ist etwas anderes, er möchte Sie sehen. Er braucht Sie.

– Ich, sagte Paul, ich komme aber nicht mit.

– Hören Sie, sagte Albin, Sie wollen doch wohl nicht, daß ich Sie an das Ding mit der Sobranie Bank erinnere?

– Sie kleiner Dummkopf, was wissen Sie denn schon von der Sobranie Bank?

– Nicht allzu viel, gab Albin zu, aber genug, um Sie zu überzeugen, mitzukommen. Seien Sie so nett und ziehen Sie sich an. Ich warte im Wagen.

Nachtigallen trapsten.

– Schon in Ordnung, gab sich Paul geschlagen, ich komme. Einen Augenblick noch. Ich ziehe mich an und komme.

Er kehrte in das Zimmer zurück. Vera war noch nicht aufgewacht. Ihr Körper krümmte sich im Schlaf wie ein Bogen, ihr

Haar bedeckte das Gesicht. So in sich eingeschlossen, schien sie unerreichbar zu sein, in einer Art Schlafautarkie versunken, in der Paul keinen Platz hatte, außer im Traum. Eigentlich, dachte er, kann ich auch gehen. Er wusch sich das Gesicht und die Hände und zog sich an.

Der Simca 1000 fuhr durch eine Reihe leerer Straßen, die fast so entvölkert waren wie mitten in der Nacht. Es war zu kalt, die Leute blieben in den Häusern. Die Sonne war noch verdeckt, aber die Stadt war klar, deutlich, die Wolken ließen ein Licht durch, das so hell und neutral war wie die Beleuchtung eines Operationssaals. Albin setzte Paul irgendwo im siebzehnten Arrondissement vor dem Eingang einer Grünanlage ab.

– Hier ist es, sagte Albin. Ich habe noch zu tun, bis später.

Paul betrat die Grünanlage. Carrier saß auf einer Bank in der Nähe eines Sandkastens, in dem eingemummte Kinder spielten; zerstreut sah er zu, wie Paul sich näherte, es war der gleiche Ausdruck mechanischer Überwachung, den auch die Mütter und Kindermädchen aufsetzten, die verstreut und abgeschlafft auf den Nachbarbänken saßen. Paul setzte sich neben ihn.

– Ich habe etwas für Sie, sagte Carrier.

Paul protestierte auf eine etwas unbestimmte Weise, während ihm der andere eine kleine Aktenmappe aus schwarzem und neuem Kunststoff hinstreckte.

– Es ist alles drin, Sie können die Instruktionen hier nachlesen. Die Flugtickets und das nötige Geld liegen auch dabei. Sie müssen nur noch abreisen.

– Abreisen? empörte sich Paul, sofort?

– In etwa vierzehn Tagen. Ich sage Ihnen Bescheid.

– Hören Sie, sagte Paul, ich kann nicht.

– Machen Sie sich keine Sorgen, sagte Carrier, Sie werden nicht allein sein. Gehen Sie jetzt nach Hause und warten Sie, bis ich Sie anrufe.

– Ich kann nicht, beharrte Paul, ich habe eine Arbeit, eine

andere, richtige Arbeit. Ich kann zur Zeit nicht aus Paris weg.

– Mit dem Geld, das hier drin ist, brauchen Sie überhaupt nicht mehr zu arbeiten. Und warum wollen Sie arbeiten, wenn ich Ihnen so etwas wie Ferien anbiete?

– So etwas wie, wiederholte Paul.

– Ja, sagte Carrier, so etwas wie, so etwas wie. Und außerdem werden Sie Tristano wiedersehen und Arbogast treffen, glauben Sie mir, die beiden sind viel unterhaltsamer als ich es bin. Und außerdem werden Sie an der Sonne sein. Mögen Sie die Sonne nicht?

– Ich mag überhaupt nichts, sagte Paul, scheren Sie sich zum Teufel.

– Also dann, viel Glück, sagte Carrier.

Und er stand auf und ging zum Ausgang der Grünanlage. Paul sah, wie er sich entfernte. Just in dem Augenblick, als Carrier die kleine grüne Gittertür aufstieß, begann es zu regnen. Das hat gerade noch gefehlt, dachte Paul.

Zwanzig Minuten später stellte Albin in etwa dieselbe Überlegung an, als der Regenschauer bis zum Boulevard Haussmann vorgedrungen war. Er saß in einem Bistro, direkt hinter der Glasscheibe, genau gegenüber von Haas' Büro. Er las noch einmal die Zeitung des Vortags und gähnte dabei. In seinem Glas war noch ein kleiner Schluck Bier, aus dem jede Kohlensäure entwichen war. Er tauchte seine Zunge in die abgestandene, fade und zugleich bittere Flüssigkeit, dachte daran, noch ein weiteres Bier zu bestellen, verzichtete aber darauf und vertiefte sich in die Todesanzeigen.

Bevor er zur Liste der frisch ernannten Doktoranden überging, warf er einen Blick auf das Gebäude auf der anderen Straßenseite. Pradon trat heraus, von einem Untergebenen begleitet. Endlich, dachte Albin. Er zählte das Kleingeld, das er vorsorglich auf den Tisch gelegt hatte und faltete seine Zeitung zusammen, ohne den Sekretär aus den Augen zu lassen.

Der Untergebene spähte nach einem Taxi. Der Simca 1000 wartete vor der Bar geparkt. Albin stand auf und ging ohne

Eile zum Ausgang. Als er gerade dabei war, die mit Werbeabziehbildern vollgeklebte Tür aufzustoßen, sah er plötzlich zwischen zwei Aufklebern etwas, das ihn für einen Augenblick erstarren ließ.

Ein dicker Volvo, ein älteres Modell in einer schönen dunkelblauen Farbe, hatte gerade vor dem Untergebenen gehalten. Zwei nicht identifizierbare Figuren saßen auf dem Rücksitz; sie stiegen aus dem Wagen aus und wurden identifizierbar, waren aber zu weit von Albin entfernt, als daß er sie gegebenenfalls hätte wiedererkennen können. Der eine war korpulenter als der andere und sie trugen beide grüne Mäntel, beim Korpulenten war das Grün eine Spur dunkler. Diese Ansammlung von Grün erinnerte Albin an irgend etwas, aber an was? Der Fahrer saß unbeweglich hinter seinem Lenkrad.

Die Mäntel näherten sich Pradon, der eine leichte Rückwärtsbewegung andeutete und über eine Stufe stolperte; der Untergebene steckte schnell eine Hand in seine Tasche; der Grünmantel trat ebenso schnell mit dem Fuß gegen den Arm des Untergebenen, der seine Hand mit einer Grimasse zurückzog. Sie hätten mir Bescheid sagen können, dachte Albin, nie sagt mir einer was. Er stieß die Tür des Bistros auf und ging in die Kälte hinaus.

Er überquerte die Straße und näherte sich der kleinen Gruppe. Man beriet dort leise, aber erregt. Pradon und sein Untergebener schienen von den Mänteln umzingelt zu sein, deren Taschen, wie Albin sehen konnte, schwer ausgebeult waren; große Kaliber, schätzte er, oder große Erektionen. Die Gesichter, die aus den Mänteln herausragten, waren ihm unbekannt, was ihn aber nicht weiter verwunderte, da er sich seit zwei Jahren in einer Welt bewegte, in der es üblich, wenn nicht die Regel war, daß keiner den anderen kannte. Dennoch war ihm unbehaglich; Pradons Entführung war seit langem geplant, aber Carrier hatte sie immer wieder verschoben, darauf verwiesen, daß an höchster Stelle noch Unklarheit herrsche, wann der günstigste Zeitpunkt dafür gekommen sei.

Daß man nun die Operation einer anderen Mannschaft anvertraut hatte, noch dazu, ohne ihm Bescheid zu sagen, ließ ihn einen Augenblick lang mit der ganzen Welt schmollen, die Mäntel eingeschlossen, obwohl er deren wirksames und dezentes Vorgehen durchaus zu schätzen wußte. Er näherte sich dem hellgrünen Mantel, der sein Kommen mit einem Salamanderblick verfolgte, während der dunkle und untersetzte Mantel Pradon und seinen Untergebenen in den Volvo einsteigen ließ.

Albin fühlte sich zugleich überflüssig und angesprochen, folglich war er verlegen; der Hellgrüne ging bis zur Vordertür; er folgte ihm zögernd. Der Motor lief.

– Sie hätten mir Bescheid sagen können, sagte Albin, und ich, was mache ich jetzt?

– Nichts mehr, sagte der andere.

Und er verhunzte seinen Lodenmantel, indem er durch seine Tasche ein kleines Projektil aus mit Messing überzogenem Stahl abfeuerte, das eine zylindrisch-spitzbogige Form und einen Durchmesser von acht Millimetern hatte, und hinter Albins Kehle, neben dem siebten Halswirbel, stecken blieb. Albin fiel und der Hellgrüne sprang in den Volvo, der losfuhr; der Fahrer kurbelte die Scheibe hoch.

Der Fahrer hatte ein breites Gesicht, einen viereckigen Kiefer, eine spitze Nase und eine Brille; seine schwarzen, glänzenden Haare schienen an der Kopfhaut zu kleben. Er hieß Marc-Aurèle Piove und war Besitzer einer Autowerkstatt in Senlis. Von Zeit zu Zeit und gegen Geld arbeitete er als Fahrer für die Mäntel.

Der Hellangezogene neben dem Fahrer hieß Buck. Der Dunkelangezogene hinter dem Fahrer hieß Raph. Buck und Raph arbeiteten immer zusammen, aber nicht immer mit dem gleichen Fahrer.

15

Byron Caine bestieg eine Anhöhe in der Mitte der Insel, von wo aus sie ganz zu übersehen war. Auf der Erhebung stand eine Baumgruppe, vermutlich Tannen. Byron Caine lehnte sich an eine von ihnen und betrachtete den Umkreis der Insel. Von seinem Standpunkt aus schien sie fast vollkommen rund zu sein; nur ein großer, weißer und dreieckiger Felsbrocken, der im Westen vorsprang, verdeckte einen Teil des Ozeans und verformte leicht den Umriß des Eilands. Caine kletterte auf den Baum, um besser sehen zu können.

Von der Spitze aus veränderte sich die Perspektive. Der weiße Felsen verschmolz mit der Landschaft und wurde vom Umkreis einbezogen; von hier auf wirkte die Kontur der Insel regelmäßiger. Caine setzte sich auf einen dicken Ast.

Außer der Zerlegung durch den Greenwich Meridian wurde die Insel dazu quer von einem kümmerlichen Bach geteilt, der in der morgenländischen Hälfte in der Nähe des Palastes entsprang und sie von Ost nach West durchquerte. Die Quelle des Baches versorgte nach ihrem Ursprung zunächst ein Sumpfgebiet mit fast stehendem Gewässer, voller Fieberbäume, und das diesem Bereich der Insel genug Feuchtigkeit spendete, um hier Eukalyptusbäume, Kingies und andere baumartige Farnkräuter wuchern zu lassen.

Die ganze abendländische Hälfte der Insel, die in den Begriffen des Greenwich Meridians morgen darstellte, war dagegen außerordentlich karg; es gab nichts als Steine, Geröll, Kiesel, Felsen. Nur wenige Tiere wagten sich dorthin, während es in dem Teil, der gestern verkörperte, Beuteltiere und Kloakentiere, die typisch waren für diesen Teil der Erde, im Überfluß gab. In der ersten Zeit ließ sich Byron Caine oft durch die Fremdheit der ozeanischen Tierwelt verlocken, aber es gelang ihm nie, sich wirklich daran zu gewöhnen, und der Umgang mit diesen bizarren Tieren bewirkte, daß er oft von Kühen und Hunden, von Pferden und Hühnern träumte. Eine Art Zuneigung empfand er nur für die Vögel, die zwar seltsam, aber doch irgendwie noch vertraut aussahen, und für die Känguruhs, die ihn mit ihren langen Köpfen und riesigen Ohren ein wenig an Esel erinnerten.

Das ist nun also die Insel, dachte Byron Caine, hier bin ich also. Und diese Tatsache erschien ihm außerordentlich willkürlich; es wäre sehr viel selbstverständlicher gewesen, irgendwo anders zu sein als gerade hier. Er stellte sich vor, irgendwo anders zu sein, in Paris zum Beispiel, aber Paris erschien ihm, als er diese Vorstellung weiterspann, genauso willkürlich wie dieser Punkt im Pazifik. Er kannte dieses Gefühl. Er war in Baltimore geboren, am Patapsco, und die Ufer des Patapsco waren ihm immer als der willkürlichste Ort der Welt erschienen. Er wiederholte mit lauter Stimme:

– Hier bin ich also.

Und er begann zu lachen, und sein Lachen verursachte ein Schwindelgefühl, und er mußte sich an einem Ast festhalten und den Baumstamm fest umschlingen. Er fühlte sich hilflos und Tränen stiegen ihm in die Augen. Ich bin krank, dachte er und mußte sich anstrengen, um seine jetzige Umgebung und die Welt noch mit ein bißchen Sinn aufzuladen. Es ist gleich vorbei, dachte er, es wird gleich vorbei sein.

Die Sonne ging unter. Der Westen der Insel, der tagsüber für gewöhnlich weiß war, färbte sich ocker, manganbraun, sepiabraun, und auch rosa, in hellen Schattierungen.

Er hörte ein Geräusch unter sich; er senkte den Blick. Am Fuß des Baumes lief eine Art Ratte vorbei, dick wie ein dickes Karnickel, die ihre Sprößlinge auf dem Rücken angehäuft trug wie auf der Plattform eines Busses. Ihre kleinen, greiffähigen Schwänze klammerten sich fest an den dicken, mütterlichen Schwanz, der über ihre Köpfe gestülpt war und ihnen so eine Art Stange zum Festhalten anbot, gemäß dem System, das auch in den Bussen verwendet wird. Caine brach einen kleinen Zweig ab und warf ihn auf das Tier, das davonrannte, wobei die Nachkommenschaft auf seinem Rücken aufeinanderprallte.

Er blieb auf dem Baum, bis die Nacht einbrach. In der wachsenden Dunkelheit tauchten zwei Lichter auf, zunächst im Osten, dann im Süden. Das im Osten stammte vom Palast, wo Joseph gerade eben eine Konservendose öffnete, während Tristano kodierte oder dekodierte. Das südliche Licht war viel schwächer, kaum wahrnehmbar, das konnte nur Arbogast sein. Arbogast hatte die drei Betonbunker am Rand des Wassers notdürftig eingerichtet und bewohnte sie abwechselnd, je nach Laune. Er kam nie in den Palast und verbrachte seine Tage allein auf der Insel, um die Verteidigungsmaßnahmen für den Fall eines Angriffes vorzubereiten. Caine gelang es hin und wieder, ihn zu entdecken, aber Arbogast ignorierte ihn offenkundig und schien sich im übrigen, sobald man ihn entdeckt hatte, in einen Busch oder einen Felsen aufzulösen.

Arbogast sprach nur mit Tristano und mit Joseph, und auch mit ihnen nur das Nötigste. Von Zeit zu Zeit verschwand er völlig für vier oder fünf Tage und kehrte mit Informationen zurück, die Caine nur selten mitgeteilt wurden. Wenn Joseph und Tristano von Arbogast sprachen, geschah es immer mit einer Art ehrfürchtiger Zuneigung. Auch wenn nach Tristanos Meinung in nächster Zeit kein Angriff zu befürchten war, legten sie doch großen Wert auf die strategischen Unternehmungen Arbogasts und hatten daher Verständnis für seinen einsamen und schweigsamen Lebensstil. Auch sie selbst sprachen wenig.

Es wurde Nacht. Byron Caine bekam Hunger. Er stieg vom Baum, rutschte den Abhang hinunter, ging auf den Palast zu, bahnte sich einen Weg durch das Gestrüpp und verlief sich häufig. Er blieb mehrmals stehen, um sich zu orientieren und nahm das Licht, das das lange und niedrige Milchglasfenster durchließ, als Richtschnur. Er sank mehrmals in einem Ausläufer des Sumpfes ein, wo es von blaugrünen und aggressiven Insekten wimmelte, während über seinem Kopf die Phalangere und die Dasyrue aus ihrem Tagesschlaf auftauchten und im Geäst geschäftig wurden.

Als er beim Palast ankam, der sich zwischen dem Strand und dem Sumpf befand, hatte Byron Caine klitschnasse Füße. Eine Woge amerikanischer Geigenmusik, von Störgeräuschen untermalt, ergoß sich durch die offene Tür des Hauses, vom vorhersehbaren Geruch eines Cassoulets begleitet. Diese Mischung weckte Ekel in ihm, und er verzichtete darauf, zu Joseph und Tristano hochzugehen. Er machte einen Bogen um die Leiter und ging das kleine Gemüsebeet entlang, das Joseph angelegt hatte, um das Dosenessen aufzubessern. Joseph hatte durch einen Zufall entdeckt, daß der Palast und seine unmittelbare Umgebung in einer kleinen Klimazone lagen, die unerwartet günstig war für den Anbau von Blumenkohl, was im übrigen in Caines Augen den willkürlichen Charakter dieses Ortes noch betonte. Joseph baute auf seine Entdeckung und hatte sich, wahrscheinlich durch Arbogasts Vermittlung, Samen und Pflänzlinge verschiedener europäischer Gemüsesorten besorgt, die er auf dem Inselboden auszusäen versuchte. Alle gingen ein, nur der Blumenkohl überlebte und ein paar nicht eßbare Tomaten, die Joseph am Stamm verfaulen ließ.

Caine betrat das verödete Erdgeschoß, das ohne Tür und von Moos zerfressen war. Er näherte sich der halbfertigen Treppe in der Mitte, hinter der sich eine Falltür befand; er hob sie hoch und legte eine unterirdische Höhle frei, die durch eine andere, kleinere und erstaunlicherweise fertige Treppe leicht zugänglich war. Er stieg hinab.

Das Untergeschoß des Palastes war ein riesiger leerer Raum mit zementierten Wänden, der von vielen, ohne Symmetrie angeordneten Stützpfeilern getragen wurde. Caine schritt zwischen den Pfeilern wie durch einen Wald und schwenkte eine Petroleumlampe vor sich, die ihre zittrigen Schatten auf dem grauen Boden in Bewegung setzte. Keinerlei Geräusch drang von außen herein; nur das groteske und zähe Quietschen seiner Stiefel untermalte schwerfällig den Schritt des Erfinders. Er näherte sich der Maschine.

Er hatte sie in einer der entlegensten Ecken des Erdgeschosses aufgestellt. Zu Beginn seines Aufenthalts hatte erTristano und Joseph noch ein Besichtigungsrecht eingeräumt, das er dann in ein bloßes Besuchsrecht umwandelte, bis er sich eines Besseren besann. Er nahm sich an Arbogast ein Beispiel und entschied, gleichfalls seinen Lebensstil und seine Bedürfnisse durchzusetzen: Keiner durfte sich der Maschine nähern, selbst wenn er da war; man mußte sich das Gelüst untersagen, in seine Arbeit einzugreifen, sei es auch unter dem Vorwand, ihm zu helfen, kurzum, nichts sollte ihn stören. Die anderen hatten sich dieser Forderung gebeugt, trotz Josephs argwöhnischem Zögern, das Caine schweigend hinnahm, mit einem resignierten Gesichtsausdruck, der von Herablassung und Wissenschaftlertum geprägt war.

Nicht weit von der Maschine hatte er einen Bretterverschlag eingerichtet, der ihm als Büro und als Ruhealtar diente. An die Wände waren komplizierte Pläne geheftet und auf ein paar wackeligen Regalen lagen Werkzeugkästen, Konservendosen und natürlich auch Bücher, Papiere, zerknitterte Kleidungsstücke. Byron Caine zündete eine Lampe an, setzte sich, wechselte die Schuhe und betrachtete die Maschine.

Das Gehäuse der Maschine war ein schwarz angemalter, länglicher, metallischer Zylinder, der aufrecht auf seiner Grundfläche ruhte und etwa so groß war wie ein Mensch. Unten an seiner Seite war mit einem Lötbrenner ein Loch ausgeschnitten und dann mit schmutzigen Lappen abgedichtet worden. An der Außenfläche des Zylinders waren auf unterschiedlichen Höhen etwa zwanzig Scheinfüßchen in verschiedenen Größen und aus jeweils anderen Bestandteilen angebracht, die sich wie Schlingstengel um ihn rankten. Diese verschiedenartigen Elemente schienen zum Teil noch unfertig, einige wirkten, als seien sie noch im Zustand eines Entwurfs oder Modells. Das Aussehen eines dieser Füßchen zum Beispiel, ein einfaches Gebilde aus verbogenem Eisendraht, notdürftig auf eine Stahlplatte geschweißt, die wiederum mit ungleichen Schrauben ander Wand befestigt war, offenbarte keineswegs, daß es fertig sei. Sein mißlicher Zustand ließ im Gegenteil vermuten, daß es sich nur um einen Entwurf handle, um eine kaum konkretisierte Vermutung, um die übereilte Verwirklichung einer sich noch entwickelnden Idee, um eine Art Gedächtnisstütze also. Ein paar andere Bestandteile, die ebenso dürftig waren wie dieses, schienen nur dafür gemacht, den allerersten Ansatz einer Idee zu vergegenständlichen, sie verkörperten das Anfangsstadium seiner Verwirklichung, den Zustand, der unmittelbar auf die Formel folgt.

Dennoch, die meisten Scheinfüßchen, die im allgemeinen mit verstellbaren Pleuelstangen an den Seiten der Maschine angebracht waren, verlängerten sich in den Raum, indem sie feiner, genauer wurden, nach mehr Bearbeitung aussahen, obwohl sie natürlich, da sie wie eine zusammengeschusterte und überstürzte Bastelarbeit wirkten, an nichts Vertrautes erinnerten. Mit einem Sockel aus Wolfram am Zylinder verankert, übertrug ein Gewirr von Stahlstangen die Bewegungen von der einen auf die andere. Aus einer Plexiglasbüchse, die am Gehäuse festgeschraubt war und ein kleines, kompaktes und dichtes Zahnradgetriebe enthielt, quoll eine Verzweigung aus zitternden Kupferbändern hervor, auf denen in blauer Kreide Zeichen angebracht waren. Eine andere war ganz aus kleinen Holz- und Bleihöckern zusammengesetzt, die aneinandergeklebt oder mit Wollfäden zusammengebunden waren. Jede Hoffnung auf Verstehen, die zunächst durch das Wiedererkennen einiger herkömmlicher mechanischer Einheiten mitten in diesem Wust befördert wurde, löste sich bald auf, zerstreute sich und weigerte sich schließlich, dieser Anhäufung wunderlicher Verbindungsstücke, diesen, wenn man so sagen darf, widernatürlichen technischen Paarungen, diesen sich offenkundig widersprechenden Objekten zu folgen. Dennoch, auch wenn die entwickeltsten dieser Scheinfüßchen bestenfalls an technologische Mißgeburten erinnerten, behielten ihre Anordnung, ihre Gelenkverbindungen, noch einen vertrauten, klassischen, fast menschlichen Charakter, verglichen mit den noch wilderen Verzweigungen, die im Gegensatz zu diesen direkt aus der Grundfläche wie die Zweige eines verrückten Baums heraussprossen: kurz, es handelte sich um Bündel oxydierter Antennen, die mit einer Schnur verbunden, um undefinierbare Rohre, die auf ihrer ganzen Länge mit Zeitungspapier und Gummiringen umwickelt, sowie um Rohrteile, die mit Drahtgeflecht umwunden waren.

Rund um die Maschine war eine Furche in den Boden gegraben und dann mit Erde zugeschüttet worden; aus seiner Oberfläche ragten dicke Büchsen aus Gußeisen, die zu drei Vierteln eingegraben waren und aus denen eine Vielzahl elektrischer Kabel entsprangen, die sich wie Efeu an den Zylinder schmiegten und ihn mit einem sehr feinen Netz umwoben, das bis zu den Scheinfüßchen hinaufreichte und sie zu speisen schien. Nach Abspaltungen und verschiedenen Zweigleitungen mündeten diese Drähte am Ende ihres Verlaufs in ein dikkes, überzogenes Kabel, das an ein kleines, kubisches und geschlossenes, mattschwarzes Parallelepiped angeschlossen war, von dem ein leichtes Brummen ausging. Dieser Gegenstand, der einige Meter vom Hauptkomplex entfernt stand, schien den Kreislauf zu schließen, obwohl damit noch nicht gesagt war, ob es sich um die Quelle oder die Mündung, das A oder das Z, den Anfang oder das Ende handelte.

Byron Caine betrachtete seine Maschine. Diese Ansammlung verschiedener Gegenstände, die auf einen Zylinder aufgeklebt waren, befremdete auf den ersten Blick, weil sie wie etwas trostlos Unfertiges aussah. Aber dieses Unfertige war auf so augenfällige, nachdrückliche, so vollkommene Weise unfertig, daß man annehmen konnte, darin bestünde das Prinzip der Maschine, darin läge ihr Selbstzweck; so schien die Vollkommenheit seines Unfertigseins den Gegenstand, gerade weil er etwas Unfertiges war, als etwas Fertiges erscheinen zu lassen; man konnte vermuten, daß er fertiggestellt, funktionstüchtig sei und vielleicht bereits funktionierte; folglich konnte jede Verbesserung, die man der Maschine weiter zukommen ließ, nur in einer Vervollkommnung ihres Unfertigseins bestehen. So oder so war es schwierig, ihre Funktion zu bestimmen. Byron Caine nahm einen Schraubenzieher mit Isoliergriff und begann in der Gelenkverbindung eines Scheinfüßchens herumzufummeln und schien auf die Veränderungen des Surrens zu hören, das der kleine schwarze Würfel aussendete.

Er arbeitete unterschiedlich, mal führte er kleine, präzise, gewandte Bewegungen aus, dann versank er wieder in lange Phasen einer zögernden und angespannten Untätigkeit, aus der er gelegentlich in eine schnelle, aber sofort wieder zurückgenommene Bewegung ausbrach; er schaute lange auf die Maschine, als begriffe er ihre Funktionsweise nicht mehr, dann stürzte er plötzlich auf sie zu und begann fieberhaft, sie an zehn Stellen gleichzeitig zu bearbeiten. Auf diese Weise werkelte er drei oder vier Stunden herum. Danach holte er aus seinem Verschlag eine Dose Sauerkraut, öffnete sie, schüttete den Inhalt in einen schmutzigen Teller und stellte diesen dann vorsichtig auf den surrenden Würfel.

Als das Sauerkraut zu kochen begann, nahm er es von seiner Unterlage, begann langsam, in großen Bissen zu essen und kaute regelmäßig, als müsse er sich dazu zwingen; er zwang sich dazu. Dann ging er wieder in seinen Verschlag, zog eine Decke über sich, wickelte sich ein und schlief. Er hatte einen Alptraum; er fiel. Er fiel unendlich. Er spürte, wie sein Körper fiel.

Schweißgebadet wachte er auf. Die Flamme der Lampe war kleiner geworden. Er stand auf, goß Petroleum nach und griff wieder zu seinem Schraubenzieher. Er hatte einen entsetzlichen Geschmack im Mund. Er war müde. Es war Mitternacht.

16

Zur gleichen Zeit sah Théo Selmer auf seine Armbanduhr, es war zehn vor zwölf. Er nahm das Flugzeug um zwölf Uhr fünfundzwanzig, an Gepäck hatte er nur einen alten Gaffiot bei sich, den er unter dem Arm trug. Er setzte sich in den hintersten Teil des Flugzeugs, schlug das Wörterbuch auf der ersten Seite auf und las aufmerksam die sieben Textspalten über die Präposition AB, sowie ein paar andere, darauffolgende Worterklärungen. Als er bei der Präposition AD landete, setzte sich das Flugzeug in Bewegung. Selmer schloß sein Buch und schaute durch die Luke auf die sich entfernende Erde.

Nach einer Stunde stand er auf und ging, noch immer mit dem Buch unter dem Arm, in den vorderen Teil der Maschine. Als er sich der Kabinentür näherte, fragte ihn eine Stewardeß, was er wolle.

– Eine Überraschung, sagte Selmer lächelnd, ich möchte den Piloten besuchen. Stellen Sie sich vor, er ist ein Freund von mir, er weiß nicht, daß ich hier bin.

– Das geht nicht, sagte die Stewardeß, Sie müssen bis zur Zwischenlandung warten.

Selmer gab ihr zu verstehen, sie solle sich einen Augenblick gedulden, und begann in seinem Gaffiot ungefähr bis zur Seite 430 zu blättern, und brachte so eine automatische Pistole, Marke Heckler & Koch zum Vorschein, die Carrier ihm vor seiner Abreise im Austausch gegen die Rossi und die Llama geschenkt hatte, da er sie für dieses Unternehmen unzweckmäßig fand. Die Waffe war gut durchdacht, deutsch und zerlegbar; sie bestand aus einem einzigen Kolben und vier auswechselbaren Läufen unterschiedlichen Kalibers, die zerstreut im Innern des Wörterbuchs herumlagen, da Selmer es nicht für nötig befunden hatte, allzu bedrohlich aufzutreten. Er hielt ihr das Buch zwar ohne Aggressivität, aber nicht ohne Feierlichkeit hin, wie jemand, der Pralinen anbietet, oder wie ein erfahrener Oberkellner, der den Speisenden eine Platte offeriert, bevor er die Portionen zuteilt. Die Stewardeß seufzte und gab ihm den Weg frei.

– Ich versichere Ihnen, daß es sich um einen Freund handelt, wiederholte Selmer mit der Hand schon auf der Türklinke. Sie haben sich nichts vorzuwerfen.

Er trat ein, sie folgte ihm. Die Flugzeugführer wandten sich um; der eine war etwa vierzig Jahre alt, der andere fünfzig, aber sie ähnelten sich sehr und ähnelten auch den Piloten, die man aus Comics oder amerikanischen Kriegsfilmen kennt.

– Sind Sie Selmer? fragte der Jüngere. Ein Freund von Carrier, fügte er als Erklärung für den Älteren hinzu.

– Ach, sagte der Alte.

– Sie sehen, sagte Théo zur Stewardeß, alle beide kennen mich sogar.

Sie wurde entspannter, bot Getränke an. Der Fünfzigjährige wandte sich Selmer zu. Er sah weniger beschäftigt aus als der Jüngere, aber auch verlebter.

– Wie geht es Lafont? fragte er.

– Er ist tot, sagte Selmer.

– War kein Metier für ihn, sagte der Flieger. Je größer man ist, umso mehr steht man in der Schußlinie. Und der kleine Albin?

– Er ist auch tot, sagte Selmer.

– Alles geht den Bach runter, meinte der Fünfzigjährige und wandte sich wieder seinen Apparaturen zu.

– Wohin soll's gehen? erkundigte sich der Vierzigjährige.

Das Flugzeug flog über den Wolken, im vollkommenen Licht. Selmer betrachtete den Himmel um sich herum. Er hatte es nicht eilig.

– Fliegen Sie ruhig weiter geradeaus, sagte er. Ich sage Ihnen dann Bescheid.

– Sagen Sie mir wenigstens, wo wir landen sollen, beharrte der Pilot, wegen des Kerosins.

– Machen Sie sich keine Umstände meinetwegen, sagte Selmer, es handelt sich nur um eine kleine zusätzliche Zwischenlandung am Ende der Route. Sie setzen mich ab und fliegen dann weiter. Es handelt sich nur um einen kleinen Umweg über dem Pazifik.

– Warum haben Sie das nicht gleich gesagt, maulte der Vierzigjährige.

– Das hält sich ja in Grenzen, meinte der Fünfzigjährige versöhnlich. Reizt es sie nicht, das Flugzeug in die Luft zu sprengen?

– Ich lege keinen Wert darauf, sagte Selmer. Und außerdem wüßte ich nicht, wie ich das anstellen sollte.

– So schwierig ist es nun wieder auch nicht, brummte der Halbhundertjährige.

Zeit verstrich. Das Flugzeug flog noch immer sehr hoch, die Sonne überflutete die Kabine, keine einzige Wolke schob sich dazwischen, die ihre Strahlen abgehalten hätte. Selmer saß hinter den Piloten, er hatte sein Buch beiseite gelegt. Er betrachtete noch immer den unbeweglichen Himmelsraum und das Licht. Dann sah er, wie die Sonne sich langsam den Wolken näherte und dahinter verschwand und wie das Licht sich verwandelte. Er blickte auf seine Armbanduhr, es war sieben. Die Stewardeß brachte das Essen auf Tabletts. Der Vierzigjährige stand auf und faltete Landkarten auseinander.

– Zeigen Sie mir, wo es hingehen soll.

– Auf die Midway-Inseln, sagte Selmer.

– Hier, meinte der Pilot und legte seinen Zeigefinger auf eine Karte.

– Im Süden der Midway-Inseln befindet sich eine kleine, längliche Insel, sie hat zwar nicht die Größe, aber doch die Form eines Streichholzes. Es ist ganz einfach, dort ist eine Flugpiste mit Wasser rundherum.

– Sieh an, sagte der Pilot, das kenne ich gar nicht.

– Das soll es aber geben. Es handelt sich um eine ehemalige Klippenreihe, die die Amerikaner während des Krieges eingeebnet und zubetoniert haben. Sie dürfte noch zu benutzen sein. Wenn wir ohne Schwierigkeiten landen können, vermute ich, daß Sie danach auch wieder starten können.

– Ja, sagte der Pilot, im Prinzip kann man die gleiche Piste benutzen. Das ist das Kostengünstige an der Fliegerei.

– Ich hoffe, es macht Ihnen nicht allzu viele Umstände, mich abzusetzen, ich könnte zwar auch einen Fallschirm nehmen, aber ich gestehe, daß mir das etwas lästig wäre.

– Aber keineswegs, protestierte der Pilot.

– Sie sind sehr liebenswürdig, sagte Selmer.

Während der Reise, die zwei Tage dauerte, blieb ihre Umgangsweise von derselben, gleichförmigen Freundlichkeit. Dann, als der Augenblick gekommen war, nachdem die Stewardeß den Passagieren in beruhigendem Ton irgend etwas gesagt hatte, um die Zwischenlandung zu rechtfertigen, tauchte das Flugzeug in die Zirrostrati ein.

Die alte amerikanische Piste hielt noch immer. Sie rollten wie rasend über die ganze Länge des schmalen grauen Bandes und stoppten zwanzig Meter vor dem Meer auf einer Kreisfläche, die am Ende der Piste angelegt war, um den Maschinen das Wenden zu ermöglichen. Der Pilot betätigte den Türöffner, der Steward warf eine Strickleiter hinaus und Selmer stieg hinab, nachdem er sich bei allen bedankt hatte.

Wie bei einem riesigen Holzklötzchenspiel bestand der Boden der Piste aus großen, aneinandergelegten Betonplatten, und war mit einer feinen Sandschicht bedeckt, die der Meereswind an manchen Stellen aufgewirbelt hatte. Die Insel war nichts als dieses lange, waagrechte und nackte Band auf drei

Metern Höhe über dem Meeresspiegel. Es gab hier weder ein Gebäude noch den geringsten Markierungspunkt, nicht einmal ein gemaltes Zeichen auf dem Boden. Nur alte braune Öl- oder Schmierfettflecken, die sich wie Wasserzeichen einer Banknote in den Boden eingefressen hatten, zeugten von einstiger Geschäftigkeit.

Der Steward zog die Leiter hoch, die Tür schloß sich und die Triebwerke begannen zu brausen. Die Maschine wendete auf ihren riesigen Reifen mit einer Langsamkeit, die in keinem Verhältnis zu ihrer Größe stand und Selmer geriet wieder in diesen Zustand dumpfer und beharrlicher Geduld, der irgendwie mit dem Gefühl der verlorenen Zeit verbunden war und in dem er sich immer befand, wenn er zusah, wie die Flugzeuge sich auf dem Boden voranbewegten und ihre langen, starrköpfigen Schnauzen vor sich herschoben. Die Turbinen drehten auf und die fliegende Masse startete schwerfällig wie ein Amboß in die andere Richtung, nachdem sie wie ein Traktor am Rand eines Feldes und in der Zeit, die benötigt wird, um vom Ende einer Furche in den Anfang der nächsten zu kommen, gewendet hatte.

Selmer sah das Flugzeug auf der Piste immer kleiner werden und an ihren Seitenwänden manchmal eine etwas höhere Welle in einer Gischtkrone mit einem weißen und jodhaltigen Aufspritzen zerschellen. Die Räder hoben genau am Übergang zum Ozean vom Boden ab, schrumpften dann langsam zusammen, verschmolzen mit dem Rumpf und das Flugzeug sah wieder wie ein richtiges Flugzeug aus. Die Sonne spiegelte sich intensiv im Wasser; Selmer wollte die Augen schließen, zwang sich aber, sie starr auf die Maschine zu richten, bis diese nur noch ein Punkt war; dann schmerzte ihn der Anblick, er schloß die Augenlider und nahm nur noch das Meeresrauschen wahr.

Er öffnete die Augen wieder. So weit sein Blick reichte, war um das leere Gelände nichts als das von einem kreisförmigen Horizont begrenzte Meer. Einsamer kann man nicht sein, dachte er und fühlte sich einsam, und für das Überleben auf diesem unmenschlichen Rechteck, gesetzt den Fall, es ginge um das Überleben, und er fände sich damit ab, eigentlich auch schlecht gerüstet: nur mit dem Wörterbuch einer toten Sprache, das zu drei Vierteln unbrauchbar war, einer hervorragenden Pistole und seiner Kleidung. Er wühlte mechanisch in seinen Taschen, deren Inhalt sich seit Wochen nicht verändert hatte und bemerkte, daß er nicht allein war.

Als er die Augen weit aufriß, entdeckte er eine unbewegliche Silhouette, weit entfernt, am anderen Ende der Piste, kaum zu erkennen, fast aufgesogen durch das Meer und den Himmel, die den Raum verschlangen. Nachdem er sich an das Licht und die Entfernung gewöhnt hatte, sah er einen Mann in einem weißen Anzug, mit dunkler Brille und blonden Haaren, die eher gelb als blond waren. Der Mann wedelte mit dem Arm, beugte sich über das Wasser und verschwand. Selmer begab sich auf das langgezogene Gelände und war erneut einsam in dieser Umgebung, die durch das Meer immer stärker wie die Kulisse eines Theaters wirkte.

Er marschierte lange bis zum anderen Ende der Piste, wo etwas weiter unten der Mann mit den gelben Haaren, am Steuer eines großen Außenborders schwebend, auf ihn wartete. Er hatte seine dunkle Brille abgenommen und knabberte an einem der Bügel.

– Springen Sie einfach, sagte er.

Selmer sprang und nahm neben ihm Platz. Der Mann mit den gelben Haaren setzte seine Brille wieder auf und startete; das Vorderteil des Außenborders hob sich und begann mit ungeheurer Geschwindigkeit und einem unbeschreiblichen Krach gradlinig das Wasser zu durchschneiden. Selmer lehnte sich auf seinem Sitz zurück. Die dunkle Brille wandte sich ihm zu.

– Ich heiße Arbogast, schrien die gelben Haare.

Ein paar Stunden später waren sie angekommen. Am nächsten Tag zeigte Arbogast Selmer die Insel.

17

– Du hast deinen Mantel versaut, hatte Raph gesagt.

– Ich werde mir einen neuen kaufen, hatte Buck geantwortet.

– Du solltest einen dunkleren nehmen, wie ich. Ist besser.

– Ich mag helle Töne lieber.

– Hören Sie, hatte Pradon angefangen und sich dabei geräuspert, um seine Stimme freizubekommen.

Buck hatte sich umgedreht, einen Ellbogen auf die Rückenlehne seines Sitzes gelegt und einen Blick auf Pradon geworfen. Er war nicht sehr groß, eher dürr und ziemlich eckig. Der blaue Volvo fuhr die Avenue de la Grande-Armée in Richtung Défense entlang, nachdem er einen Umweg zu Raphs Wohnung in der Rue du Colonel-Moll gemacht hatte, wo der Untergebene eingesperrt worden war. Buck und Raph hatten während dieser Fahrt nicht mehr als fünfzig Worte miteinander getauscht und Marc-Aurèle Piove hatte nicht mehr als sechs von sich gegeben.

– Der Wind hat sich gedreht, verkündete Buck. Jetzt werden Sie für uns arbeiten, nicht mehr wir für Sie.

– Ich verstehe nicht, was Sie meinen, sagte Pradon.

– Sie haben uns nicht auf dem laufenden gehalten, sagte Raph, das ist nicht korrekt.

– Einen Moment mal, sagte Pradon, wovon sprechen Sie eigentlich?

– Von dem Prestidge-Projekt.

– Ich habe keine Ahnung, wiederholte Pradon, ich verstehe nicht.

Genau darin besteht mein Metier, dachte er: zu sagen, daß ich nicht verstehe.

– Das ist wirklich nicht gut, beharrte Raph. Wir waren immer zuverlässige Mitarbeiter und jetzt engagieren Sie diesen Blinden und nicht uns. Das ist wirklich schlecht.

Er schaute Pradon mit dem Ausdruck eines Beichtvaters an, der eine Buße verhängt. Er hatte ein ernstes und zugleich salbungsvolles Gesicht, das von einer randlosen Brille geschmückt wurde und nicht allzu gut mit seinem Brustkasten harmonierte; erschien das zufällige Ergebnis einer Fehlmontage zu sein, als habe man versehentlich den Kopf eines Geistlichen auf den Körper eines Ringkämpfers gesetzt.

– Ich verstehe nicht, beharrte Pradon, der an einem gewissen Systemdenken festhielt. Und selbst wenn es stimmte, wäre das kein Vergehen. Soviel ich weiß, hat Haas keinen Exklusivvertrag mit Ihnen unterschrieben.

– Das ist eine Prinzipienfrage, meinte Raph scharfsinnig.

– Und Australien? knüpfte Buck an. Was genau läuft eigentlich in Australien.

– Aber ich weiß es nicht, sagte Pradon, sein Erstaunen war nicht gespielt. Nichts, vermute ich, wie gewöhnlich. Aber was heißt das, Australien? Welches Australien?

Buck drehte sich erneut um, lächelte unheilverkündend, blies etwas Luft durch die Nase und hatte den Blick eines Schauspielers, der um die Rolle weiß, die er spielt; er begann wieder starr vor sich hin auf die Straße zu schauen.

– Hören Sie, sagte Pradon mit letzter Kraft, das bringt doch nichts, ich verstehe sowieso nicht, wovon Sie sprechen. Wenn ich etwas wüßte, würde ich vielleicht versuchen, den Mund zu halten, aber in diesem Fall muß ich Ihnen wirklich sagen, daß ich einfach nichts weiß. Aber Sie werden mir wohl nicht glauben, meinte er betrübt.

– Aber ja doch, sagte Raph, machen Sie sich keine Sorgen. Ich weiß wohl, daß Sie das Wesentliche nicht wissen, aber es könnte sein, daß Sie einige Details kennen, die uns noch fehlen. Es wird sehr schnell gehen.

– Sie sind wohl wahnsinnig, regte sich Pradon auf, wer hat

Ihnen denn von dieser Geschichte erzählt?

– Jetzt vertauschen Sie aber die Rollen, sagte Raph.

– Sie vergeuden nur Ihre Zeit, sagte Pradon.

Sie hatten Gennevilliers durchquert, wo die Straßen, genau wie in Paris, durch das Zusammentreffen des Sonntags und der Kälte, leer waren, danach hatten sie die Nordautobahn genommen. Der Volvo fuhr durch das Grau; in einiger Ferne bewegte sich für einen Augenblick ein Sonnenfleck auf dem Straßenbelag; ein sehr dünner Sonnenstrahl verstofflichte sich wie ein senkrechter Scheinwerfer in der trüben Luft, nachdem er sich durch irgendeinen ungewissen Zwischenraum einen Weg gebahnt hatte und für einen Moment von der dichten Wolkenmasse durchgelassen worden war. Marc-Aurèle Piove gab Gas, um den Sonnenfleck einzufangen und es gelang ihm, sich für einen Augenblick in seinem Licht, in seiner Geschwindigkeit zu bewegen, Zeit genug, um so etwas wie eine Sonnendusche zu nehmen, dann trat er noch mehr aufs Pedal und ließ den Fleck hinter sich.

Schmollend und in sich verkrochen betrachtete Pradon die Landschaft. Nachdem der Fleck verschwunden war, löste ein Metallgrau alle Unterschiede auf. Ein anderer Lichtfleck tauchte auf, ziemlich weit von der Autobahn entfernt, auf der rechten Seite, der auf seinem Lauf eine Fabrik mit leuchtend blauem Dach eintauchte, dessen Farbe für einen Moment in dem fahlen Grau in Grau aufblitzte; und der weiße Rauch ihrer Schornsteine, der in der Sonne strahlte, nahm im gleichen Augenblick eine schneeige und schaumige Beschaffenheit an und wurde zu einem Relief; dann verschwand der Fleck und alles wurde wieder flach. Eine optische Täuschung, dachte Pradon, eine natürliche optische Täuschung.

Der Volvo verließ in Roissy die Autobahn, fuhr kreuz und quer über Nebenstraßen, durchquerte leere Dörfer und befand sich schließlich auf einer Privatstraße, die zu einer inmitten von Bäumen gelegenen, einsamen Villa führte.

Sie hatten sich im Erdgeschoß niedergelassen; in dem Raum

gab es Sessel und einen Kamin; Marc-Aurèle Piove machte Feuer. Sie unterhielten sich eine Weile. Weder auf der einen noch auf der anderen Seite hatten sich die Argumente geändert und sie beschränkten sich darauf, in etwa zu wiederholen, was sie schon im Auto gesagt hatten, nur geschah es jetzt, wegen der Sessel, etwas ausführlicher.

– Aber nein, wiederholte Pradon, aber nein. Was möchten Sie denn hören?

Man trat auf der Stelle. Schließlich stand Buck auf und zog aus einer Sporttasche ein Paar Boxhandschuhe, die er schweigend anzog, wobei er Pradon mit einem durchbohrenden Blick ansah.

– Na ja, meinte Raph resigniert, immer endet es damit.

– Könnte man sich nicht vielleicht anders einigen, schlug Pradon vor.

– Ich fürchte nein, sagte Raph.

Man mußte da durch. Es dauerte zwei Tage, die allen ziemlich lang vorkamen. Raph verbrachte seine Zeit im Erdgeschoß mit Nachdenken, während Buck im Keller Pradon behandelte, der hin und wieder ein Wort oder sonst einen Brokken von sich gab. Dann löste Marc-Aurèle Buck ab, der ihm die Handschuhe reichte, um aufzuschreiben, was der Sekretär gesagt hatte; aber es reichte nie.

Am Abend des zweiten Tages kündigte Pradon schließlich an, daß er seine Meinung geändert habe. Man traf sich wieder im Erdgeschoß, Marc-Aurèle Piove bereitete gerade Kaffee zu. Pradon war geschwächt und geschwollen. Er sagte zunächst, daß erkeine Ahnung habe, was in Australien ausgebrütet werde; Buck machte Miene, die Handschuhe wieder anzuziehen, aber Raph hielt ihn zurück.

– Alles was ich über Australien weiß, sagte Pradon eilfertig, ist, daß Caine dorthin gehen sollte.

– Wer ist das? fragte Raph und Pradon erzählte alles, was er über Byron Caine wußte, das heißt, es war letztendlich nicht viel, nicht viel mehr als man bereits wußte.

– Und Russel? fragte Buck und Pradon erklärte, daß Russel von Haas engagiert wurde, um Caine und gewisse Papiere wiederzufinden.

– Das Prestidge-Projekt, vermutete Raph, und Pradon sagte, ja, das sei es, aber er wisse nicht genau, worum es sich bei diesem Projekt handle.

– Und Gutman?

Pradon versicherte, daß er diesen Namen nie gehört hatte. Er beharrte sehr auf seinem Nichtwissen; zum einen, weil es stimmte; zum anderen, weil er dachte, daß Buck und Raph ihm nicht glaubten; schließlich, weil diese beiden Gründe zusammengenommen ihn unendlich viele Schläge ahnen und fürchten ließen. Raph beruhigte ihn.

– Schon gut, sagte er, ich glaube Ihnen.

– Wir glauben Ihnen, bestätigte Buck.

Man machte es sich wieder in den Sesseln bequem, lächelte sich an und nahm einen Schluck Alkohol zu sich; eine Pause. Man plauderte noch ein wenig, aber über andere Dinge, dann schlug Marc-Aurèle Piove, der hinter Pradon stand, auf ein Zeichen von Raph hin, ihm mit einer in ein Tischtuch eingewickelten Bleistange auf den Kopf. Pradon fiel zu Boden; Buck und Raph erhoben sich.

– Gehen wir, sagte Raph, vielleicht lohnt es sich.

Buck und Marc-Aurèle Piove hatten etwas Ordnung geschaffen, während Raph hinausging, um die Fensterläden zu schließen; dann waren sie wieder in den Volvo gestiegen, hatten die verriegelte Villa sich selbst überlassen, in der nach und nach wieder Stille einkehrte, während sich in der Ferne die Wohllaute des schwedischen Motors verflüchtigten.

Bevor sie wieder auf die Autobahn gelangten, hielten sie in einem Dorf vor einem Bistro-Gemischtwarenladen. Raph trat ein und fragte, ob er nach Paris telefonieren könne. Da es keine Kabine gab, mußte er sein freies Ohr mit dem Finger abdichten, denn an der Theke standen mehrere rot angelaufene, beschwipste Eingeborene mit donnernden Stimmen.

Er wählte die Nummer des Lutetia und fragte nach Russels Zimmer.

– Ich bin's, Raph, kündigte er an. Ich will mich zwar nicht in Ihre Angelegenheiten einmischen, aber vielleicht interessiert es Sie, wo sich Haas' Sekretär befindet?

– Sagen Sie es ruhig, meinte Russel.

– Er ist in einem Haus an der Landstraße 47, drei Kilometer nach dem Ortsende von Goussainville in Richtung La Talmouse, auf der linken Seite.

– Schon gut, ich kenne es, sagte Russel. Ist es Yvonnes Haus?

– Ja, sagte Raph, es ist bei Yvonne, ich wußte nicht, daß Sie es kennen.

– Und, ist alles in Ordnung?

– Wir haben keine Unordnung gemacht, versicherte Raph.

– Ich spreche von Pradon, meinte Russel.

– Oh ja, sagte Raph, er ist nur ein wenig betäubt, kann aber noch auf eigenen Beinen stehen.

– Danke, sagte Russel, ich werde mich darum kümmern. Aber sagen Sie mal, ich wußte gar nicht, daß Sie mit dieser Geschichte zu tun haben.

– Offen gestanden, sagte Raph, auf den ersten Blick sieht die Sache nicht so interessant aus. Man kann es ja mal probieren. Und bei Ihnen, wie läuft's?

– Es geht so, sagte Russel, es wird nicht schlecht bezahlt.

– Das freut mich für Sie, sagte Raph. Ich muß jetzt Schluß machen. Wir werden vielleicht bald Gelegenheit haben, uns wiederzusehen, dieses Mal auf der gleichen Seite, hoffe ich, nicht wie damals, vor zwei Jahren.

– Man weiß es nie, meinte Russel, Sie haben sich gut geschlagen, damals, vor zwei Jahren.

– Nicht so gut wie Sie, protestierte Raph, und sie tauschten noch ein paar herzliche Worte aus, wie es unter Killern üblich ist, bevor sie auseinandergehen.

Russel legte auf, hob wieder ab und rief Haas an.

– Es mußte ja so kommen, sagte Haas, ich überlasse die Sache Ihnen. Ich schicke Ihnen sofort den Scheck.

Russel legte auf und wartete auf dem Scheck. Der Scheck kam und Russel wählte eine andere Nummer.

– Yvonne, sagte er, ich bin's, Max. In Goussainville müßte man sich um jemanden kümmern. Ist Fred vielleicht da?

– Er ist da, sagte Yvonne, ich sag's ihm gleich.

Es dauerte einen Augenblick; Yvonne kam zurück.

– Das trifft sich gut, er hat nichts zu tun, sagte sie. Er geht sofort hin.

– Wunderbar, sagte Russel, ich schicke ihm morgen das Geld.

18

Einige Wochen waren vergangen, und Paul war noch immer in Paris, zu Hause in seinem Bett, ganz allein. Die Vorhänge seines Zimmers waren zugezogen und dämpften das wenige Licht eines frühen Nachmittags.

Das Wetter hatte sich nicht geändert; die Sonne war ein toter Stern. Ihre vergänglichen, schwächer werdenden Strahlen bemühten sich hartnäckig, eine dichte Masse zu durchdringen, die kaum noch daran erinnerte, daß sie ursprünglich aus einfachen, aufgehäuften Wolken bestand; es schien sich eher um eine Art träger Schichten zu handeln, um eine unaufhebbare Verdickung der Luft. Jeden Tag wurde es unwahrscheinlicher, daß über diesem zusammengezogenen Teil der Atmosphäre noch ein unendlicher Raum existierte, und der dürftige Himmel rechtfertigte, daß man vor ihm die Vorhänge zuzog.

Paul schlief nicht. Seine Gedanken beschäftigten sich mit verschiedenen Ideen, zwischen denen er eine gewisse Hierarchie, eine Bedeutungsordnung herzustellen versuchte. Vergeblich; alle schienen ihm gleichwertig, sogar identisch zu sein, sie waren mit einer Art beständigem Raumgewicht versehen und keinerlei Ungleichgewicht konnte sie dazu bringen, sich aneinander zu reiben und sich zu bewegen; diese im übrigen banalen Gedanken verharrten in einer Schwebe, waren entschärft, vielleicht zu Tode getreten. Regungslos bemühte sich Paul, sie wieder auferstehen zu lassen, sein Blick war dabei auf einen armseligen Lichtstrahl gerichtet, der zwischen den schlecht geschlossenen Vorhängen mühsam einen Weg suchte und auf der Ausbuchtung einer Ledertasche, die unter dem Fenster stand, einen matten Lichtschein gebar.

Ein paar Tage nach ihrer Begegnung in der Grünanlage war Carrier vorbeigekommen. Er hatte zunächst über Albin, dann über Pauls Reise gesprochen und verkündet, daß der eine verstorben und die andere verschoben sei. Paul hatte sich gewundert, daß Albins Tod das gleiche Gefühl in ihm auslöste, wie der Tod Lafonts: eine eigentümliche Gleichgültigkeit, ein Sichverschließen oder Schrumpfen der Gefühle, und dahinter sogar eine Erleichterung. Spontan war er natürlich traurig, aber es war eine Traurigkeit, die der Überprüfung nicht lange standhielt, denn sie wurde nicht durch die Nachricht selbst hervorgerufen, sondern durch die Wahrnehmung dieser betrüblichen Abwesenheit einer Betrübnis. Die uneingestandene Erleichterung, die sich hinter all dem verbarg, erklärte sich Paul aus dem Gefühl, das man empfindet, wenn man einen Zeugen seines Lebens verschwinden sieht, und sei es auch ein Entlastungszeuge. Er hielt eine Schweigepause für angebracht.

– Es ist bedauerlich, hatte Carrier gesagt, wir bedauern es alle.

Dann sprachen sie über die Reise; sie war auf später verschoben. Paul fragte warum. Carrier antwortete nicht. Paul deutete an, daß sein guter Wille nur anwachsen könne, wenn man ihm hin und wieder ein bißchen erklärte, wozu all das gut sein solle.

– Zwei Gründe geben mir das Recht, Ihnen nichts zu sagen, sagt Carrier. Zum einen muß das Geheimnis gewahrt werden, wobei es nicht darum geht, es nicht zu enthüllen, sondern darum, es weiterwirken zu lassen. Das Geheimnis, theoretisierte er, ist nicht der letzte Schleier, der ein bestimmtes Objekt am Ende eines bestimmten Prozesses verhüllt, es ist das, was den gesamten Prozeß zum Leben bringt. Das Geheimnis des Geheimnisses ist, daß es einen glauben läßt, es sei nur eine Maske, obwohl es der Motor ist. Und eben dieser Motor muß in Gang gehalten werden, weil er Sie antreibt. Würde ich Ihnen auch nur den kleinsten Teil des Geheimnisses enthüllen, so wüßten Sie nicht viel mehr, und man liefe Gefahr, den Motor zu beschädigen, niemand hätte etwas davon.

– Na gut, meinte Paul, es reicht. Und der zweite Grund?

– Welcher zweite Grund? Ach ja, die Sobranie Bank.

– Sie haben keine Beweise.

– So, meinte Carrier erstaunt, wenn ich keine Beweise habe, warum haben Sie dann bisher mit mir zusammengearbeitet?

– Weil ich der letzte Trottel bin, sagte Paul.

– Aber ich bitte Sie, protestierte Carrier und stand auf.

Als er seinen Mantel anzog, hatte er noch gesagt, daß er sich wieder melden werde. Nach seinem Abgang war Paul eine Weile im Zimmer hin und her gegangen und hatte finstere Gedanken gewälzt, und diese doppelte, psychische und topologische Bewegung hatte ihn dazu bewogen, sich hinzulegen, und seither stand er kaum noch auf.

Zeit war verstrichen, und Carrier nicht wieder erschienen. Von seinem Bett aus beobachtete Paul noch immer den fahlen Lichtstrahl, der unmerklich vorwärts kam. Obwohl zunächst nicht wahrzunehmen, wurde seine Bewegung immer deutlicher, wenn man ihn eine Zeitlang beobachtete; je länger man die Veränderung des Lichtstrahls betrachtete, desto schneller schien er voranzuschreiten. Es war einer dieser Tage, an denen man sich nur für Dinge wie diese interessieren konnte, und noch nicht einmal das.

Der graue Schein traf in seinem Verlauf auf das Telefon, das auf dem Boden stand und sogleich zu klingeln anfing, als sei es durch das Licht in Gang gesetzt worden. Paul ließ es mehrmals klingen, ließ sich aus dem Bett gleiten und kroch bis zum Apparat. Er nahm ihn mit zwischen die Laken, wie man eine Geisel mitschleppt.

Es war Vera, sie wollte kommen, aber Paul sagte, daß er im Bett liege. Sie lachte, sagte, daß sie sich auch ins Bett legen werde, aber Paul sagte, daß er krank sei. Sie bot an, ihn zu pflegen, aber er winkte ab: es handle sich um eine Krankheit, gegen die kein Kraut gewachsen sei. Du hast keine Lust mich zu sehen, sagte sie; das ist es nicht, sagte er. Dann forderte sie ihn auf, die Fortsetzung der Geschichte zu erzählen, und Paul erzählte zerstreut, was sich ereignet hatte, von dem Augenblick an, als Forsythe und Mac Gregor, denen die Schergen Mohamed Khans die Fingernägel ausgerissen haben und noch dazu wie, sich wieder beruhigen, indem sie in ihrer Zelle Kakerlakenrennen veranstalten, während der junge Stone, der zunächst von der Spionin Tania verführt wird, den alten Stone verrät – bis zu dem Augenblick, wo Mac Gregor, als der Endkampf losgeht, aus dem Kerker ausbricht, um, wie geplant, die Waffenreserven des Maharadschahs in die Luft zu jagen. Das Unternehmen ist nicht einfach. Wird es Mac Gregor gelingen?

– Nun, meinte Paul, wird es ihm gelingen? Was meinst du?

– Er hat das Zeug dazu, war Veras Einschätzung, aber es ist gefährlich. Ich werde morgen anrufen, um es zu erfahren.

– Nicht zu früh, sagte Paul, zur Zeit schlafe ich viel.

Nachdem er aufgelegt hatte, rechnete er die Zeit aus, die seine Erzählung gedauert hatte im Verhältnis zu dem Weg, den der unheimliche Strahl, der durch die Vorhänge fiel, zurückgelegt hatte und stellte den Apparat auf einen Punkt seines weiteren Weges. Als wenig später der Strahl erneut auf das Telefon traf, begann dieses wiederum und augenblicklich zu klingeln. Paul schloß daraus, daß der Apparat tatsächlich lichtempfindlich war.

– Sie reisen morgen früh ab, kündigte Carrier an. Ich hoffe, Sie sind fertig.

– Wenn man so will, äußerte Paul.

Fünf Tage später befand sich Paul nach einer im Zickzack verlaufenden Reise am Flugplatz einer kleinen Stadt, die zu den Vororten von Brisbane gehörte. Von da begab er sich auf das Postamt, wo ihn ein beiger Umschlag, auf den Namen Donahue adressiert, erwartete, der ihm ausgehändigt wurde, als er aus der schwarzen Kunststoffbrieftasche einen seiner Pässe herausholte. Der Umschlag enthielt eine Fahrkarte nach einer anderen kleinen Stadt namens Toowoomba, auf deren Rückseite die Adresse eines Kinos namens Kursaal notiert war. Paul fragte den Postbeamten nach dem Weg zum Bahnhof.

In Toowoomba begab er sich zu der angegebenen Adresse, aber statt vor einem Kino stand er vor einem leeren Platz voller Schutt. Das fehlende Gebäude bildete in der niedrigen Häuserreihe ein fast anstößiges Loch, das ebenso schockierend war wie ein fehlender Zahn in einem blitzenden und gut gepflegten Gebiß. Von einem Fußgänger erfuhr er, daß man den Kursaal ein paar Wochen zuvor abgerissen hatte. Paul blieb einen Augenblick vor der Baustelle stehen; er ließ langsam seinen Blick schweifen, als wolle er die Umgebung zum Zeugen seiner Hilflosigkeit machen. Ganz am Ende der Straße entdeckte er einen Polizisten in neuer Uniform, der den spärlichen Verkehr großer Limousinen und Lastkraftwagen regelte. Es war mitten am Tag, die Hitze schwindelerregend. Die Sonne überzog den Osten Australiens mit einer grellen und drückenden Atmosphäre; sie schien so nah am Boden zu sein wie die Dächer der Gebäude. Paul zog seine Jacke aus, legte sie über die Schulter und ging auf die neue

Uniform zu. Der Teer schmolz, klebte an seinen Schuhen und vervielfachte die Erdanziehung. Der Polizist war frisch rasiert. Paul fragte ihn, auf englisch und ohne große Hoffnung, ob er eine Idee habe, wo der frühere Besitzer des Kursaals zu finden sei. Der Polizist entblößte zwei endlich einmal makellose weiße Zahnreihen und zeigte mit dem Daumen auf eine protzige Norton, die auf dem Bürgersteig geparkt war.

– Ich bin's, den Sie suchen, sagte er, ich heiße Sam.

– Ich bin Blaise, sagte Paul.

Er folgte ihm und stieg hinten auf das Motorrad. Sie fuhren mit Sirenengeheul los und wirbelten auf ihrem Weg große, gelbe Staubwolken auf.

Am nächsten Tag flogen sie in einem Flugzeugtaxi, das die gleiche Farbe hatte wie der Staub von Toowoomba, über den Pazifik. Um das Flugzeug zu steuern, hatte Sam seine Uniform gegen eine cremefarbene Leinenhose, ein gemustertes Hemd mit kurzen Ärmeln und eine Mütze mit langem Schirm vertauscht.

– Sind Sie schon mit einem Fallschirm gesprungen?

– Noch nie, antwortete Paul.

– Genau wie ich, sagte Sam, aber man kann alles lernen. Ich bin erst vor zwei Wochen zum ersten Mal in ein Flugzeug gestiegen.

– Was haben Sie vorher gemacht?

– Ich war im Gefängnis, erklärte Sam. Wegen Mord und Anstiftung zum Mord. Ich hatte noch mindestens dreißig Jahre zu sitzen. Ein Glück, daß Sie gekommen sind.

– Sie brauchen sich nicht bei mir zu bedanken, sagte Paul. Kennen Sie Carrier gut?

– Carrier? wiederholte Sam.

– Der Typ, der mich nach Toowoomba geschickt hat. Sie müßten ihn eigentlich kennen.

– Ich glaube nicht. Der Typ, der mich hierher geschickt hat, heißt Parkinson. Kennen Sie Parkinson?

– Sagt mir nichts, sagte Paul, ich kenne nur Carrier.

– Auf jeden Fall ist es der gleiche Typ, sagte Sam.

Paul lachte und dann kündigte Sam an, sie seien bald da. Paul griff nach einem Fallschirm und hörte Sams Erklärungen aufmerksam zu. Von dieser Höhe aus gesehen, schien der Ozean unbeweglich; nur einige Gischtspritzer zeigten flüchtig die Bewegungen und die Formen der Wellen an. Bald entdeckten sie unter sich eine kleine, kreisförmige Insel.

– Hier ist es, sagte Sam. Machen Sie sich fertig, ich gebe Ihnen ein Zeichen.

Das Flugzeug ging tiefer und begann über der Insel zu kreisen. Auf Sams Anweisungen hin öffnete Paul eine Schiebetür an der Seite der Maschine. Er warf einen Blick nach unten und schreckte zurück.

– Hören Sie, ich weiß nicht, ob ich das kann.

– Nun mal zu, meinte Sam, sonst könnte Parkinson vielleicht sauer werden.

– Ich weiß, sagte Paul. Oh, ich weiß.

Er machte rasch eine Bestandsaufnahme all der Möglichkeiten, sich auf der Stelle das Leben zu nehmen, um nicht abspringen zu müssen. Er fand keine, die ihm geeignet schien. Im übrigen hatte er keine Lust zu sterben. Und außerdem, wenn er sowieso sterben mußte, konnte er auch springen. Verworrene Gedanken blitzten ihm durch den Kopf. Er riskierte erneut einen Blick auf die runde Insel. Sie lag da, genau unter ihm. Er schloß die Augen.

– Los, brüllte Sam.

19

ABEL BRACHTE ORDNUNG in seinen Wandschrank. Es war ein ziemlich großer Wandschrank, der die Hälfte eines der drei Zimmer einnahm, die er in der Rue de Mogador gemietet hatte; er war vollgestopft mit Kartons, die er in den Galeries Lafayette aufgegabelt hatte. Diese Kartons enthielten Dinge, die Abel nicht mehr brauchte, er konnte sich jedoch nicht entschließen, sie wegzuwerfen: alte Kleider, alte Zeitungen, alte Utensilien, und überhaupt alle möglichen alten Gegenstände, die nach ihren Merkmalen oder ihrer Chronologie geordnet waren. Einige dieser Kartons enthielten nur leere Behälter: Medikamentenröllchen, Zigarrenschachteln, Marmeladengläser, Futterale und Fläschchen, alle möglichen durchweg leeren Verpackungen, die Abel ebensoviel bedeuteten wie die vollen.

War ein Karton einmal zusammengestellt, etikettiert, verschnürt, öffnete ihn Abel im allgemeinen nicht mehr. Dennoch wich er bei einigen von dieser Regel ab; er packte sie manchmal in seinen Mußestunden aus, so wie man immer wieder nach bestimmten Büchern greift. Die Hutschachtel, die er in Carlas Umkleideraum entdeckt hatte, nahm unter ihnen nun einen Sonderstatus ein, den sie zunächst ihrer Form verdankte. Die anderen Kartons, ob klein oder groß, Würfel oder Quader, hatten wenigstens das eine gemein, daß sie parallelepipedförmig waren, was ihre Anordnung vereinfachte und das Aufräumen des Wandschranks erleichterte. Schon der zylindrische Charakter der Kopfbedeckungsschachtel rückte diese in eine gewisse Außenseiterrolle; aber darin lag offenkundig nicht der eigentliche Unterschied.

Es war das Unverständliche seines Inhalts, was Abel unablässig bewegte, diesen privilegierten Gegenstand zu untersuchen. Unzählige Male hatte er den kleinen, schwarzen und schweren Würfel untersucht, der sich auf dem Boden befand, nie frei von einer gewissen Beklemmung, da er von dessen Harmlosigkeit nicht ganz überzeugt war. Er achtete darauf, ihn nur mit größter Vorsicht anzufassen, wie man es mit einer Bombe tut, und schließlich gab es ja auch keinen Beweis, daß es nicht doch eine war. Unzählige Male hatte er sich auch in die Aktenmappe vertieft, die dem kubischen Gebilde beigefügt war; eine Zeitlang machte er sie sogar zu seiner Bettlektüre; abends studierte er, gemütlich auf sein Kopfkissen gestützt, das Manuskript, begann jedesmal methodisch auf der ersten Seite und schlief schon auf der dritten wieder ein, ohne im Verständnis der geheimnisvollen Zahlen, Buchstaben, Zeichen und Graphiken, mit denen diese Geheimmappe gefüllt war, vorangekommen zu sein.

Der andere Grund, der Abel verführte, die Schachtel immer wieder zu öffnen, lag in der mysteriösen Verknüpfung, die diesen Gegenstand mit Carla verband. Abel mußte Carla geliebt haben, auf die eine oder andere Art, und da ihn der Inhalt der Hutschachtel auf einen unbekannten Aspekt im Leben der jungen Frau schließen ließ, litt er, selbst nach ihrem Tod, unter der Tatsache, davon ausgeschlossen zu sein. Er hätte das Rätsel leichter ertragen, wenn es für ihn nur eine vage Ahnung, ein unbestätigtes Gerücht gewesen wäre, aber er war dessen Besitzer, der Mitwisser eines Geheimnisses, das Carla betraf und sich ihm zugleich offenbarte und entzog, wie auch sie es im Grunde genommen immer getan hatte.

Noch eine andere Sache nahm ihn mit, die grausamer und schwer einzugestehen war. Abel hatte, wie beschlossen, Carlas Habseligkeiten in einer anderen Verpackung untergebracht, die er mit nach Hause genommen und ebenfalls in seinen Wandschrank gestellt hatte; die erzwungene Nähe dieser Dinge mit dem Zylinder schuf zwischen ihnen eine beständige Intimität, die Abel entging, deren Tragweite er kaum ermessen konnte, und manchmal machte er sich Vorwürfe, daß er diese Komplizenschaft selbst ermöglicht hatte. Wenn er diese Pakete vereint in seinem Wandschrank sah, kam ihm ein vielleicht absurder, jedoch unangenehmer Verdacht; es schien ihm, als dulde er einen Ehebruch unter seinem Dach, und er warf sich seine Nachsicht vor und zugleich die befremdliche Eifersucht, die er beim Anblick dieser beiden Gegenstände empfand, auch wenn sie so ungemein leblos waren, daß es ihm nicht einmal gelang, seinem zylindrischen Pappnebenbuhler ein menschliches Gesicht zu geben.

Abel war also dabei, seinen Wandschrank aufzuräumen, der schon so sehr mit Schachteln vollgestopft war, daß er planmäßig vorgehen und den noch verbliebenen Leerraum nutzen mußte, um eine nach der anderen zu verrücken.

Abel zog und schob einige Verpackungen beiseite, die abwechselnd Militärsachen und Kindheitserinnerungen enthielten, Taschen, in denen sich wieder andere Taschen befanden, einige Stapel leerer Schachteln, Kleider seiner Frau, die 1965 gestorben war und Lilian mit Vornamen hieß, und wieder traf er auf die Hutschachtel.

Er nahm sich vor, sie ein weiteres Mal zu untersuchen, holte abwechselnd die Aktenmappe und den Würfel heraus, die er immer wieder in ihre ursprüngliche Anordnung brachte, der Würfel ruhte stets auf der gleichen Seite, die daran erkennbar war, daß sie weniger schwarz wirkte als die anderen.

Er prüfte ihn erneut, jedoch ohne große Hoffnung. Bis dahin hatte er ihn erforscht, über seine Oberfläche gestrichen, ihn beschnuppert, abgetastet, sogar abgeleckt und unter der Lupe betrachtet; er kam auf die Idee, sein Ohr daran zu halten. In einer dieser Schachteln, die voll waren mit den verschiedensten Dingen, mußte sich auch ein Stethoskop befinden; Abel wühlte und fand selbstverständlich eines.

Die Hörmuscheln in seinen Ohren drückten ein wenig gegen den Knorpel. Er richtete den Empfangsteil des Stethoskops auf eine Seite des Würfels und erinnerte sich an seine

Kindheit, an die von Stahl und braunem Kautschuk umgebene Membran, die bei den ärztlichen Untersuchungen eisigkalt auf seiner Brust gelegen hatte, an die Schulkrankenzimmer, mit den hohen und kalten Wänden, deren schmutzig weiße Farbe schon abblätterte. Er horchte abwechselnd die fünf freiliegenden Seiten ab, umsonst. Er drehte den Gegenstand um, legte die Membran an der Unterfläche an und zuckte zusammen; er vibrierte.

Er vibrierte eindeutig. Abel bekam Angst und stellte den Gegenstand schnell wieder auf seine Grundfläche; er vibrierte nicht mehr. Er strich mit einem Finger über die Stirn, dann wiederholte er den Vorgang sehr schnell und sehr vorsichtig, und er vibrierte wieder und er vibrierte nicht mehr. Der Apparat lebte; das war eine bedeutsame Entdeckung. Abel beruhigte sich wieder und gönnte sich eine Pause. Er ging in die Küche, wärmte den kalten Kaffee auf, blickte aus dem Fenster, ohne das, was er sah, wirklich wahrzunehmen, ging pissen, kam zurück.

Nachdem er eine halbe Stunde herumexperimentiert hatte, wußte Abel Bescheid: der Gegenstand vibrierte nur, wenn man ihn auf eine andere Seite als seine Grundfläche stellte; das Stethoskop nützte nichts, man hörte besser, wenn man direkt sein Ohr daran hielt; die Vibration schien nach einer gewissen Zeit deutlich stärker zu werden, konnte bis zu einem Meter Entfernung wahrgenommen werden, und vielleicht mehr, aber Abel hatte, nervös geworden, den Versuch beendet.

Das erklärte natürlich nichts. Man konnte Heere von Hypothesen aufstellen. Abels Sorge war jetzt weniger zu verstehen, als gegen eine dumpfe Angst anzugehen. Dieses vibrierende Crescendo beunruhigte ihn; man weiß nie, wo ein Crescendo aufhört.

Dann ging alles ganz schnell. Er packte das Zeug ein, warf seinen Mantel über und ging, mit dem Ding unter dem Arm, hinaus. Es war höchste Zeit, es loszuwerden. Als er die

Treppe hinunterstieg und sich fragte, was er nun damit anfangen solle, gingen ihm mehrere Möglichkeiten durch den Kopf: die Fundstelle, die Seine, eine Toreinfahrt, eine Telefonzelle, eine Mülltonne, nichts überzeugte ihn. Er kam nicht umhin, einen Augenblick nachzudenken. Er betrat das Bistro unten in seinem Haus und stellte sich an die Theke.

Er bestellte einen 51. Der Kellner brachte den Anisschnaps und goß einen dünnen Wasserstrahl in das Glas, in dem sich ein trüber und opalisierender Niederschlag bildete.

– Geben Sie noch etwas Wasser dazu, sagte Abel, ich habe Durst.

Der Kellner füllte das Glas bis an den Rand und der Niederschlag wurde dünner, verlor seine Dichte und sein Geheimnis. Abel leerte sein Glas zur Hälfte und blieb nachdenklich, starrte auf die matte und verschrammte Zinnplatte der Theke, auf die er, bevor er ging, ein paar Münzen legte.

Im hinteren Teil des Raumes sah Carrier ihn weggehen, dann stand er selbst auf, verließ nach ihm das Bistro und folgte ihm in einem Abstand von etwa hundert Metern. Der Himmel entwölkte sich, die Sonne schien auf den gegenüberliegenden Bürgersteig. Abel ging hinüber, um ins Licht zu kommen, Carrier tat es ihm nach, ohne das Paket aus den Augen zu lassen.

Abel nahm dieses Paket mal unter den einen, mal unter den anderen Arm, er fühlte sich durch seine Bürde wie durch eine Prothese behindert. Er lief ziellos durch die Gegend, die Aussicht, bald davon erlöst zu werden, erfüllte ihn mit einer Befriedigung, die ihn daran hinderte, die praktischen Schritte dieser Erlösung zu erwägen. Er ging weiter in der Hoffnung, daß ihm spontan ein Einfall käme.

Er lief und lief noch immer von seinem Begleitgepäck behindert und schleppte Carrier die ganze Länge der Rue Lafayette in Richtung Morgenland hinter sich her. Zweihundert Meter vor Stalingrad bog er nach rechts in die Rue Louis-Blanc und gelangte zum Canal Saint-Martin, der von Uferanlagen und Bänken in diesen Uferanlagen gesäumt wurde. Er setzte sich auf eine Bank, legte den Gegenstand neben sich, machte eine Pause. Hinter ihm zögerte Carrier einen Augenblick, verlangsamte seinen Schritt, um Zeit für eine Entscheidung zu gewinnen, ging dann doch zu der Bank und setzte sich neben Abel.

Die Schachtel trennte sie. Carrier zog eine Zeitung aus der Tasche, entfaltete sie und tat, als lese er, obwohl es viel zu kalt war, um auf einer Bank eine Zeitung zu lesen. Über seine Schulter hinweg warf Abel einen Blick auf die Schlagzeilen. Carrier nutzte die Gelegenheit, um sich über die unerträgliche Kälte auszulassen. Abel war ganz seiner Meinung. Carrier ließ einen Augenblick verstreichen, dann merkte er an, ohne die Augen von der Zeitung zu heben, daß es trotz Sonne Schnee geben könne. Abel blickte auf den Kanal, dachte nach und wand ein, daß es für Schnee vielleicht zu kalt sei, man diese Möglichkeit jedoch nicht ausschließen könne. Carrier stellte einen Vergleich an mit dem Winter des vergangenen Jahres. Abel erinnerte an die Milde des letzten Herbstes. Carrier antwortete nicht, er achtete auf seinen Banknachbarn wie ein Fischer auf seinen Korken, und er glaubte zu sehen, wie der Korken untertauchte, als er Abel erneut sprechen hörte; es ging um eine Schlagzeile der Zeitung. Abel äußerte eine Meinung. Carrier pflichtete ihm bei. Sie wandten sich einander zu, in einer synchronen Bewegung. Dann betrachteten sie sich. Sie schlossen Bekanntschaft.

Zuallererst suchte Carriers Blick ein Bistro, wo man vor der Härte des Klimas Zuflucht finden konnte. Hinter ihnen, ganz in der Nähe, bot sich ein Lokal namens Bar du Sporting an.

20

Arbogast hatte Théo Selmer zu dem Lebensstil bekehrt, den er seit seiner Ankunft auf der Insel pflegte. Er beschränkte seine Beziehungen zum Palast auf das Notwendigste und verbrachte seine Zeit damit, jeden Vorwand zu nutzen, um von einem Blockhaus zum anderen zu wandern, wenn er nicht gerade dabei war, mit dem Außenborder die nachbarlichen Archipele abzuklappern. Selmer brauchte einige Tage, um zu verstehen, worin ihre Arbeit bestand, und dann noch einige, um zu begreifen, wie Arbogast selbst diese Arbeit verstand. Er machte keinerlei Einwände, bevor er ihn verstand und noch weniger, nachdem er ihn verstanden hatte, was ihre Beziehungen erheblich vereinfachte.

Dagegen lernte er sehr schnell, vor den Kasuaren auf der Hut zu sein. Es gab ein paar auf der Insel und am Tag seiner Ankunft hatten sie bereits diese Straußen-Attrappen in der Nähe des Sumpfes umherirren sehen. Selmer hatte sich ihnen nähern wollen, um sie genauer zu beobachten, aber der Größte dieser Kasuare, offenbar der Anführer, stürmte auf ihn los. Selmer rannte davon, ohne den riesigen Vogel, der wie ein wildgewordenes Pferd hinter ihm hergaloppierte, abschütteln zu können. Als der Kasuar Selmer einholte und sich anschickte, ihn mit einem Hieb seines Krallenfußes zu erschlagen, erschoß Arbogast das Flügeltier, das beim Niedersinken ein schrilles Quieken von sich gab und dessen Kadaver noch einen Augenblick, von seinem Vortodesschwung bewegt, hinter Selmers Füßen herrollte. Die anderen Kasuare, die bislang den Zwischenfall phlegmatisch und ohne allzu große Anteilnahme verfolgt hatten, flüchteten sich vom Knall erschreckt in den Schutz der Bäume. Selmer kam zurück, außer Atem und verlegen.

– Das fängt ja gut an, sagte er.

– Vor den Kasuaren muß man sich in acht nehmen, kommentierte Arbogast, sie sind wirklich nicht umgänglich. Zum Glück kann man sie essen. Das trifft sich gut, es ist genau Mittagszeit.

Sie machten ein Feuer und brieten das Tier.

– War es nicht ziemlich schwierig, sich einzugewöhnen, fragte Selmer beim Essen.

– Als ich jung war, sagte Arbogast, habe ich *Walden* und *Robinson Crusoe* gelesen. Ich konnte mich noch an einiges erinnern, das hat mir ein bißchen geholfen.

Nach ihrer Mahlzeit trugen sie die Überreste des Kasuars auf einen Ameisenhaufen, dann legten sie sich wieder neben die erloschene Feuerstelle, in den Schatten der Flaschenbäume. Friedlich unterhielten sie sich eine Weile, sie nickten ein und für eine Stunde versanken sie in einen satten Schlaf. Dann öffnete Selmer ein Auge.

– Was machen wir jetzt? fragte er und schüttelte sich dabei.

Arbogast kam langsam zu sich und hob ein wenig den Kopf.

– Was heißt, was machen wir jetzt? Fühlen Sie sich hier nicht wohl?

– Doch, sehr wohl, sagte Selmer, aber ich dachte, ich weiß nicht.

Arbogast streckte sich aus und schwieg eine Weile.

– Nun, man könnte vielleicht schwimmen gehen, schlug er schließlich vor. Es gibt eine kleine Sandbucht, nicht weit von hier. Oder haben Sie keine Lust zu schwimmen?

– Gibt es denn nichts anderes zu tun?

– Ich wüßte nicht was.

Etwas später streckten sie sich auf den riesigen Frotteehandtüchern aus, die Arbogast aus dem nächstgelegenen Blockhaus geholt hatte und ließen sich von der Sonne trocknen. Mit einem Zipfel reinigte er seine dunkle Brille, die er zum Schwimmen abgesetzt hatte und mit dem Blick eines Kurzsichtigen betrachtete er die Wellen, indem er die Augen zukniff. Er lachte flüchtig.

– Das ist ja wie ein richtiger Urlaub, nicht wahr?

– Ja, ein richtiger Urlaub, bestätigte Théo.

Auf diese Weise verbrachten sie den Nachmittag am Strand, dann erhoben sie sich und gingen in gegenseitigem Einverständnis in Richtung Westen. Vom ersten Tag an hatten sie mehr oder weniger alles in gegenseitigem Einverständnis getan. Selmer hatte Arbogasts Vorschlägen sofort zugestimmt, dann, als er mit der Situation etwas vertrauter war, begann er selbst Vorschläge zu machen, denen nun Arbogast zustimmte. Es lief eigentlich alles sehr gut. Natürlich war Arbogast zunächst etwas verstimmt, als er hörte, daß man ihm einen Gehilfen schicken wolle. Er war mißtrauisch, fürchtete, daß sich der Neuankömmling zu eifrig, zu gewissenhaft der von Carrier erteilten Aufgabe annehmen und zu viel des Guten tun werde. Der Mann mit den gelben Haaren, dem im Grunde genommen die Verteidigung der Insel anvertraut war, nutzte die Freiheit, die man ihm zugestand, um auf eine Art zu leben, die ihm für eine verlassene Insel angemessen schien, und im übrigen betrachtete er seine Rolle, seine Vorgesetzten, seine Nachbarn im Palast und überhaupt die ganze Situation mit absoluter Verachtung. Die Insel interessierte ihn nur als Abenteuerspielplatz; er führte die anderen hinters Licht, indem er um seine Aktivitäten ein großes Geheimnis machte und anstandshalber die Abfassung eines kurzen Wochenberichts übernahm, den er Tristano oder Joseph in einem geschäftigen Ton mitteilte und dessen Vorbereitung ihn immerhin zwang, ein paar Informationen zu finden oder zu erfinden. Er begriff sehr schnell, daß Théo Selmer seine minimalistische Arbeitsauffassung nicht in Frage stellte.

Als sie am westlichen Blockhaus angekommen waren, ging der Nachmittag zur Neige und die zinnoberrote Sonne machte sich daran, vor aller Augen unterzutauchen. Arbogast betrat das Blockhaus und kam mit einem kleinen Bandgerät und einer Schachtel voller Tonbänder wieder heraus.

– Kammermusik, sagte er, das paßt am besten zu Sonnenuntergängen.

Er nahm ein Quartett von Schubert und legte das Band in den Apparat ein. Es war ein kleiner italienischer Apparat von schlechter Qualität, aus weißem Plastik, mit bunten Tasten; er sah wie ein Spielzeug aus. Arbogast drückte die grüne Taste. Die Musik war langsam, ein wenig verzerrt, ungenau; die geringe Leistung des Geräts machte es unmöglich, die einzelnen Instrumente zu unterscheiden, veränderte aber, trotz einer leichten Verzerrung, nicht die Grundidee des Quartetts.

– Der Ton ist nicht allzu gut, meinte Arbogast, aber für meine Zwecke reicht er vollkommen.

Sie sahen zu, wie der Stern sich seinem Spiegelbild näherte, mit ihm verschmolz, kleiner wurde und sich auflöste, und sie sahen noch, nachdem er verschwunden war, seine letzten Strahlen über dem Horizont auf der anderen Seite der Erdkugel leuchten und entschwinden. Es breitete sich der vorübergehende Zustand zwischen Tag und Nacht aus, das Zwielicht, der ungemütliche Zwischenakt, die unmerkliche und heimliche Verwandlung des Lichts. Der Raum schien zusammenzuschrumpfen und zugleich undurchsichtig zu werden, als zwinge er den Körpern und Dingen das Durchschreiten eines für sie zu engen Durchgangs auf, dem sie sich jedoch nicht entziehen konnten; sie waren gezwungen, diesen schmalen, beengten Weg zu gehen, der gleichwohl so abstrakt war, daß man keinen einzigen Muskel gegen ihn richten konnte; dieser Teil der Zeit bot auch nicht mehr Halt als die anderen, es gab nichts, was man hätte berühren oder zurückstoßen, nichts, was man hätte kneten können.

Die Nacht brach an, und damit endete auch diese zusammenschrumpfende Wirkung der Dämmerung. Der nächtliche Raum breitete sich aus wie das Meer bei Flut, er dehnte sich aus, wie es auch der Tag tut, er forderte einem nur eine kleine Anpassung ab, eine etwas andere Geistesverfassung. Die flüssige Nacht tauchte jetzt die Körper in ein weicheres, mütterlicheres Element, das die Ecken und Kanten, welche auch immer, weniger spitz erscheinen ließ.

– Die Nacht dämpft die Dinge, sagte Selmer, als Schubert schwieg. Ich mußte bisher nur einmal Leute töten, und ich habe das bei Nacht getan. Ich glaube nicht, daß ich es anders gekonnt hätte.

– So, Sie haben Leute getötet? sagte Arbogast und drehte das Band um. Man hat mir nichts davon erzählt.

Und Selmer erzählte die Geschichte mit den drei Amerikanern.

– Es war nicht sehr schwierig, sagte er zum Schluß.

– Nichts ist schwierig, sagte Arbogast. Auch hier ist nichts schwierig. Man muß nur warten.

– Worauf warten?

– Ich weiß es nicht, darauf, daß Gutman angreift, zum Beispiel.

– Und wenn er angreift?

– Wir werden sehen. Wir werden sehen, was wir tun können.

– Und sonst?

– Sonst nichts, sagte Arbogast. Oder doch: ich bin sicher, daß ein Militärbestand auf der Insel versteckt ist, altes Zeug, noch aus dem Krieg. Waffen oder Sprengstoff, ich weiß es nicht genau. Es muß Tonnen davon geben. Wollen Sie mir nicht beim Suchen helfen? Sie können sich vorstellen, was man mit Tonnen von Sprengstoff machen kann, fügte er in spielerischem Ton hinzu.

Théo lachte. Die Musik hatte aufgehört. Die Spule drehte leer, wie wild geworden. Arbogast drückte die blaue Taste; die Maschine beruhigte sich.

Es war jetzt vollkommen dunkel. Sie gingen schlafen.

21

Russel stieg aus dem Flugzeug und atmete die ozeanische Luft. Eine Stewardeß brachte ihn bis zum Ausgang des Flughafens, wo ihn jemand wortlos am Arm nahm, zu einem Wagen führte und ihm nahelegte einzusteigen. Russel erkannte Bucks Stimme und ließ es mit sich machen.

Der Wagen fuhr los; Russel saß allein im Fond. Er erkundete mit seinen Fingerspitzen den Raum rundherum und stellte fest, daß die Innengriffe der Tür abgeschraubt, die Fensterscheiben hochgekurbelt waren und eine dicke, mit kleinen Löchern durchbrochene Glasscheibe ihn vom Fahrer trennte. Buck hatte das Radio angestellt, das Lokalnachrichten mit den Beach Boys im Hintergrund ausstrahlte. Russel klopfte an die Scheibe, Buck drehte das Radio leiser.

– Welche Farbe hat der Wagen?

– Der Motor ist das Einzige, was zählt, sagte Buck sachlich.

– Ein alter Plymouth Motor 6 CV, vermutete Russel.

– Sie haben ein gutes Gehör, bestätigte Buck.

– Das hätten Sie an meiner Stelle auch, sagte Russel. Aber die Farbe?

– Gelb, sagte Buck. Und innen grün.

– Danke, sagte Russel.

Und er ließ sich auf den Sitz zurücksinken, schloß die Augen und schlief ein. Als er erwachte, stand der Wagen, Buck war nicht mehr da. Er horchte.

Er befand sich wahrscheinlich irgendwo auf dem Land. Er erkannte die ständige Hintergrundkulisse des Landes, in der das Gezwitscher der Vögel, das Rascheln der Blätter und das Aufeinanderstoßen der Äste sich mit den Schreien der Haustiere und dem Summen der Insekten überlagerte, um ein dünnes und zugleich zähes Geräuschgeflecht zu weben; es wurde hin und wieder von einer Stille durchbrochen, die in einer solchen Umgebung selbst wie ein Geräusch wirkte. Diese ländlichen Schweigepausen waren alle verschieden, jede von ihnen stand zwischen zwei besonderen Tönen, die die Dauer dieser Stille bestimmten, aber mehr noch seinen Geschmack, seine Dichte, seinen Stil.

Russel saß noch immer im Plymouth gefangen. Er verharrte regungslos, registrierte all diese Klangsignale und versuchte sie zu interpretieren. Man hörte schwach den Klang einer Hupe, ein Blatt fiel auf das Wagendach, ferne Schritte knirschten über den Kies. Er befand sich wahrscheinlich im Park eines Landhauses. Er fand Gefallen daran, sich dieses Haus vorzustellen. Er versuchte immer die Gestalt eines Ortes zu rekonstruieren und stützte sich dabei auf die winzigsten Indizien; er täuschte sich oft in seinen Mutmaßungen, aber das wußte niemand, nicht einmal er selbst, vorausgesetzt, er sprach nicht darüber. Die Schritte auf dem Kies näherten sich.

Es waren Buck und noch zwei neue Stimmen. Die eine war ihm unbekannt, die andere war die von Raph. Die Tür wurde geöffnet.

– Russel, ich bin's, Raph, sagte Raphs Stimme.

– Ich weiß, sagte Russel.

– Gutman, Kasper Gutman, stellte sich die unbekannte Stimme vor.

– Angenehm, sagte Russel.

Buck nahm ihn erneut am Arm, und sie gingen wortlos zu einem Haus, dessen Eingang sich auf gleicher Ebene wie der Kies befand. Die Tür war verglast; Russel hörte, als man die Tür schloß, das Vibrieren der Scheiben in ihrem Rahmen aus trockenem Kitt. Buck schob ihn in einen Sessel, Raph schenkte etwas zu trinken ein und klemmte ihm ein Glas in die Hand, Gutman zog einen Stuhl neben den Sessel und setzte sich; der abwehrende Seufzer des Sitzes deutete darauf hin, daß es sich um einen äußerst stattlichen Menschen handelte.

– Man hat mir viel von Ihnen erzählt, sagte der schwere Mann, ich habe Ihnen eine Arbeit anzubieten.

– Ich brauche zur Zeit keine Arbeit, sagte Russel kühl. Ich habe eine. Und wenn ich keine hätte, würde ich eine andere finden. Ich könnte zum Beispiel Klaviere stimmen.

– Hören Sie mir erstmal zu, sagte Gutman in versöhnlichem Ton.

Er holte aus. Er war Besitzer einer kleinen Insel irgendwo mitten im Ozean, auf der sich vor ein paar Monaten Unbekannte niedergelassen hatten, ohne ihm vorher Bescheid zu sagen. Er selbst war darüber erst kurz nach ihrer Ankunft informiert worden. Als er es erfuhr, begab er sich dorthin, konnte aber nicht landen, da die einzige Erklärung, mit der man aufwartete, eine Gewehrsalve war. Er mußte fliehen. Ich mußte von meiner eigenen Insel fliehen, wiederholte er niedergeschlagen, ich mußte von meiner eigenen Insel fliehen.

– Sie hätten juristisch dagegen vorgehen können, schlug Russel vor.

– Das ist nicht so einfach, klagte der Fettleibige. Ich muß diskret vorgehen. Ich besitze mehrere Inseln in der Gegend, aber sie haben sich keine x-beliebige ausgesucht. Sehen Sie, ich habe diese Insel unter etwas sonderbaren Bedingungen gekauft.

– Ich sehe, sagte der Blinde, und dann?

Dann hatte Kasper Gutman erwogen, Gewalt anzuwenden. Er kannte Leute, die dafür geeignet schienen, man benötigte nur noch Geld. Und Geld hatte er. Zur gleichen Zeit aber hat ten Raph und Buck ihn besucht und ihm von dem Prestidge-Projekt erzählt, das ihn sehr interessiert hatte. Es stellte alles wieder in Frage; da die unterschiedlichsten und widersprüchlichsten Gerüchte darüber kursierten, war eine gewisse Vorsicht angebracht. Man mußte wissen, worum es sich genau handelte, bevor man irgend etwas unternahm. Er hatte ein mögliches Eingreifen verschoben, ohne ganz darauf zu verzichten. Er hing an dieser Insel, nicht wahr, schließlich gehörte sie ihm ja auch.

– Zur Sache bitte, sagte Russel.

– Ich komme dazu, sagte Gutman. Warum sollten Sie nicht mit mir zusammenarbeiten? Unsere Interessen ergänzen sich, und wir werden uns kaum in die Quere kommen, da wir nicht dasselbe suchen. Ich möchte mein Grundstück wiederhaben und Sie, Sie suchen den Typ, der sich auf diesem Grundstück befindet.

– Woher wissen Sie das?

– Von Raph, gab Gutman an.

– Es mag sein, daß sich meine Interessen mit den Ihren ergänzen, aber nicht mit denen von Raph. Ich werde dafür bezahlt, Papiere zu finden. Da aber auch Raph und Buck sie suchen, wäre ich in einer etwas delikaten Situation Haas gegenüber, wenn ich mit Ihnen zusammenarbeitete. Irgend jemand muß am Ende die Papiere kriegen.

– Haas wird es nicht erfahren, sagte Buck.

– Ich bezahle besser als Haas, sagte Gutman.

– Wir fordern keinen Alleinvertretungsanspruch an diesem Projekt, sagte Raph. Sobald wir eine Kopie davon haben, hindert Sie niemand daran, das Original an Haas weiterzuleiten.

– Das ist natürlich etwas ganz anderes, gab Russel zu.

Er war leicht zu überzeugen, aber er dachte dennoch einen Augenblick nach, um die Form zu wahren.

– Eigentlich, folgerte er, habe ich bei dem Leben, das ich führe, keinen Grund, irgend jemanden nicht zu verraten.

– Ich beglückwünsche mich zu Ihrer Mitarbeit, meinte Gutman mit Toast-Stimme. Das ist ein gutes Vorzeichen.

– Übertreiben wir mal nicht, sagte Russel, ich bin nur ein armer einsamer Blinder.

Und er zog wieder einmal die Nummer des armen, einsamen Blinden ab. Buck und Raph, die sie schon kannten, verließen diskret den Raum. Man hörte den Plymouth starten und sich entfernen. Etwas später gingen Gutman und Russel mit ihren Gläsern in den Park hinaus und ließen sich in den Liegestühlen nieder; der von Gutman war aus Leder, einem widerstandsfähigen Material. Der Fettleibige räkelte sich und begann in einem fort zu reden. Russel hörte nur seine Stimme, ohne groß auf seine Worte zu achten. Er versuchte diese Stimme zu sezieren, zu analysieren, um so auf das Gesicht zu schließen, aus dem sie kam. Er erhielt auf diese Weise ein gutes Dutzend Gesichter, alle ungleich, aber wahrscheinlich, dann wurde er des Spiels überdrüssig. Er ließ seine Hand über den Boden streifen und hob ein paar Kieselsteine auf.

– Welche Farbe haben diese Steine?

– Grau und weiß, sagte Gutman, eher weiß, es sind Kieselsteine, Kieselsteine sehen alle gleich aus.

– Das wußte ich nicht.

– Entschuldigen Sie, ich hatte vergessen, daß Sie nicht sehen können, meinte Gutman ein wenig verlegen. Aber sagen Sie, warum wollen Sie unbedingt die Farben der Dinge wissen? Haben Sie früher schon einmal Farben gesehen?

– Nie, sagte Russel, für mich sind vor allem ihre Bezeichnungen von Bedeutung. Es sind zusätzliche, verfügbare Worte. Ich besetze sie wie ich will und verbinde sie mit den Dingen, auf die ich stoße, die für mich zumeist auch nur Worte sind. Ihre Farbbezeichnungen sagen mir nichts, sie regen nur meine Phantasie an.

– Das geht jedem so, sagte Gutman. Man hält sich an den Dingen, die man nicht erreichen kann, schadlos, indem man sie bezeichnet.

22

Joseph drehte die Flamme der nah beim Fenster stehenden Lampe kleiner und drückte seine dicke Nase gegen die Milchglasscheibe, auf der sich am Rand seiner Nasenlöcher zwei Dunstflecken bildeten.

– Dort unten hat jemand ein Feuer gemacht.

– Das ist Arbogast, sagte Tristano, er ist mit dem Übersetzer zusammen. Ich habe sie heute nachmittag gesehen.

– Was für ein Übersetzer? fragte Caine.

Da ihm keiner eine Antwort gab, senkte er den Kopf und wühlte weiter in seinen Puzzleteilchen. Joseph verließ das Fenster und kehrte zu Paul zurück, der auf einem Sofa mit ausgebeulten Sprungfedern lag, sein rechtes Bein ruhte ausgestreckt auf einem Stuhl. Joseph setzte sich auf eine freie Kante des Stuhls und begann, Pauls Knie zu massieren.

– Es wird schon gehen, sagte er, es ist kein Bruch. In zwei Tagen wird es vorbei sein, Sie haben nochmal Glück gehabt.

Paul öffnete die Augen. Die drei Petroleumlampen brannten ruhig vor sich hin und verbreiteten einen friedlichen Lichtschein mit verschiedenen Schattierungen um sich. Der Saal des Palastes war in ein subtiles Schattenlicht à la Georges de la Tour eingetaucht, das alle Unebenheiten, alle Konturen weicher erscheinen ließ und sogar eine Art Zeitlupeneffekt, dicht an der Bewegungslosigkeit, hervorrief.

Tristano hockte vor einem kleinen wackligen Tischchen aus PVC und Leichtmetall, das mit einer großen Pazifikkarte bedeckt war, deren Ränder auf beiden Seiten der Platte wie ein Tischtuch herunterhingen und auf der sich ein Wust aus Papieren und aufgeschlagenen Büchern stapelte. Er machte mit kleinen Bleistiftstrichen Notizen auf einem Dokument, hin und wieder richtete sich sein Blick nachdenklich auf Caine, der sich am anderen Ende des Saals eifrig über sein fast fertiges Puzzle neigte. Caine bemühte sich, den Eindruck zu vermeiden, er sei allzu sehr in dieses Geduldsspiel vertieft, dessen offenkundige Nutzlosigkeit, wie ihm schien, auf stumme Mißbilligung stieß; folglich schwankte er zwischen zwei Haltungen; wenn es ihm gelang, ein Teilchen auf der richtigen Stelle zu plazieren, konnte er ein frohlockendes Lächeln nicht unterdrücken und vergaß so sehr die von ihm erwartete Leidenschaftslosigkeit, daß er sich den anderen zuwandte, als wolle er seine Begeisterung mit ihnen teilen, aber sein Blick traf nur auf strenge, verstohlene Blicke und versteinerte Gesichter; schnell setzte er wieder eine angemessene Miene auf und machte seine Puzzlearbeit mit dem nötigen Phlegma und einem wenig interessierten Gesichtsausdruck weiter.

Joseph nahm ihm das übel und nahm es sich selbst übel, daß er ihm gegenüber nicht strenger war. Wäre es nach ihm gegangen, hätte er den Erfinder gern an seine Maschine gekettet, aber Tristano hatte von allen Zwangsmaßnahmen abgeraten. So lenkte er seinen ganzen Groll auf Pauls Verstauchung, da dessen Knie die ungeschickte Landung auf dem Inselboden nicht ausgehalten hatte.

– Es wird schon gehen, wiederholte Joseph.

Paul zuckte mit den Achseln. Seine Bewegungslosigkeit nahm in seinem Kopf einen tragischen und endgültigen Zug an, als befände er sich im letzten Glied einer Reihe von luftdichten Schachteln, von ineinander verschachtelten Sarkophagen. Der Gedanke, sein Bein bald wieder einsetzen zu können, linderte seine Verzweiflung nicht; das hieße nur, in den nächsten Sarkophag vorzudringen, der von der Insel selbst gebildet wurde, eine zwar etwas größere Schachtel, die aber ebenso undurchdringlich und begrenzt war wie der Saal des Palastes, und jenseits davon befand sich noch eine ganze Serie anderer Schachteln, die ihn zwangsläufig in einem geschlossenen Raum gefangen hielten. Jenseits der Insel wirkte

Carriers allmächtiger Einfluß, der selbst wiederum der anonymen Macht, der er sich vermutlich beugte, untergeordnet war. Und auch jenseits dieser Macht, sofern man sich ihr überhaupt entziehen konnte, gelänge es Paul doch nie den letzten und ursprünglichsten Sarkophag loszuwerden, der sein eigener Körper war, ein ramponierter, zerschundener Körper, der in diesem Augenblick durchgewalkt wurde. Kurzum, er war verzweifelt. Er fühlte sich von Horror- und Ewigkeitsgefühlen überwältigt: die Hölle. Er hatte Mühe zu atmen und schloß die Augen.

Ein Aufschrei ließ sie ihn wieder öffnen. Mit theatralischer Geste hatte sich Byron Caine von dem Tisch entfernt, auf dem sein Puzzle ausgebreitet war, und jetzt betrachtete er es von weitem, reglos, mit einem Lächeln, das einen rührenden Stolz andeutete, den er nicht zu verbergen versuchte. Er wandte sich Tristano zu und versuchte seinen Blick zu erhaschen. Tristano schien verlegen und vertiefte sich in das Studium des Pazifiks.

– Was ist mit Ihnen los? fragte Jospeh.

– Ich bin fertig. Ich hab es.

Joseph brummte, seine Massage wurde richtig grob.

– Sie tun mir weh, protestierte Paul.

Tristano hob den Kopf, starrte auf die Wand, zog die Augenbrauen hoch und runzelte die Stirn, als wolle er sich an etwas längst Vergangenes erinnern. Er stand auf und ging auf das vollendete Puzzle zu, dessen Oberfläche der Erfinder mit der Handkante liebevoll glattstrich. Die zusammengesetzten Pappteilchen ergaben ein Bild, das eine große Galerie darstellte, an deren Wänden eine Vielzahl von Bildern hingen, auf denen wiederum andere Bilder dargestellt waren; hier hörte die Unendlichkeitsfolge auf, da der Maler sich bei der Verschachtelung der Bilder nicht weiter gewagt hatte. Tristano verschränkte seine Hände hinter dem Rücken.

– Sehr schön, sagte er.

– Finden Sie auch?

Sie sprachen, ohne sich anzusehen, ihre vier Augen starrten auf das Puzzle.

– Und nun, was haben Sie jetzt vor?

– Ich hätte gern ein anderes, sagte Caine.

Joseph prustete, Tristano seufzte. Einige Zeit verstrich.

– Ich will sehen, was ich tun kann, sagte Tristano. Es wird nicht einfach sein, aber gut, ich will es gern versuchen. Aber Sie müßten auch ein bißchen guten Willen zeigen. Sie arbeiten langsam.

– Was soll ich Ihnen sagen? Ich kann nichts dafür. Ich habe Sie vor der Abreise gewarnt, daß es noch nicht so weit sei. Soll ich es Ihnen erklären?

– Lassen Sie, ich verstehe nichts davon.

– Er verarscht uns, Sie verarschen uns doch, schrie Joseph und ließ das verstauchte Knie los. Sehen Sie nicht, daß er uns verarscht? Er hängt den ganzen Tag herum, und jetzt will er noch, daß man ihm ein neues Puzzle besorgt.

– Ich bitte Sie, protestierte der Erfinder. Gestern habe ich wie an allen anderen Tagen und wie alle anderen Leute meine acht Stunden gearbeitet. Wir hatten es bei der Abreise so vereinbart, mit einem Ruhetag pro Woche, dem Sonntag. Heute ist Sonntag. Selbst auf verlassenen Inseln gibt es Sonntage und ich bin gewillt, sie zu verteidigen.

– Er ist ganz schön gewieft, meinte Joseph verbittert. Mit dieser Meridiansgeschichte hat er gleich zwei Sonntage pro Woche. Er achtet schon auf seinen Vorteil, der Arsch.

– Ich werde Ihnen ein anderes Puzzle besorgen, sagte Tristano, ein Puzzle oder so etwas Ähnliches. Ich will das gerne für Sie tun, unter der Bedingung, daß Sie wieder arbeiten. Es drängt jetzt. Alles muß jetzt so schnell wie möglich fertig werden, klar?

Caine schmollte, stimmte zu, ließ die Schultern hängen, vergrub die Hände in den Taschen, verließ widerwillig den Raum und schlurfte davon. Man hörte, wie er die Leiter hinunterstieg und ins Untergeschoß ging. Paul hatte dieser Szene mit wachsendem Hohn und steigender Hoffnungslosigkeit beigewohnt.

– Das wird ja doch nichts nützen, sagte Joseph.

– Ich weiß, meinte Tristano müde. Ich werde Paris anrufen, es muß etwas geschehen.

Er nahm eine Lampe und ging zum Sender-Empfänger, auf dessen vernickelten Seitenteilen sich das gelbe und schwarze Licht des brennenden Petroleums in einem hin und her tänzelnden Widerschein spiegelte.

Paul betrachtete das riesige Funkgerät. Er fragte sich, wie lange es wohl dauerte, bis es dieser moderigen, verkommenen, unordentlichen Umgebung gelänge, diesen intakten Vertreter einer verchromten Modernität anzustecken, wann und wie die Oberfläche, die Eingeweide vom Verschleiß angefressen wären, welcher seiner Metallbestandteile als erster der Oxydation anheimfiele, wo der erste Rostfleck auftauchte, in welchem Stadium der Korrosion der glänzende Apparat sich von der trostlosen Unordnung dieses Ortes abzuheben aufhörte, in welchem Zeitrhythmus er sich ihm anpaßte, mit ihm verschmölze und in ihm aufginge, bis er eines Tages mit ihm eine Einheit bildete, sein Inbegriff, seine Verkörperung, seine Metapher wäre.

Tristano stellte die künftige Metapher auf die richtige Wellenlänge ein. Man hörte wieder Krach- und Störlaute; Geräusche verschiedenster Art. Eine Reihe von Tonblasen zerplatzten auf der Oberfläche der Lautsprecher, dann erklang die synthetische Stimme, die ihren count-down herunterbetete, bis es endlich losging:

– Xerox.

– Xerox, wiederholte Tristano, Alsthom Bic Pennaroya.

– Harmony Pennaroya, Alsthom Tanganyika.

– Tanganyika? rief Tristano verwundert. Bic Tanganyika.

– Ferodo, beharrte die Stimme, Harmony Tanganyika Ferodo. Ferodo. Ferodo. Ferodissimo. Xerox.

– Xerox, wiederholte Tristano.

Er schaltete den Apparat aus, blieb auf seinem Stuhl sitzen, das Gesicht auf den Boden gerichtet und die Arme über seinen Knien verschränkt.

– Haben Sie verstanden?

Joseph erinnerte daran, daß er den Code nicht kannte, aber Tristano schien ihn nicht zu hören. Paul sagte nichts. Durch die Verzerrung der synthetischen Stimme hindurch hatte er bestimmte charakteristische Klangfarben von Carriers Stimme erkannt, die ihm im übrigen immer widerwärtig gewesen war, da sie stets nur Unannehmlichkeiten ankündigte; er hätte nie gedacht, daß er beim Hören dieser Stimme eines Tages etwas anderes als Verdruß empfinden könnte. Da er aber immer instinktiv den Verdacht hegte, daß Menschen und Orte sich auflösten und verschwanden, sobald er sie nicht mehr anschaute, löste diese Stimme, so widerwärtig und synthetisch sie auch war, diesen Verdacht ein wenig auf. Er war überrascht, daß er eine gewisse Erleichterung empfunden hatte über diesen Beweis, der auf ein simultanes Leben anderswo verwies, denn es war der Beweis, daß dieses Anderswo noch da war, weit entfernt, aber da, und daß Vera, Paris, Carrier, der Winter in Paris und Vera in Paris im Winter nicht in dem Augenblick zu existieren aufgehört hatten, als er sie verlassen hatte. Es war, als öffneten sich die aufgetürmten Sarkophage ein wenig, als wehe ein Hauch frischer Luft durch diese Zwangsjacken hindurch.

Tristano war aufgestanden. Er ging langsam im Raum auf und ab, durchquerte helle Lichtkegel und dunkle Zonen, die auf seine Gesichtshaut unendlich viele Variationen zeichneten. Er irrte einen Augenblick durch die Abfälle und die Andeutungen von Abfällen, die den Raum füllten und deren verschwommene Schatten sich von den Lampen vervielfältigt überschnitten oder überlagerten.

– Haben Sie verstanden? wiederholte er. Nein, Sie haben nicht verstanden?

Joseph und Paul blickten in eine andere Richtung. Er

überließ sie ihrem Schweigen und setzte sich wieder.

– Was schlagen Sie vor? fragte Joseph schüchtern.

– Eine Frau, sagte Tristano. Es ist idiotisch.

– Welche Frau?

– Irgendeine Frau, egal welche. Sie sagen, das sei es, was er braucht.

– Aber es gibt hier keine Frau, sagte Joseph. Es dürfte nicht einfach sein, hier in dieser Gegend eine zu finden.

– In Paris auch nicht, sie haben dort keine zur Hand, die sie uns herfliegen könnten. Vielleicht war es doch ein Fehler, daß ich Rachel weggeschickt habe.

– Sie hatten kein Vertrauen zu ihr.

– Das stimmt, gab Tristano zu, aber jetzt haben wir niemanden.

Da kam Paul plötzlich eine Idee. Die Idee entstand zaghaft, wurde größer, blähte sich auf, wurde riesig, überrollte und überflutete ihn und er mußte gegen sie ankämpfen, um nicht in ihr zu ertrinken. Er entzog sich ihr, aber die Idee verfolgte ihn, wurde stärker und hartnäckiger, rüstete sich mit Argumenten. Er kämpfte gegen sie an, aber sie behielt die Oberhand. Die Idee konnte alle Schachteln, Zellen, Zwangsjacken und Sarkophage auflösen, sie konnte den Raum und die Zeit wiederherstellen, sie war befreiend, klar, funkelnd: eine glänzende Idee. Sie war sogar in der Lage, augenblicklich sein Knie, das er im übrigen vergessen hatte, zu heilen; er versuchte aufzustehen, aber ein stechender Schmerz warf ihn auf das Sofa zurück.

– Beruhigen Sie sich, sagte Joseph, das wird schon wieder.

Paul schnappte nach Luft. Das Pochen seines Herzens, das durch den Schmerz noch verstärkt wurde, ließ seinen ganzen Körper pochen und hinderte ihn am Sprechen. Er gab ein Zeichen, man schaute ihn an.

– Ich denke an etwas, keuchte Paul, an jemanden.

– In welchem Zusammenhang? fragte man.

– Die Frau, sagte Paul, die Frau, von der Sie sprechen. Ich weiß vielleicht jemanden.

Man bildete einen Kreis um ihn.
– Wer ist es? fragte man.

23

An diesem Sonntagmorgen stand Vera früh auf und ging zur russischen Kirche in der Rue Daru, deren Kuppel man in der Ferne, am Ende der Rue Pierre-le-Grand emporragen sah. In der Kirche waren keine Sitzgelegenheiten, und da der Gottesdienst endlos war, mußte man stundenlang stehen, wollte man dieser rätselhaften Inszenierung folgen, bei der ein engelhafter und unsichtbarer Chor die Höhepunkte skandierte. Vor einer Kulisse aus drei Türen, die unablässig geöffnet und geschlossen wurden, führte eine Prozession aus Priestern, Meßdienern und Akolythen ein mechanisches Ballett vor, das wie ein Tanztheater von Kellnern wirkte. Im Raum gingen vier gebeugte, dunkel gekleidete Laienbrüder zwischen den Anwesenden hin und her und schlängelten sich mit Weidenkörben und kleinen, russisch beschrifteten Tafeln um den Hals wie eine almosensammelnde Schlange durch die Menge.

Auch wenn sie nicht regelmäßig an der Zeremonie teilnahm, traf Vera immer wieder einige Stammgäste, unter ihnen einen steifen und hageren Alten im Frack, der sich wie ein Automat bewegte, ein Auge mit einer schwarzen Klappe verdeckt hatte und immer den Eindruck vermittelte, als zöge er gleich eine Dienstpistole aus seiner Weste, um sich eine Kugel in den Kopf zu jagen. Es waren auch murmelnde, alterslose, verschleierte Frauen zu sehen, die nur für diesen wöchentlichen Gottesdienst aus dem Nichts auftauchten, weiterhin alte, gestelzte Tänzer, kleine gewitzte und zappelige Kinder, Beteiligte und Unbeteiligte.

Wenn sie die Kirche verließ, was meistens vor dem Ende des Gottesdienstes geschah, erlebte Vera einen immer gleich eisigen Sonntag, denn sie ging nur im Winter dorthin und verbrachte die warme Jahreszeit lieber in der Moschee. Die sonntägliche Kälte drängte sich unausweichlich auf, sie überschritt ihre Befugnisse, drückte den Fassaden der Häuser, den Gesichtern der Passanten und selbst den Geräuschen und der Luftbeschaffenheit ihren Stempel auf; sie ging sogar weiter, beschränkte sich nicht auf die sichtbaren Gegenstände, sondern durchdrang so stark den Raum, der diese Gegenstände trennte, daß sie sie miteinander verband und zwischen ihnen eine respektvolle und eisige Ferne schuf. Nur wenige Geschäfte waren geöffnet; in den schmalen Schaufenstern konnte man verstaubte Stapel kleiner grauer Kuchen oder kleiner beiger Heftchen sehen. Die Bürgersteige waren ausgestorben und von verschlossenen Türen gesäumt; die wenigen Autos fuhren langsam und geräuschlos. Selbst außerhalb der Kirche schien es, als befände man sich in Irkutsk.

Vera war in einem eigenartigen Zustand. Das Erlebnis dieser Zeremonie, wie im übrigen auch jeder anderen Zeremonie, wirkte auf sie, auf ihren Körper, auf ihre Wahrnehmung und auf die Wahrnehmung ihres Körpers ähnlich wie der chemische Prozeß, der durch den Verzehr bestimmter Pilze ausgelöst wird. Wahrscheinlich ging sie zu diesen Gottesdiensten nur, um in den Stunden danach die Einsamkeit in ihrem Kopf und in ihrem Herzen zu spüren; und ihr Körper schien sich dann in einem seltenen Gleichgewicht zu befinden, in einer vollkommenen Harmonie zwischen Erfüllung und Leere. Vielleicht wurde diese Leere in ihr durch die Abstraktion der verborgenen und ätherischen Chöre hervorgerufen, die geläutert waren wie gesungene Ideen und das Kommen und Gehen der dichtbehaarten und goldfarbenen Alten begleiteten; es war eine Leere ohne Abgrund und Drama, ohne Chaos, ohne Gefahr, eine Opiumleere; also war sie wirklich da.

Als dieses gedämpfte Nichts sich auflöste, als in ihr und um sie herum die Gegenstände wieder Konturen und Schärfe annahmen, ließ sie sich Zeit, ihrem allmählichen, kaum wahrnehmbaren Auftauchen nachzusinnen; es war, als legte die Ebbe die Konturen frei, als lösten sie sich aus einem fetzenhaften Nebel. Nachdem die Welt wieder feste Formen angenommen hatte, ging sie nach Hause.

An diesem Tag ging Vera jedoch nicht nach Hause. Der Gedanke an ihr ungemachtes Bett war wie ein Alptraum für sie. Daher beschloß sie, zu Fuß in ihr Viertel zu gehen und den größtmöglichen Teil des Nachmittags draußen zu verbringen; sie wollte sich aber nicht allzu weit von ihrer Wohnung entfernen, die ein möglicher Fluchtpunkt war und sich in einer kleinen Straße zwischen der Seine und der Bastille befand. Zu Fuß dauerte es ziemlich lange. Sie machte sich auf den Weg.

Sie ging in Richtung Seine und gestand sich einen Umweg über die Place de la Concorde zu. Die ebene und leere Weite dieses Platzes, der von bunt zusammengewürfelten Gebäuden gesäumt war, und von dem man nach oben blickend die fernen Erhebungen der Stadt sehen konnte, löste in ihr ein leichtes, aber unvermeidliches Schwindelgefühl aus, dem Gefühl verwandt, das man empfindet, wenn man plötzlich auf offener See das Deck eines Schiffes betritt, nachdem man sich zuvor in der Dunkelheit unter Deck verirrt hatte. Danach gelangte Vera an das Ufer des Flusses, den sie entlangging, wobei sie neun Brücken zählte, die sie von ihrer Wohnung trennten. Die Uferwege waren ebenso leer wie die Straßen. Hunde pißten und kläfften und zogen ihre Herrchen hinter sich her. Sie begegnete Paaren, die in ihre Eintracht oder Zwietracht versunken waren, wunderlichen, in Wollkleidung eingemummten Anglern und auch hier Beteiligte und Unbeteiligte. Da einige Abschnitte des Ufers für Autos reserviert waren, mußte sie sich hin und wieder von dieser undurchsichtigen, langsam fließenden Flüssigkeit wegbewegen, die zu ihren Füßen dahinzog und auf das erhöhte Niveau der Stadt hinaufsteigen. Sie brauchte eine Weile, bis sie in ihrem Viertel ankam, eine kalte und lange Weile; es war, als habe sich das Gefühl für die Zeit und für das Wetter zu einem einzigen, absoluten Gefühl verschmolzen, das gleichermaßen für die Meteorologie und für die Dauer zuständig war.

Am Boulevard Henri IV bekam sie Hunger und suchte ein offenes Geschäft. Sie betrat einen leeren Lebensmittelladen, der von einem Maghrebiner in einem grauen Nylonkittel geführt wurde.

– Guten Tag, sagte Vera. Ich hätte gern ein Pfund Apfelsinen.

– Sie sollten ein Kilo nehmen, schlug der Maghrebiner vor, wo sie doch jetzt so billig sind.

– Ich weiß, sagte Vera, aber ich lebe allein.

Der Händler machte eine Geste, als verwiese er auf das Schicksal.

– Ich auch, sagte er, ich lebe auch allein.

Sie tauschten über die Kasse hinweg ein symmetrisches und trauriges Lächeln, Vera bezahlte ihre Zitrusfrüchte, sie sagten sich auf Wiedersehen, sie ging hinaus. Sie machte sich wieder auf den Weg und schälte dabei eine Apfelsine. Sie wußte nicht wohin. Aus der aufgerissenen Fruchtschale spritzte eine bittere, farblose und klebrige Flüssigkeit, die sich auf ihren Fingern eisig anfühlte. Ihr wurde plötzlich sehr kalt. Vor ihr lockte die Tür eines großen, dunklen Bistros.

Etwas später saß sie im Hinterzimmer dieses Bistros auf einer Bank aus rotbraunem Kunstleder, vor einem rechteckigen Tisch mit einem gelben Metallaschenbecher und einer leeren Kaffeetasse. Auch das Bistro war leer. Am Tresen war ein Kellner gemächlich mit beliebigen Arbeiten beschäftigt; er nutzte die Flaute, um Gläser reihenweise aufzustellen, die er bald unablässig füllen, spülen, wieder füllen und wieder spülen müßte, bis spät in die Nacht hinein. Das Telefon klingelte zweimal sehr heftig, sein Ton wurde von der Leere auf aggressive Weise verstärkt. Der Kellner nahm ab und erging sich in einem zustimmenden Gemurmel, das die vorhergehende Geräuschkulisse wiederherstellte.

Vera schrieb an Paul. Hin und wieder fiel die Asche ihrer Zigarette auf das weiße Papier, und da sie sie mit der Hand beiseite schob und dabei ein wenig zerdrückte, entstanden auf dem Papier schräge graue Spuren. Vera besah sich das Bistro, die Stühle aus hartem Plastik, den etwas wackligen Tisch, der sie beim Schreiben behinderte und dessen Metallfuß sie mit ihrem Knie festkeilte, fühlte die Kälte des Metalls, die durch das Gewebe ihres Strumpfs hindurchdrang, hörte die Fetzen eines Gesprächs, das zwei alte Kunden mit dem Kellner angefangen hatten, nahm den waagrechten und nachdenklichen Blick dieses Kellners und noch ein paar andere Dinge dieser Art wahr.

Die Tür des Bistros ging auf und ein Mann trat ein, der ein kleines Paket brauner Umschläge in der Hand hielt. Eine große grüne Brille verdeckte die Hälfte seines Gesichts; sie war mit einem breiten rosafarbenen Gummiband, das verdreckt war wie ein altes Pflaster, an seinem Schädel befestigt. Er ging durch den Raum und durch das Hinterzimmer, legte auf jeden der drei oder vier besetzten Tische einen Umschlag, dann begab er sich zur Theke und deutete mit dem Zeigefinger auf die Kaffeemaschine. Der Kellner setzte die Maschine in Gang und einige Tropfen schwarzer Flüssigkeit fielen in eine dunkelgrüne Tasse.

Ohne den Umschlag zu berühren, drehte Vera den Kopf, um die Worte zu entziffern, die in sperrigen, blaßblauen und unregelmäßigen Buchstaben aufgedruckt waren.

SCHICKSALSPROPHEZEIUNG
DURCH EINEN TAUBSTUMMEN
5 FRANCS

Sie begann wieder zu schreiben und schilderte in allen Einzelheiten das Eindringen des Schweigsamen, dann die allmähliche Belebung des Bistros, die wahrscheinlich mit dem Voranschreiten des Nachmittags zusammenhing.

So belebte sich die Bar, so schritt der Nachmittag voran. Ein junger Mann setzte den Flipper in Gang; die Metallkugel rollte mit einem öligen Geräusch über das schrägstehende Feld und stieß dabei auf verschiedene elastische Hindernisse, durch die sie in alle Richtungen zurückgeschickt wurde, was wiederum alle möglichen Schläge provozierte, die verschiedensten Klingel- oder Knallaute auslöste, die so hart klangen wie Feuersalven. Diese Polyphonie wurde hin und wieder von der dumpfen Detonation überlagert, die ein Freispiel ankündigte, oder von einem zufriedenen Grunzen des jungen Mannes, wenn in lila Buchstaben auf blauem Hintergrund die Inschrift SAME PLAYER SHOOTS AGAIN aufleuchtete. Münzen wurden auf die Theke geworfen und drehten sich unendlich um sich selbst. Aus der umlagerten Musikbox erklang eine binäre und monolithische Musik. Die Geräusche der Stimmen und Gegenstände, die Ausrufe und Gespräche verstärkten sich, je mehr die Zeit verstrich und je mehr das Bistro sich füllte, sie wurden manchmal von einem Dampfstrahl übertönt, den der Kellner wie ein Lokomotivführer aus seiner Maschine zischen ließ, um so im allgemeinen Durcheinander an seine Gegenwart und seine Allmacht zu erinnern. Die Geräuschkulisse füllte den Raum wie ein unauflöslicher Nebel, untermalte ihn wie ein Orchester. Vera strich zwei Zeilen aus, strich nochmals vier Worte und setzte einen Punkt. Dann trank sie den Rest ihres zweiten Kaffees, kramte in ihrer Tasche, legte Geld auf den Tisch und las, was sie geschrieben hatte.

Eigentlich war es kein Brief an Paul. Paul war nur ein Vorwand zum Schreiben, genau wie das Schreiben nur ein Vorwand war für etwas anderes. Im übrigen war Paul vor zehn Tagen verschwunden, ohne eine Nachricht oder eine Adresse zu hinterlassen. Von einem Augenblick auf den anderen war er einfach nicht mehr da gewesen. Aber das kam bei ihm ab und zu vor. Vera faltete ihre Blätter zweimal, steckte sie in ihre Tasche und hörte eine Weile dem Gespräch eines Paares am Nebentisch zu; es war ein belangloses, elliptisches und leidenschaftsloses Gespräch, wie es ein beliebiges Paar an einem beliebigen winterlichen Sonntagnachmittag in einem beliebigen Bistro zwischen der Seine und der Bastille führen konnte.

Sie stand auf, räumte die Sachen zusammen, die auf dem Tisch herumlagen und packte sie in ihre Tasche. Als sie ihren Mantel holte, entdeckte sie den braunen Umschlag, der noch immer auf dem Tisch lag. Sie zögerte, warf einen Blick zur Theke; der Schicksalsprophet war nicht mehr da. Ein zerstreuter Taubstummer, dachte sie, armer Kerl. Sie hatte Lust, den Umschlag zu nehmen, hatte Skrupel und schaute sich um. Niemand schaute auf sie. Der Kellner füllte und spülte. Der junge Mann bearbeitete den Flipper. Das Paar am Nachbartisch war eifrig damit beschäftigt, den Schaden wiedergutzumachen, der durch ein umgestoßenes Glas Pfefferminzsoda entstanden war, als sie versuchten, sich über ein kleines Tischchen hinweg zu küssen. Vera ließ den Umschlag in ihre Tasche verschwinden.

Sie ging langsam bis zur Place de la Bastille und blieb zögernd vor einem Metroeingang stehen. Sie wußte nicht was tun. Der Gedanke an ihr ungemachtes Bett hielt sie weiterhin von ihrer Wohnung fern. Sie dachte daran, jemanden zu besuchen, egal wen, irgend jemanden, der erreichbar wäre und als Vorwand für einen Besuch diente, genau wie Paul als Vorwand für den Brief gedient hatte. Zu ihren Füßen rollte die mechanische Treppe vor sich hin. Sie öffnete ihre Tasche, um ihr Adreßbuch zu suchen und fand beim Herumkramen den Umschlag des Taubstummen, den sie bereits vergessen hatte. Sie freute sich über diese beiläufige, wenn auch geringfügige Ablenkung und öffnete den Umschlag. Im Umschlag war ein kleines, doppelt gefaltetes Blatt aus einem Notizblock, das mit ziemlich feiner Schrift bedeckt war. Vera erkannte Pauls Schrift.

Zunächst konnte sie nichts anderes tun, als ihre Augen weit aufzureißen. Dann las sie die Botschaft mehrmals, zunächst sehr schnell, dann immer langsamer. Sie faltete das Blatt zusammen, faltete es auseinander und las es noch einmal. Dann öffnete sie ihre Tasche, versicherte sich, daß sie ihr Scheckheft dabei hatte und wandte sich mit einer Handbewegung den wenigen Autos zu, die vor der roten Ampel standen. Ein Taxi in Gestalt eines sandfarbenen Mercedes hielt auf ihrer Höhe, Vera ließ sich hineinfallen.

– Zum Flughafen Roissy, sagte sie überstürzt, genau wie sie es oft im Kino gehört hatte.

Der Fahrer stellte den Zähler auf Null, die Ampel wechselte auf grün und sanft fuhr das Taxi an, genau wie im Kino.

24

DER PLYMOUTH DURCHQUERTE die Vororte von Brisbane. Buck fuhr, Raph döste neben ihm. Gutman und Russel teilten sich den Rücksitz. Alle vier schwitzten, jeder auf seine Art.

Russel kurbelte seine Scheibe nach unten, ein unerträglicher Luftstrom verfing sich im Wagen und verschlug ihm den Atem. Die heiße Luft prallte zu heftig gegen sein Gesicht, als daß er die für seine Lunge notwendige Menge hätte herausfiltern können, er rang nach Atem und trotzte dem Luftschwall, in dessen Zentrum er vertraute Gerüche erkannte und neue entdeckte, das Ganze vermischte sich zu einem Cocktail, der ihm bislang unbekannt war: der Geruch Australiens. Seine Kenntnis fremder Länder gründete sich weitgehend auf Gerüche, und die ausschließlich geruchsbedingte geographische Einteilung, die daraus folgte, entsprach nicht ganz der traditionellen Anordnung der Kontinente und Nationen, wie man sie Schülern lehrt.

Die letzten Ausläufer des Vororts verschwanden, und bald waren zu beiden Seiten der Straße keine Häuser mehr zu sehen, nichts als eine flache und eintönige Landschaft aus Äkkern und brachliegenden Feldern, und in der Ferne ineinanderwachsende Stauden, die notfalls als Wald gelten konnten. Der Plymouth hatte schon gute hundert Kilometer zurückgelegt, als Gutman nach rechts auf einen Weg wies.

Sie bogen in eine kleine, schmale und schlampig geteerte Straße ein, die sich unauffällig zwischen den verkohlten Feldern hindurchschlängelte. Buck fuhr langsam, er kurvte um die Schlaglöcher herum. Nach einigen Kilometern verschwand die Straße in einem dichten Gestrüpp aus Büschen, Laubwerk und schmächtigen Bäumen und verwandelte sich in einen kurvigen Feldweg, der gerade breit genug war für die Räder des Plymouth, die Mühe hatten, sich in die beiden parallel verlaufenden Radspuren einzupassen, welche, um genau zu sein, den eigentlichen Weg bildeten, in dessen Mitte und an dessen Rändern trockene Dornensträucher und holzige Bandstengel wucherten. Im Wageninnern hörte man das Scharren der harten und dichten Pflanzenwelt, die am Unterboden kratzte und den Lack der Kotflügel zerschrammte. Kurz nach einer Kurve bremste Buck plötzlich, Raph wandte sich an Gutman.

– Was machen wir jetzt? Da liegt ein Baumstamm mitten über dem Weg.

Gutman kurbelte seine Scheibe herunter und schrie ein paar Worte in das Gebüsch, aus dem ein halbes Dutzend Eingeborene in verschiedenartigen Drillichjacken und khakifarbenen langen Shorts auftauchten. Die Eingeborenen räumten das Hindernis beiseite, der Plymouth fuhr wieder an. Danach war der Weg in einem besserem Zustand. Alle hundert Meter stand ein gleichmütiger und khakifarbener Eingeborener, ein Pistolengriff ragte aus dem Gürtel der Shorts. Der Wagen bog in eine Art ausrangiertes Militärlager ein. Ein paar große Zelte und eine Blechbaracke standen auf der freigerodeten Waldlichtung. Buck parkte vor der Baracke, aus der zwei neue Eingeborene auftauchten, deren unförmige Uniformen sich von denen der anderen nur durch irgendwo aufgetriebene und eilig angenähte Tressen unterschieden. Man quälte sich aus dem Plymouth heraus und Kasper Gutman stellte die einen den anderen mit ihren Namen, Fähigkeiten und Eigenheiten vor.

Gutmans charakteristische Eigenheit bestand in seiner außerordentlichen Korpulenz. Sein ungewöhnlich schwerer, breiter und dicker Körper weckte unweigerlich den Verdacht, daß es sich nur um eine Imitation handle, andernfalls wäre man geneigt, etwas beunruhigt nach dem Grad der krankhaften Vergrößerung der aufgeblähten Organe in diesem erstaunlichen Hautsack zu fragen, oder sogar nach zusätzlichen Organen, die er möglicherweise enthalten könnte. Trotz dieser niederschmetternden äußerlichen Gestalt war sein Gesicht nicht ohne Ausdruck, sein Blick nicht ohne einen gewissen Glanz. Er ähnelte dem Schauspieler Sidney Greenstreet, der in einer anderen Geschichte die Rolle einer Figur spielt, die zufällig ebenfalls Kasper Gutman hieß. Wie bei letzterem war seine Erscheinung übrigens von einem gewissen Sinn für ein gepflegtes Äußeres geprägt. Er kaute am zermanschten Ende einer Zigarre herum, deren Krümel er unablässig ausspuckte, aber dieses wenig elegante Detail schien nur dazu angetan, die Tadellosigkeit seiner Manschetten und seines Hemdkragens zu betonen, der durch eine cremefarbene, mit einer goldenen Nadel geschmückten Krawatte zusammengehalten wurde, die Manschettenknöpfe hingegen waren auf die Nadel abgestimmt. Obwohl er ebenso viel schwitzte wie die anderen und sich regelmäßig mit seinem Einstecktuch die Stirn abtupfte, verunzierte kein einziger feuchter Fleck seinen hellen Anzug. Nach der Vorstellungszeremonie betrat man die Baracke, deren Blechwände die Hitze noch unerträglicher machten und die Schweißbildung weiter verstärkten. Einer der einheimischen Offiziere nahm Gutman beiseite und trug ihm eine Reihe von Klagen vor, die offenkundig die vorhandene Waffenausrüstung betrafen. Unterdessen machte sich der zweite daran, auf einem Spirituskocher Wasser zu erhitzen. Der erste Offizier, der seinem Gram in einheimischen Lauten Luft verschaffte, spulte lange Sätze ab, aus denen hin und wieder die Namen bekannter Waffen herauszuhören waren. Der andere sprang ihm bei. Während er mit bekümmertem Gesichtsausdruck das kochende Wasser in die mit Kaffeepulver halbvollen Gläser goß, bat er Buck, Raph und Russel einzugreifen, um Gutman von der Notwendigkeit der Modernisierung ihres Waffenarsenals zu überzeugen. Sie aber fügten sich in das Schweigen des Fettleibigen. Russel lehnte das Gebräu ab; Buck und Raph nahmen es an und beugten ihre schweißtriefende Stirn über die kochendheißen Gläser, denen dichter Dampf entstieg.

Kasper Gutman machte schließlich etwas überdrüssig eine beschwichtigende Handbewegung. Er verließ die Baracke und holte aus dem Kofferraum des Plymouth ein großes Maschinengewehr, das er bei seiner Rückkehr wortlos auf den Tisch stellte. Die Offiziere bebten vor Freude beim Anblick der ungeheuerlichen Waffe, die wie ein Haifisch und zugleich wie eine Tötungsmaschine für Haifische aussah. Gutman spreizte mehrmals seine Finger und versprach ihnen auf diese Weise Dutzende davon. Zur Feier des Tages holte der für die Getränke zuständige Offizier aus einem Metallschrank unverhoffterweise eine angebrochene Flasche Aquavit, deren Inhalt er eigenmächtig in die Gläser füllte. Und als der penetrante Geruch des Kümmels sich mit dem des Pulverkaffees und des heißen Blechs vermengte, erklärte Gutman den Offizieren, daß es sich bei diesen Waffen nicht um ein Geschenk, sondern um die Gegenleistung für ein Tauschgeschäft handle.

Die Offiziere hörten zu, willigten ein, verschwanden.

Als sie zurückkamen, folgte ihnen ein etwa zwanzigjähriger junger Mann, den sie als Armstrong Jones vorstellten. Im Unterschied zu den anderen Mitgliedern der Gruppe, die fast durchweg Eingeborene waren, hatte Armstrong Jones eine sehr weiße Haut, Haare, die ebenfalls fast weiß waren und ein bartloses Gesicht voller Sommersprossen. Er schien nicht zu hören, was in der Baracke gesprochen wurde, murmelte undeutlich, kaum wahrnehmbar vor sich hin und rieb dabei unablässig die Finger aneinander. Seine Augen waren unruhig, ausdruckslos und schweiften willkürlich zwischen den Gegenständen hin und her, obwohl sein Blick in Wirklichkeit nur auf sein eigenes Inneres gerichtet zu sein schien. Er wechselte kein Wort mit den Besuchern, und zeigte sich, obwohl er dessen Gegenstand war, gleichgültig gegenüber dem Handel, der neben ihm ausgeheckt wurde.

Die Offiziere ergingen sich in unendlichen Lobreden auf Armstrong Jones. Sie rühmten seinen Umgang mit den Klingen, seine meisterliche Beherrschung der Feuerwaffen, seine genialen Fähigkeiten im Nahkampf, seine Beobachtungsgabe, seinen Orientierungssinn und schließlich seinen übernatürlichen Scharfsinn. Gutman schaute den Albino skeptisch an, wandte sich dann an Buck und Raph, als seien sie die Experten. Raph sagte nichts, Buck rümpfte die Nase.

– Er sieht nicht allzu aufgeweckt aus, wagte er sich vor.

Er hatte kaum Zeit gehabt, seine Kritik zu äußern, da sprang Armstrong Jones auch schon auf Buck zu, drehte ihn blitzschnell um seine Achse, setzte ihn außer Gefecht, indem er seinen Arm so weit nach hinten bog, daß er zu brechen drohte und preßte ihm gleichzeitig eine schmale, lange Klinge, die er irgendwo herausgezaubert hatte, an die Gurgel. Russel rekonstruierte die Szene qua Gehör und pfiff anerkennend durch die Zähne. Während Buck in der Umklammerung des Weißlings zusammensackte, schwer schnaufte und die Offiziere hilfesuchend anflehte, ihre Befehlsgewalt auszuüben, verstärkte Armstrong Jones noch seinen Griff, er stieß noch immer die gleichen stummen Silben aus und ließ noch immer seinen Blick über die Wellungen der Blechwände schweifen. Gutman betrachtete einen Augenblick die beiden ineinanderverknoteten Männer und warf dann Raph einen fragenden Blick zu. Raph stimmte mit einem Kopfnicken zu. Der Fettleibige wandte sich an die Offiziere.

– In Ordnung, er könnte in Frage kommen.

Dann, an Armstrong Jones gewandt:

– Sie können ihn jetzt wieder loslassen. Wunderbar.

Armstrong Jones warf ihm einen entsetzten Blick zu, verstärkte noch seine Umklammerung und den Druck der Klinge, unter der Bucks Adamsapfel panisch auf- und abtanzte, während er selbst wie ein Opferferkel zu kreischen anfing. Einer der Offiziere gab ein einheimisches Lautgebilde von sich, und mit der gleichen Schnelligkeit entwirrte der Albino nun Bucks lädierten Körper und ging wieder an seinen vorherigen Platz zurück, wo er wieder in seine autistische Erstarrung versank.

– Er versteht nur uns, erklärten die Offiziere frohlockend und etwas verlegen. Offenbar versteht er zwar Ihre Sprache, aber er gehorcht nur den Befehlen, die in unserer Sprache gegeben werden. Auf jeden Fall spricht er keine von beiden. Er spricht nie. Er ist etwas sonderlich.

– Ja, pflichtete Gutman bei, er wirkt auch etwas sonderlich. Könnten wir ihm beim Training zusehen?

Sie verließen die Baracke. Die Offiziere trommelten ihre Männer zusammen, und Armstrong Jones stellte erneut seine Aggressivität zur Schau, indem er gleichmütig und mit gleichem Erfolg gegen jeden der Söldner kämpfte. Die meisten ließen sich mit resignierter Gelassenheit auf das Spiel ein, als sei der Ausgang dieser Gegenüberstellung schon von vornherein klar. Die Gewißheit ihrer Ohnmacht gegenüber dem stummen Kämpfer hatte zur Folge, daß sie sich, sei es, weil sie keinen anderen Ausweg sahen, sei es, um Kraft zu sparen, in alle Richtungen winden ließen, um sich dann möglichst schnell zu ergeben. Da sie auf die Objektivität der Vorführung größten Wert legten, mußten die Offiziere Armstrong Jones noch gegen drei der muskulösesten und am wenigsten entgegenkommenden Söldner antreten lassen. Der Albino brachte den Kampf mit der gleichen Leichtigkeit hinter sich, als befähige ihn seine offensichtliche Denkuntätigkeit dazu, sich innerlich nur auf Geschwindigkeit und Technik zu konzentrieren. Als dieses Vorspiel beendet war, ließ man die Besucher Armstrong Jones' Kunstfertigkeit im Umgang mit verschiedenen Waffentypen bewundern; sie war ebenbürtig.

Gutman bewunderte, bekräftigte sein Einverständnis und versprach im Austausch gegen Armstrong Jones, was immer man wollte. Er gab Anweisungen, alles für dessen baldige Abreise zur Insel vorzubereiten. Die Offiziere verhehlten ihre Zufriedenheit so wenig, daß man den Verdacht hegen konnte, sie freuten sich über Armstrong Jones' Abreise; er war zwar ein ausgezeichneter Mann, aber es hatte doch einige Schwierigkeiten gegeben in den zwischenmenschlichen Beziehungen mit anderen Söldnern, die, auch wenn sie nicht seine kämpferische Virtuosität erreichten, sich doch eines etwas zweckmäßigeren psychischen Gleichgewichts erfreuen dürften. Im übrigen hatte sich wohl die Ankündigung einer nächsten Lieferung von Maschinengewehren schon im ganzen Lager verbreitet, denn, als der Plymouth den Rückweg einschlug, wurde er von rund dreißig, ihm zujubelnden Gesichtern geleitet. Während der Wagen wieder in den holprigen Feldweg einbog, kommentierten seine Insassen die Leistungen des psychotischen Söldners.

25

DIE SONNE BEGANN, den Himmel zu erklettern, sie verstreute ihre ersten Strahlen über die Insel und bewog die Beuteltiere, die die Bäume bevölkerten, sich unter dem Laubwerk zu verkriechen, und hier bis zum Abend zu schlummern. Es dauerte nicht lange, bis Paul erwachte, denn Joseph, der früh aufgestanden war, machte sich geräuschvoll zu schaffen. Tristano schlief ein wenig abseits, in einer Bettnische, im hinteren Teil des Raums und Paul stellte fest, daß Joseph auf seinen Schlaf Rücksicht nahm: der Geräuschpegel seines Hantierens überschritt gewisse Grenzen nicht und hielt zur Bettnische respektvollen Abstand.

Joseph hatte Wasser aufgesetzt. Paul bereitete den Kaffee zu, verließ den Raum und pflückte im Vorbeigehen zwei Bananen von einer herumliegenden Staude. Draußen war es schon ein wenig zu heiß. Paul humpelte ein wenig, mehr der Form halber, denn er spürte kaum noch Schmerzen in seinem Bein. Er setzte sich zu Boden und lehnte sich gegen einen Baumstamm. Er aß langsam die Bananen und tunkte sie aus Gewohnheit in seinen Kaffee. Er schaute sich einen Augenblick lang die Umgebung an, die ihm durchaus gefiel. Die Sonne brach nun durch die Bäume und warf einen bohrenden Strahl auf seinen Schädel; Paul rückte in den Schatten. Seine Augen kribbelten noch ein wenig. Er nickte ein.

Als er aus dem Halbschlaf wieder auftauchte, fiel sein erster Blick auf die Tür des Erdgeschosses, auf dieses dunkle Rechteck, in dem sich der Schatten der kleinen Palme und die ersten Stufen der unfertigen Treppe abzeichneten. Er sah Joseph, der wahrscheinlich gerade Caine geweckt hatte, herauskommen und die Leiter bis zur ersten Etage des Palastes hochklettern. Dann erschien auch Caine in der Türöffnung, mit halbgeschlossenen und wahrscheinlich ebenfalls kribbelnden Augen.

Ein Frotteehandtuch lag gefaltet über der Schulter des Erfinders, einen Spiegel hatte er unter den Arm geklemmt und in den Händen trug er vorsichtig, fast liturgisch, wie ein Ministrant, der einen für ihn viel zu schweren Gegenstand von einem Ende des Altars zum anderen trägt, einen Rasierpinsel in einer Schale mit Rasierschaum. Er entfernte sich vom Palast, ohne Paul, der vom Schatten verdeckt wurde, wahrzunehmen. Im Gehen ließ er leicht den Rasierpinsel kreisen und verdickte und vermehrte so den Schaum, der hin und wieder über den Rand der Schale schwappte und auf den Inselboden spritzte. Paul dachte darüber nach, daß es höchst unwahrscheinlich war, daß auf dieses abgelegene Fleckchen Erde, dem sich wahrscheinlich die wesentlichen Errungenschaften der Zivilisation verschlossen hatten, jemals ein Flocken Rasierschaum gefallen war; vielleicht war es das erste Mal. Vielleicht empfand der Boden bei dieser ersten Berührung ein einmaliges, in seiner Neuheit geradezu erschütterndes Gefühl.

Byron Caine blieb vor einem Baum stehen, pißte dagegen, spürte jedoch keine Erleichterung. Es ging ihm, wie jeden Morgen, nicht besonders gut. Wie jeden Morgen fühlte er in sich eine fatale Müdigkeit, als bestünde sein Körper nur aus Wasser und Blei, und dementsprechend überfiel ihn ein unbestimmter Wunsch zu sterben, oder eher auf der Stelle zu verschwinden, oder sich aufzulösen. Er befestigte seinen Spiegel an einem niedrigen Zweig und warf sich einen ersten, flüchtigen und vorsichtigen Blick zu. Der Anblick seines eigenen Gesichts und seines Auges, das sein eigenes Auge fixierte, verursachte in ihm einen Brechreiz; er überlegte. Um sich rasieren zu können und sich dabei unweigerlich anzusehen, mußte er sich einreden, daß er im Spiegel nicht sich selbst sah, sondern einen anonymen Vorgang, bei dem eine anonyme Hand ein anonymes Gesicht rasierte. Er war dazu fähig. Es war ihm schon gelungen. Es war ihm sogar manchmal gelungen, in einer immensen Abstraktionsanstrengung selbst den Gedanken an das Rasieren, sogar die Vorstellung eines Gesichts und einer Hand zu unterdrücken. In diesen auserlesenen Augenblicken konnte er seine Gesichtshaare abnehmen und von Ferne diesem Akt zusehen wie einem radikal veräußerlichten Vorgang, den er dennoch zu Ende brachte und für gewöhnlich, ohne sich dabei zu schneiden.

Ausgiebig bestrich er sein Gesicht mit Schaum und bedeckte die größtmögliche Fläche der Haut, so daß es wie eine Maske aussah. Dann zog er das Rasiermesser aus der Tasche und nahm die Maske wieder ab. Er ging peinlich genau vor, legte seine Wangen mit einem gewissen Hang zur Symmetrie in langen, parallelen Streifen bloß. Und nach und nach wandelte sich seine Stimmung, er fing an, diese Tätigkeit zu genießen, als sei sie die einzige, die auszukosten ihm noch verblieb. Er beobachtete den Widerschein im Spiegel, so wie man einen Mechanismus beobachtet, er hatte sich von jeder nebensächlichen Überlegung hinsichtlich des Rasierens selbst, seiner Technik und seiner Wirkungen, seiner einschlägigen Vorsichtsmaßnahmen und seiner immer möglichen Blessuren freigemacht und betrachtete die Sache aus der Perspektive des Zuschauers, wie einen abstrakten, einen neutralen, sinnfälligen und vollkommenen Vorgang, dem jede Nützlichkeit abging. Er hörte der kratzenden Arbeit der Klinge zu, dicht über die Haarbälge hinweg, die genau und gleichmäßig lief wie der Motor einer Maschine.

Nachdem dies getan war, wischte er sich das Gesicht ab, um die Seifenspuren zu entfernen. Er überprüfte sein Werk und stieß auf ein Versäumnis: rechts unter dem Kiefer verbarg sich noch ein rauher Bartstreifen; entschlossen mähte er die Freischärler nieder. Dann nahm er das Rasiermesser auseinander, reinigte die Klinge, ließ sie in das schmale Papieretui gleiten, und bei dieser Gelegenheit kreuzte sein Blick den des Erfinders dieser Klinge, dessen stolzes und schnurrbärtiges Gesicht die Verpackung zierte. Nachdem er die tägliche Prüfung des Spiegels hinter sich gebracht hatte, warf Byron Caine sein Handtuch über die Schulter und kehrte in den Palast zurück, um sich der nicht weniger alltäglichen Prüfung des Frühstücks zu stellen, wobei sich dies, wegen seiner krankhaften Abneigung gegen Nahrungsmittel, auf die Einnahme einer Tasse warmes Wasser beschränkte.

Paul sah ihn weggehen, schüttete den nun kalten Kaffee hinunter, ließ die leere Tasse am Fuß des Baumes stehen und ging zum Gemüsegarten. Er wollte sich vergewissern, ob dort wirklich Blumenkohl wuchs, wie Joseph behauptet hatte. Es stimmte. Von kümmerlichen Tomaten umgeben und riesigen gezackten Blättern umrankt sprossen in der Tat kugelförmige und milchige Blütenstauden, deren gewellte und gewundene Konturen unweigerlich an Gehirnwindungen erinnerten. Paul kratzte an der Oberfläche und atmete tief ein: unstreitig der Geruch von Blumenkohl, wenn auch durch einen undefinierbaren exotischen Wohlgeruch bereichert, der wahrscheinlich der besonderen Zusammensetzung des Inselbodens und dem unerwarteten, dem Kreuzblütler anscheinend wohlgesonnenen Mikroklima zu verdanken war. Paul beneidete den Inselboden um diese Möglichkeit, völlig neue Gefühle entdecken zu können, sei es das cremige und kühle Prikkeln des Rasierschaums, oder das besondere, unbekannte Kitzeln, das das Wachsen der Kohlkeime in seinen Eingeweiden verursachte. Vielleicht war dieses abgelegene Fleckchen Erde, das mitten im Ozean ausgesetzt war, gierig nach weiteren Reizen, nach neuen Entdeckungen. Paul empfand ein gewisses Mitgefühl für diesen Inselboden und betrat ihn, als er den Gemüsegarten in Richtung Meer verließ, um spazieren zu gehen, bedächtigen und gemessenen Schrittes.

Fünfhundert Meter weiter legte ein kleiner Einbaum geräuschlos am Strand an, glitt noch kurz über die Kieselsteine, bevor er zum Stehen kam und unter wuchernden Farnkräutern verschwand. Armstrong Jones zog aus seinem Gürtel eine automatische Pistole Astra 400 mit einem langen, schmalen Lauf, sprang an Land und tauchte in der Wirrnis der Fauna unter. Als Joseph wieder in den Palast zurückkam, war Tristano bereits aufgestanden, hatte eine Tasse Kaffee in der Hand und schaute noch immer auf seine Landkarten.

– Das Mädchen ist gestern abend in Manila angekommen, verkündete Tristano, Parkinson und Poiret haben sie bis zu den Truk-Inseln begleitet. Arbogast ist heute morgen losgefahren, um sie abzuholen, sie werden gleich da sein.

– Dieses Mädchen, sagte Joseph, ist doch die Freundin von Blaise, oder?

– Ich glaube.

– Eine seltsame Idee, seine Frau kommen zu lassen, damit sie sich um einen anderen kümmert.

– Das ist seine Sache, nicht wahr, sagte Tristano, das ist ihre Sache.

– Es ist schon komisch für mich, seufzte Joseph, nach so langer Zeit wieder eine Frau zu sehen. Das Witzige ist, daß der andere noch immer auf sein Puzzle wartet und wir ihm stattdessen eine Frau präsentieren.

– Ja, sagte Tristano.

– Irgendwie ist das doch was anderes.

– Ich weiß es nicht, sagte Tristano.

Draußen knarrte die Leiter; jemand kletterte in das erste Stockwerk hoch.

– Er kommt, flüsterte Tristano. Kein Wort mehr darüber.

Caines Kopf erschien, gefolgt von seinem ganzen Körper, der den Raum betrat, zum Herd ging, ihn anmachte und einen Topf voll Wasser darauf stellte. Die zunächst unbewegliche und klare Flüssigkeit wurde unter der Hitze trübe und undurchsichtig, schlug schließlich große Blasen und gewann wieder ihre ursprüngliche Durchsichtigkeit zurück.

– Wissen Sie, daß es heißt, wenn man die Milch anschaut, kann sie nicht zum Kochen kommen, sagte Tristano freundlich.

– Ein bloßes Vorurteil, antwortete der Erfinder.

Er setzte sich neben Tristano und ließ sein Glas kochendes Wasser über der Salzwasserkarte wieder erkalten.

– Und mein Puzzle, gibt's irgendwelche Neuigkeiten?

– Arbogast ist heute morgen losgefahren, lenkte Tristano ab. Er wird im Lauf des Tages zurückkommen, wir werden sehen, was er aufgetrieben hat.

– Schönes Wetter heute, haspelte Joseph.

– Ja, beeilte sich Tristano, das ist der schönste Augenblick des Tages, wenn es draußen noch ein bißchen frisch ist. Übrigens, müßte nicht das Gemüse gegossen werden?

– Stimmt, sagte Joseph gehorsam, bevor es richtig heiß wird. Ich gehe sofort.

Er machte sich auf den Weg.

– Ich verstehe Ihre Vorliebe für Puzzles, sagte Tristano nach einer Weile. Aber mir scheint, das Wichtige ist nicht das Bild selbst, nicht das fertige, das rekonstruierte Bild. Sobald es einmal zusammengesetzt ist, verliert es höchstwahrscheinlich an Interesse. Das Spannende ist, daß jedes Teilchen dieses Bildes die meiste Zeit über nichts bedeutet. Ein Teilchen eines Puzzles stellt nichts dar, es ist abstrakt, es ist mehr oder weniger mit jedem anderen Teilchen identisch und könnte im übrigen auch zu jedem anderen Bild gehören.

Hier machte er eine Pause. Caine hörte ihm zu oder tat zumindest so.

– Das ist ein bißchen wie bei einer Sprache, beharrte Tristano, Sie verstehen, was ich sagen will?

Caine tauchte eine Fingerspitze ins Wasser und zog sie schnell wieder zurück.

– Sie haben noch nie so lange Reden gehalten.

– Hin und wieder kommt das schon vor, sagte Tristano.

In diesem Augenblick hörten sie drei nahe und dicht aufeinanderfolgende Schüsse. Sie liefen beide zum Fenster, Caine direkt, Tristano nach einem Umweg über seine Bettnische, aus der er mit zwei spanischen 92er Revolvern in den

Fäusten zurückkam. Ohne sich zu weit vom Palast zu entfernen, war Paul auf der Insel umhergewandelt; nach dem bitteren Beigeschmack der letzten Tage wunderte er sich über die Liebe, die er nun für sie empfand. Wahrscheinlich heiterte die beruhigende Aussicht, Vera wiederzusehen, seinen Blick auf die Welt etwas auf und erlaubte ihm, sich den Wundern der Welt hinzugeben. Ohne zu wissen wie, ohne den geringsten Plan, sogar ohne den Entwurf eines Plans, ohne den Plan eines Plans, wartete er auf Vera, um mit ihr zusammen die Flucht zu ergreifen. Zu zweit dürfte es einfacher sein, vermutete er.

Er blieb stehen und ließ den Blick um sich schweifen. Fauna, Flora und Klima, vom Boden ganz zu schweigen, bildeten eine harmonische Szenerie, die ihn berührte. Die Szenerie überlagerte sich noch mit der Erinnerung an Vera, die ihn zusätzlich berührte. Er verglich die beiden Gefühle. Seine Liebe zu der Insel war noch jung, sie währte erst einige Stunden. Seine Liebe zu Vera war sehr viel älter, sehr viel abgenutzter, manchmal anfechtbar und oft angefochten, von ihr oder von ihm. Das Wetter war noch recht angenehm.

Es war angenehm, und einen Augenblick lang glaubte er sich dabei zu ertappen, daß er Veras Ankunft bedauerte; aber es war nur der Schatten eines Bedauerns, er schob diesen Schatten beiseite. Er machte sich wieder auf den Weg.

Er ging durch die Xanthorreen-Massive, ließ sich von einer Vorstellung zur anderen treiben und stellte die unangenehmeren hintan, um bei den angenehmeren zu verweilen. In diesem Augenblick zum Beispiel dachte er an den Abdruck seiner Füße auf dem Boden. War genau dieser Punkt der Insel noch jungfräulich? Und wenn nicht, in welcher Richtung wurde er zuerst beschritten? Von welchen Füßen? Nahm der Boden die verschiedenen Fußtypen auf unterschiedliche Weise wahr? War er empfänglich für die verschiedenen Schuhgrößen? Und seine eigenen Füße, was dachte der Boden über sie? Eine ganze Reihe gewichtiger Fragen also, die ihn nicht mehr losließen. Er entdeckte Joseph, der vom Palast kam und sich in Richtung Gemüsegarten entfernte. Er kauerte sich hinter ein Gebüsch, um die Pflege der Gemüse zu inspizieren: Joseph gebrauchte die Gießkanne maßvoll, er entfernte Unkräuter, verwelkte Blätter, und hackte sorgfältig den Boden um das Gemüse herum; man hätte ihn für einen Rentner in seinem Eigenheimgarten halten können. Paul lächelte und schaute ihm zu. Nur zwanzig Meter weiter, hinter ein anderes Gebüsch gekauert, beobachtete Armstrong Jones Paul, der wiederum Joseph beobachtete.

Der Albino befolgte die knappen Anweisungen, die man ihm gegeben hatte: auf der Insel anlegen, auf irgend jemanden schießen, abwarten, was passiert und die Konsequenzen daraus ziehen. Geräuschlos richtete er sich auf, beugte sich leicht nach vorn, ging in die Knie und hielt seine Arme parallel ausgestreckt vor sich, die Hände um den Kolben seiner Waffe geschlossen. Er nahm Paul genau ins Visier und drückte dreimal nacheinander auf den Abzug.

Eine Eigentümlichkeit der Astra 400 war, daß sie alle möglichen Arten von Wurfgeschossen aufnahm und ausstieß, so daß nun drei unterschiedliche Kugeln, eine nach der anderen, den Zwischenraum durchquerten, bevor sie sich in Pauls Körper festsetzten, der mit den Armen um sich schlug, stürzte und offenkundig ohne groß zu leiden, fast auf der Stelle starb, nachdem ihm noch für den Bruchteil einer Sekunde der Gedanke durch den Kopf gezuckt war, daß der Boden und er sich nun auf eine unerwartete Weise vereinigten.

Joseph reagierte als erster und zog aus seiner Jacke eine Tokarev, verlor aber viel Zeit damit, sie zu entsichern. Er zielte auf Armstrong Jones, der zwischen den Bäumen hindurch lief und feuerte sein ganzes Magazin auf diese fahle, bewegliche Gestalt ab. Bei der vierten Kugel gestand die Gestalt eine gewisse Schwäche ein und Joseph stürzte auf sie zu. Tristano rannte ihm nach und zückte seine spanischen Waffen.

Armstrong Jones war verletzt, aber er hatte Vorsprung. Als

er am Strand angekommen war, blieb ihm noch genügend Zeit, den Einbaum flottzumachen und hineinzuspringen, dann begann er heftig auf den Horizont zuzurudern. Der Albino blickte zur Insel zurück, er hielt seine Waffe und sein Paddel in derselben Hand und deckte seine Flucht, indem er abwechselnd schoß und paddelte. Von den präzisen Einschlägen um sie herum überrascht, warfen sich Tristano und Joseph instinktiv flach zwischen die Farnkräuter. Als sie sich erhoben, befand sich Armstrong Jones bereits außerhalb der Reichweite ihrer Waffen, sie entluden sie weiter in Richtung Einbaum, obwohl nur das lächerliche Plätschern der Kugeln auf dem Salzwasser zurückhallte. Sie trafen lediglich einen Fisch, ohne es zu ahnen. Der Fisch krümmte und versteifte sich wie ein Passant, der zufällig Opfer einer verirrten Kugel wird, er drehte sich um seine eigene Achse und stieg wieder an die Oberfläche, wo er vom Wasser getragen und von den Wellen geschaukelt wurde, den weißen Bauch zur Sonne gewandt.

– Das war kein Typ von hier, merkte Joseph mit matter, erloschener, bedrückter und erschöpfter Stimme an. Das war kein Typ aus der Gegend.

– Und was ist mit dem Außenborder, kommentierte Tristano mit erstickter, tiefer, besorgter und erbitterter Stimme. Es mußte ja ausgerechnet dann passieren, als der Außenborder gerade mal nicht da war.

Sie standen regungslos mit den Füßen im Farnkraut und beobachteten das Boot, das sich entfernte und immer kleiner wurde, bis es sich, ganz klassisch, auf einen kleinen Punkt reduziert hatte.

– Vielleicht, echote Tristano. Ist Caine verletzt?

– Das würde mich wundern.

Caine saß jetzt neben Paul, der nur noch Pauls Leichnam war. Er schaute ihn fassungslos und voll aufrichtiger Trauer an, obwohl er ihn zu ihren gemeinsamen Lebzeiten nur wenig gekannt hatte. Eine gewisse Verwirrung schwärzte seine

Trauer zusätzlich, denn er fühlte sich unbeholfen und linkisch vor dem seligen Paul, fast entblößt. Er vermutete, daß es so etwas wie Gebote nekrologischer Höflichkeit gab, besondere Verhaltensweisen, gewisse Gesten, die üblich und allgemein anerkannt und gefahrlos auf jede Situation anwendbar waren, in der man mit einer oder mehreren Leichen zu tun hat, aber er war in all diesen Dingen leider nicht bewandert. Ihm fiel ein, daß es Brauch war, zumindest im Kino, den Verstorbenen die Lider zu schließen. Paul lag mit dem Gesicht zum Boden. Caine mußte ihn umdrehen und er tat es mit einer außerordentlichen Vorsicht, die er einem Nicht-Verstorbenen nie hätte zukommen lassen; aber Paul hatte, als er den Geist aufgab, die Augen geschlossen, und der Erfinder empfand darüber ein leises Gefühl der Enttäuschung, gefolgt von einer heftigen Schuldanwandlung, die eine wurde durch die andere noch verstärkt. Er legte Pauls Arme flach neben den Oberkörper, wagte nicht, ihm die Hände über der Brust zu kreuzen, streckte seine Beine ordentlich nebeneinander und strich eine Strähne aus seiner Stirn. Dann betrachtete er lange und aufmerksam sein Gesicht, als erwarte er, ihn aufwachen zu sehen. Ein paar Minuten verstrichen, bis er gewahr wurde, daß er wirklich darauf wartete.

Tristano und Joseph kamen zurück. Ihre Schritte waren schwer, ihre Gesten langsam; sie bewegten ihre Köpfe und Lippen; sie sprachen mit gedämpfter Stimme. Tristano faßte den Körper bei den Schultern, Joseph an den Füßen, so gingen sie zum Palast zurück, Caine folgte dem Trauerzug, als handle es sich um sein eigenes Begräbnis, mit gebeugtem Kopf und auf dem Rücken verschränkten Händen. Sie hätten im übrigen Paul sofort und auf der Stelle begraben können; alle dachten daran, keiner traute sich. Ganz im Gegenteil, und ohne genau zu wissen weshalb, hievten sie den Körper, anstatt ihn zu bestatten, bis in das erste Stockwerk des Palastes. Nicht ohne Mühe. Caine kletterte hinter ihnen die Leiter hoch und deutete Hilfestellungen an, die jedoch hilflos blieben. Joseph entfaltete eine grüne Decke, entstaubte sie ein wenig und schleppte sie in eine der wenigen freigeräumten Ecken des Zimmers zu Füßen der Funkanlage. Dort wurde Paul hingelegt, dessen Körper, nun unter der verchromten Masse zwischen den herumstehenden Ventilatoren ruhend, an einen modernen Holocaust denken ließ und aussah, als sei er der drahtlosen Telegraphie geopfert worden.

– Wir müssen jetzt einen Ersatz für ihn finden, sagte Joseph.

– Carrier hat niemanden mehr, ich habe gestern abend noch angerufen.

Caine sagte nichts; er kauerte auf einem Hocker und stierte auf seine Füße, falls dies überhaupt möglich war. Joseph schaute ihn an und holte aus einem Schrank eine Dose Kutteln.

– Elf Uhr, ich werde gleich etwas zu essen machen.

Tristano nahm diese Ankündigung überrascht auf, Caine wurde plötzlich leichenblaß. Er schien das Gleichgewicht zu verlieren, fiel beinahe vom Hocker und taumelte in Richtung Tür. Joseph eskortierte ihn bis zur Treppe.

– Sie müssen sich ausruhen, sagte er voller Zartgefühl, Sie sehen mitgenommen aus, das ist nur zu gut verständlich. Oder versuchen Sie vielleicht, ein bißchen zu arbeiten, das wird Sie auf andere Gedanken bringen.

Er wachte über seinen Abstieg.

– Haben Sie wirklich Hunger? fragte Tristano.

– Noch nicht, sagte Joseph und stellte die Dose wieder an ihren Platz zurück, aber ich habe ihn heute schon lange genug gesehen, und das Essen hält ihn auf Distanz. Wer könnte dieser Typ wohl gewesen sein?

– Ich weiß es nicht, ich verstehe es auch nicht. Es gab überhaupt keinen Grund, ausgerechnet auf Blaise zu schießen. Ich hätte es noch eher verstanden, wenn er versucht hätte, Caine zu töten, oder sogar mich.

– Oder mich, merkte Joseph gekränkt an.

– Natürlich, sagte Tristano.

Und die Zeit verstrich, Stunden vergingen, bis draußen Geräusche zu hören waren.

– Da sind sie ja, sagte Joseph.

– Gehen wir, sagte Tristano. Stellen wir uns der Situation.

Vera stand am Fuß der Leiter, lächelnd und ahnungslos, Arbogast und Selmer waren einen Schritt hinter ihr. Joseph und Tristano stiegen einer nach dem anderen schwerfällig hinunter, die Treppe knarrte und knarrte, sie fühlten sich unwohl. Sie fühlten sich zu alt, zu häßlich, zu schmutzig, dieser kürzliche Trauerfall vernebelte ihr Denken; verlegen stellten sie sich vor.

– Sind Sie auf der Rückfahrt zufällig jemandem begegnet? fragte Tristano.

– Niemandem, sagte Arbogast. Warum?

– Ein Typ ist vorbeigekommen, als Sie nicht da waren. Er ist wieder weg, wir konnten ihn nicht einholen.

– Ja, und?

– Und nichts, sagte Tristano. Überhaupt nichts.

– Wo ist Paul, fragte Vera.

– Paul? fragte Joseph.

– Blaise, übersetzte Tristano.

– Oh, machte Joseph und wandte sich ab.

– Es gab einen Unfall, sagte Tristano.

Schweigen.

– Schon gut, sagte Vera, ich habe verstanden. Zeigen Sie ihn mir.

Ihre Stimme war eisig. Tristano wich zurück und deutete auf die Leiter.

– Bitte, Sie zuerst, sagte sie, falls da oben noch jemand ist, der auf mich schießt.

Sie setzten sich in Bewegung. Arbogast wandte sich an Selmer.

– Wir beide, sagte er, wir sollten uns vielleicht jetzt gleich auf den Weg machen.

Vorwurfsvoll und neidisch sahen Joseph und Tristano ihnen

nach, dann stiegen sie auf die Leiter, Vera hinterher. Oben angekommen, tauschten sie noch einen letzten, bedrückten Blick, bevor auch sie den ersten Stock betraten. Sie hatten einen schrecklichen, hysterischen und vulkanischen Ausbruch erwartet und waren auf die ganze klassische Palette gefaßt, mit Schreien und Tränen, mit Erbleichen, Zusammenbrüchen und allen möglichen Beschuldigungen gegen die Ordnung der Dinge, deren erste verfügbare Vertreter unglücklicherweise sie beide waren. Da sie schon vorab über das unmittelbar bevorstehende Schauspiel bestürzt und zugleich innerlich aufgeregt waren, rückten sie sich eine Beileidsmaske zurecht und warteten darauf, daß der Malstrom des Leidens über sie herniederstürzte.

Vera durchquerte den Raum und beugte sich über Paul und setzte sich und blieb einen Augenblick wortlos neben ihm und das war's schon. Sie weinte ein bißchen, unendlich viel weniger, als sie gedacht hatten. Sie blieben hinter ihr stehen, versagten sich jede Geste und jedes Wort, waren erleichtert, aber auch ein wenig enttäuscht.

Die Leiter knirschte wieder gegen die Mauer, und Caines Kopf erschien erneut in der Öffnung. Vera wandte sich nicht um. Der Erfinder betrachtete die erstarrte Szenerie und erstarrte seinerseits. Er traute sich nicht, nach seinem Puzzle zu fragen. Das war bestimmt nicht der geeignete Augenblick dafür.

26

Abel ordnete seine Erinnerungen. Er sprach. Er erzählte sein Leben, er teilte seinen Lebenslauf in Episoden ein, die er zueinander in Beziehung setzte, und rekonstruierte, wenn nötig, die Logik der Verkettungen. Carrier hörte ihm zu. Es waren fast zwei Wochen vergangen seit ihrer Begegnung am Quai de Valmy, Zeit genug, sich anzufreunden, sich besser kennenzulernen, sich erneut zu verabreden – Zeit genug für den einen, sich über den anderen zu informieren.

Während dieser andere sich mitteilte, bestellte Carrier noch zwei Bier. Draußen herrschte eine unbeschreibliche Kälte, eine geradezu historische Kälte; der Winter hatte seinen Höhepunkt erreicht. Trotz der Fensterabdichtungen, der doppelten Scheiben und der zusätzlichen Radiatoren, drangen durch die Fugen die erkältenden Luftströme ins Innere des Bistros, und jedesmal, wenn ein neuer Kunde eintrat, ergoß die Außenwelt mit ihm durch die Eingangstür eine eisige Flut, die ungestüm in den Raum stürzte, sich dicht am Boden festsetzte, sich heimtückisch an den Socken festhakte, sich bis in die Schuhe und unter die Strümpfe schlängelte und drängte, obwohl man sie zu dieser Jahreszeit doppelt trug. Alle Füße im Bistro waren somit zu einer zweifachen Bewegung gezwungen: kreisförmig, wenn die Zehen sich aneinanderrieben; rhythmisch, wenn die Sohlen im Takt auf den eiskalten und fettigen Fliesenboden hämmerten.

Abel und Carrier trafen sich mehrmals pro Woche in der Bar du Sporting, der Stätte ihrer ersten Begegnung. Anfangs hatte Carrier viel erzählt. Er achtete darauf, in ihre Unterhaltung, die sich normalerweise bei Alltäglichkeiten aufhielt und Allerweltsthemen gewidmet war, hin und wieder ein bescheidenes Geständnis, irgendeine kaum verhüllte Anspielung, irgendein Bruchstück der eigenen kleinen Innenwelt preiszugeben, wie Türen, die im Verlauf seiner Erzählung versehentlich geöffnet und gleich wieder geschlossen wurden, aber sie waren doch mit so viel Nachdruck aufgestoßen worden, daß Abel sich versucht fühlte, sie zu durchschreiten und sich selbst in der wärmenden Sonne einer keimenden Freundschaft dem Vertrauen und der Vertraulichkeit hinzugeben.

Die Vorgehensweise war wahrscheinlich nicht ungeschickt, denn Abel glaubte nach einigen Tagen ernsthaft, jemanden gefunden zu haben, mit dem er reden konnte, jemanden, der ihm zuhörte und dem er zuhören konnte, eine fast einmalige Gelegenheit in seinem Leben, und überhaupt ist sie in jedermanns Leben viel zu selten, als daß man sich erlauben könnte, sie zu vernachlässigen. Abel brauchte nicht allzu viel Zeit, um Carrier sein Leben zu erzählen, nachdem dieser ihm das seine erzählt hatte, der eine wie der andere erging sich in Einzelheiten, nur mit dem Unterschied, daß Abel die Wahrheit sagte, oder das, was er dafür hielt, während Carrier nichts als Lügen erzählte. Abel beschwor seine Vergangenheit, einschließlich seiner Kindheit und Jugend; er sprach von seinem Beruf, nannte Frauen, Orte, Augenblicke. Er wurde lebhaft, wenn er sich mitteilte, er bemühte sich, seinen Geschichten Farbe zu geben, er entdeckte ein Erzähltalent in sich. Er gab Kalauer zum besten, ahmte Situationen nach, zitierte Anekdoten; Carrier lachte ab und an; Abel war hingerissen.

– Sie haben ein gutes Gedächtnis.

– Ja, es geht.

Jeder trank einen Schluck Bier. Carrier behielt sein Glas in der Hand und richtete einen zerstreuten Blick auf die Oberfläche der Flüssigkeit, auf der Myriaden von Bläschen auftauchten, die, kaum hatten sie sich gebildet, zerplatzten, sich verbanden und auseinanderstoben, sich in ihrem kurzen Leben zu beweglichen und vergänglichen Mustern formten und wie Rauchschwaden auf immer dahinschwanden.

Es war wirklich interessant, dabei zuzusehen. Und dann beruhigte sich der Blasenausschlag; das Bier hörte auf zu schäumen. Carrier setzte seiner Beobachtung ein Ende und stürzte den Rest der Flüssigkeit hinunter. So, genug getrödelt, dachte er. An die Arbeit.

– Sie haben immerhin ein gutes Gedächtnis. Die Einzelheiten, die Stimmungen, für all das braucht man ein gutes Gedächtnis. Mein Kompliment.

Abel lächelte, ohne zu antworten, und beschränkte sich auf ein kurzes Schnauben durch die Nasenlöcher.

– Haben Sie auch ein gutes Gedächtnis für Daten?

– Ich weiß nicht, das ist unterschiedlich.

– Natürlich.

– Wir können es ja mal überprüfen, schlug Abel in einem Anflug von Spiellaune vor. Nennen Sie ein beliebiges Datum.

– Einverstanden, sagte Carrier. Ein beliebiges Datum. Warten Sie mal.

– Aber nicht so weit zurück, warnte Abel lachend.

– Gut, sagte Carrier. Nehmen Sie zum Beispiel den 11. November 54.

Das Datum übte auf Abel eine erstaunliche Wirkung aus. Es war, als hätte man seinem Verstand einen Keulenhieb verpaßt; sein vom Schock erschüttertes Bewußtsein registrierte eine kurze Sinnesverwirrung, in der sich auf unverständliche Weise Schreie und Schweigen, Kälte und extreme Hitze mischten, kurz ein Aufruhr der Gefühle.

– Geht es Ihnen nicht gut?

– Doch, sehr gut, sagte Abel und rieb sich die Augen, es ist nichts weiter, nur ein Frösteln.

– Kein Wunder, bei diesem Wetter. Bei dieser Kälte.

– Wo waren wir stehengeblieben?

– Wir hatten gerade ein Spiel angefangen, sagte Carrier.

– Was war am 11. November 54? Was haben Sie an diesem Tag gemacht?

Jahrelang hatte Abel in der Furcht gelebt, daß man ihn eines

Tages auf dieses Datum ansprechen und ihm diese Frage stellen könnte, die einzige, unter allen nur vorstellbaren Fragen, bei der es ihm ohne weiteres möglich und zugleich unmöglich war, eine Antwort zu geben. Da sie ihm aber keiner stellte, hatte er die Zeit, sich mehrere mögliche Antworten auszudenken, die alle äußerst ausgeklügelt, äußerst detailliert, aber natürlich auch äußerst weit von der Wahrheit entfernt waren, oder zumindest von dem, was Abel dafür hielt. Die Jahre waren vergangen, die Fragensteller ausgeblieben, und so hatte er im Laufe der Zeit seine Argumente vervollkommnet und auf jede seiner Antworten ein System eigener, logischer und zusammenhängender Erklärungen aufgepfropft, die ihre Verästelungen in alle Richtungen ausbreiteten und sich auf eine Unzahl physikalischer Gesetze, historischer Bezüge und moralischer Prinzipien stützten, bis er schließlich bei der Entwicklung seines Systems an die Grenzen des menschlichen Wissens und der das Universum regierenden Gesetze stieß. Abel hatte sich erst an dem Tag zufriedengegeben, als sich jedes seiner möglichen und gebührend überprüften Alibis als eine in sich geschlossene Kosmogonie erwies und zugleich als eine *Weltanschauung*.

Abels habiles Alibi bestand folglich aus mehreren, von einander unterschiedenen und gleichermaßen verfügbaren Verteidigungssystemen, von denen jedes so entworfen war, daß es sich den Besonderheiten der Umstände anpassen konnte, in denen man ihm die verhängnisvolle Frage stellen könnte, falls man sie ihm stellte. Und, obwohl die Zeit verstrichen war und seit so langer Zeit verstrichen war, daß Abels Angst etwas nachgelassen hatte, überprüfte er regelmäßig, wie man auf einem Instrument übt, seine Argumente, und zwang sich innerlich dazu, sich in allen möglichen Situationen zu rechtfertigen; die Situation, die er sich am häufigsten vorstellte, war ein verrauchtes Büro mit barschen, beharrlichen und brutalen Polizisten.

Leider war Abel, als Carrier das unheilvolle Datum aussprach, so überrascht, daß es ihm nicht gelang, auch nur irgendeine der verfügbaren und so geduldig zurechtgelegten Rechtfertigungen auf den Plan zu rufen. Er vergaß sie sogar alle auf der Stelle. Da er nie in Erwägung gezogen hatte, daß die Frage auf diese Weise mitten in einem freundschaftlichen Gespräch auftauchen könnte, und da er im übrigen nie ganz sicher gewesen war, ob er überhaupt wußte, was ein freundschaftliches Gespräch ist, hatte er es versäumt, ein Verteidigungssystem auszuarbeiten, das diesem von ihm als zu unwahrscheinlich eingeschätzten Fall angepaßt war. Dazu kam, daß seine Bestürzung seine intellektuelle Wendigkeit äußerst beeinträchtigte, und es ihm folglich unmöglich war, eines der bestehenden Systeme der Situation anzupassen, so verheerend ist die Wirkung des Unvorhersehbaren. Als er aus seiner Verwirrung wieder auftauchte, lachte er gequält.

– Das liegt weit zurück, das liegt wirklich weit zurück. Das ist lange her.

Er sehnte sich nach einer Zigarette, erinnerte sich, daß er gar nicht rauchte und beruhigte sich schließlich. Ein Zufall, dachte er, ein unglücklicher Zufall.

– Der Jahrestag des Waffenstillstands, witzelte er etwas gezwungen. Der (er rechnete nach) vierunddreißigste, glaube ich. Ansonsten, keine Ahnung. Das ist lange her.

Carrier blickte in eine andere Richtung, sein Gesicht war erloschen. Er wandte sich Abel zu, begegnete seinem erbärmlichen Blick und unterstrich diese Begegnung mit einem friedfertigen Lächeln, als sei nichts geschehen.

– Es stimmt, das ist lange her, sagte er mit heiterer und etwas sehnsüchtiger Stimme.

Abel beruhigte sich wieder. Es gab keinen Grund zur Aufregung. Carriers Tonfall war der eines Freundes, der einen anderen Freund im Rahmen einer freundschaftlichen Wette, die in aller Freundschaft abgeschlossen worden war, freundschaftlich bei einem kleinen Versagen ertappte, und weiter nichts. Es war ein unglücklicher Zufall. Carrier bestellte noch zwei weitere Biere. Sie tranken.

– So lange ist es nun auch wieder nicht her, nahm Carrier das Gespräch wieder auf und unterdrückte dabei ein Aufstoßen. Sie waren gerade erst 26 Jahre alt, nicht wahr? Stimmt's?

Der unglückliche Zufall war dahin. Abel sah ihn schrumpfen, schwinden, schmelzen, wie ein Stück Styropor unter der Einwirkung eines Lötkolbens. Niederschmetternd war für Abel die Selbstsicherheit, mit der ihn Carrier so haargenau an sein Alter Ende dieses Herbstes 1954 erinnerte. Abel war sich sicher, daß er trotz der autobiographischen Enthüllungen, zu denen er sich seit ihrer ersten Begegnung hatte hinreißen lassen, Carrier gegenüber weder sein Alter, noch sein Geburtsdatum erwähnt hatte. Und diese Sicherheit brachte es fertig, ihn fertig zu machen. Die Tatsache, daß der andere ihn so genau datieren konnte, die Präzision, die weder durch eine Geste, noch durch einen Gesichtsausdruck, der ein vorausgegangenes Nachrechnen andeutete, relativiert wurde, bestärkte ihn in dem Gedanken, daß Carrier etwas über ihn wußte. Natürlich konnte es sich bei diesem chronologischen Taxieren auch nur um eine freundschaftliche Vermutung handeln: Abel sah weder älter noch jünger aus, als er war, er entsprach seinem Alter, ein Alter, das leicht zu schätzen war; im Grunde bedurfte es nur einer einfachen Rechnung, um von dieser Vermutung abzuleiten, wie alt er 1954 gewesen war. Aber der eigentümliche Tonfall, in dem Carrier dieses Alter aussprach, ließ auf etwas anderes als eine Vermutung, auf etwas Schlimmeres als eine Gewißheit schließen: auf ein Wissen.

Abel, der trotz allem noch immer versuchte, sich an die Überreste des unglücklichen Zufalls zu halten, wie man sich im Abstürzen, wenn auch nur für einen Augenblick, von dem man vorab schon weiß, daß er kurz sein wird, an einem verdorrten Busch festhält, der glücklicherweise am Rand des Abgrunds auftaucht, aber langsam unter dem Gewicht des Stürzenden nachgibt. Abel also versuchte gar nicht erst, den Lauf der Dinge umzulenken, sondern wandte seine ganze

Kraft auf, um einen unveränderten, gleichgültigen, teilnahmslosen Gesichtsausdruck aufzusetzen.

Währenddessen hatte Carrier unvermittelt über das Gedächtnis zu reden begonnen. Demnach verfügten die einen über ein gutes Gedächtnis, die anderen nicht. Und außerdem gab es verschiedene Gedächtnisarten, ein Namensgedächtnis, ein Gedächtnis für Gesichter, ein Gedächtnis für Orte, Daten, Einzelheiten. Es gab Leute, die nur eine Art von Gedächtnis hatten, andere, die mehrere zugleich besaßen, bei wieder anderen war keine dieser Gedächtnisarten besonders ausgeprägt, das alles hing mit weiß der Himmel was zusammen. Das Ganze mit einer Reihe von Beispielen als Beleg. Abel pflichtete allem bei und hörte hin, ohne zuzuhören.

– Ja, ja, sagte er, das Gedächtnis.

Und sie führten ihren Austausch in dem vertrauten Ton, den sie sich angewöhnt hatten, weiter. Sie sprachen so noch einen Augenblick über das Gedächtnis, so wie sie danach und nacheinander, einem Spiel metonymischer oder metaphorischer Assoziationen folgend, die hier nicht in allen Einzelheiten wiedergegeben werden müssen, über den Schlaf, die Qualität des Biers, den Algerienkrieg, die Engländer, die Tour de France, die kurzen Tage im Winter, die langen im Sommer, und schließlich über die Vorzüge der jeweiligen Jahreszeiten redeten, es war ein langes Gespräch über Gott und die Welt, an dessen Ende sie auseinandergingen.

An ihrer Beziehung änderte sich offensichtlich nichts. Abel war es bald überdrüssig, in Carriers Ausführungen nach neuen, beunruhigenden Anspielungen zu spähen, der sich zudem hütete, welche zu machen. Sie trafen sich weiterhin in der Bar du Sporting, plauderten und tranken Bier, und nie entstand der Eindruck, als müßte einer den anderen zu diesen friedlichen Verabredungen zwingen. Nichts änderte sich, bis auf das eine, daß Abel dachte, daß Carrier alles wußte, daß Carrier wußte, daß Abel dachte, daß er alles wußte, daß Abel dachte, daß Carrier wußte, daß er dachte, daß er alles wußte, und so weiter und so fort, bis in alle Ewigkeit, ganz nach Belieben.

Eines Tages, am späten Nachmittag, nachdem sie eine Weile über die Farbe des Himmels, den Geschmack des Kaffees, die Neonbeleuchtung, über Automechaniker, das Zuckerproblem und die angenehmen Seiten der Übergangszeit geplaudert hatten, ließen sie sich auf die Vorstellung ein, was man alles in der Seine finden könnte, sollte diese eines Tages austrocknen. Sicherlich klärten sich einige Geheimnisse auf. Für Carrier war diese Vorstellung eine Art Sprungbrett, auf dem er Anlauf nahm, um sich dann lang und breit über die verschiedensten Rätsel und Mysterien, neuere oder ältere, große oder kleine, geklärte oder ungeklärte, auszulassen. Dann waren die Rätsel an der Reihe. Abel, in dessen Augen Carrier längst selbst zu einem Rätsel geworden war, geriet in einen Zustand der Verstörung, den der andere nicht zu bemerken schien, als er auf das Kapitel der Geheimbünde zu sprechen kam, ein unendlich weites Feld, über das er im übrigen endlos lange reden konnte.

Carrier kannte sich in seinem Thema gut aus, er berichtete über absonderliche Systeme, von denen Abel nie geglaubt hätte, daß sie überhaupt existieren. Aber sein Interesse für diese Dinge wurde von einem verschwommenen Gefühl überlagert, es war, als enthielten Carriers Ausführungen trotz seines gelehrten und leidenschaftslosen Tons, eine unausgesprochene und noch zu entschlüsselnde Botschaft, es war, als müßte diese erst dekodiert werden, um den dahinter liegenden, latenten, völlig anderen Diskurs zu verstehen, der nur sie betraf, sie beide, die sie vor ihrem Bier saßen. Abel versuchte auf diese zweite oder dritte oder zehnte Bedeutungsebene umzuschalten, da er dabei aber von einem psychischen Schwindelgefühl erfaßt wurde, zog er es vor, sich an den Oberflächendiskurs zu halten.

Im Augenblick war Carrier gerade dabei, die Organisation der Omladina zu beschreiben, einer tschechischen Geheimgesellschaft, deren Strukturen denen einer Carbonaria-Gruppe nachgebildet und 1893 im Verlauf einer Gerichtsverhandlung bekannt geworden waren. Obwohl die Beschäftigung mit der latenten Botschaft an ihm nagte, würdigte Abel diese Gelehrtheit durch ein Hochziehen der Augenbrauen.

– Die Oberhäupte der Omladina, erklärte Carrier, hatten entsprechend ihrer Bedeutung, den Rang eines Daumens oder eines Fingers inne. Bei der ersten vertraulichen Versammlung wählten die Mitglieder der höchsten Ebene einen Daumen, der vier Finger bestimmte, die wiederum einen neuen Daumen wählten. Dieser zweite Daumen suchte dann vier neue Finger aus, die einen dritten Daumen wählten und so weiter. Auf seiten der Daumen kannte nur der erste Daumen alle anderen, die sich untereinander nicht kannten. Bei den Fingern kannten sich jeweils nur die vier, die dem gleichen Daumen untergeordnet waren. Alle wichtigen Entscheidungen der Omladina wurden vom ersten Daumen, vom Oberhaupt, getroffen. Er informierte auch die anderen Daumen über die geplanten Unternehmungen, dieselben Daumen übermittelten ihre Befehle an ihre Finger, die sie wiederum ihrerseits an die ihnen zugewiesenen Mitglieder der Organisation weiterleiteten.

Abel kam aus dem Staunen nicht mehr heraus. Carrier leerte sein Glas und füllte seine Lungen mit Luft.

– Ähnlich war es, fuhr er fort, beim Guelfen-Orden, dessen oberste Instanz aus sechs Mitgliedern bestand, die sich nicht kannten und sich untereinander nur durch die Vermittlung einer einzigen Person, die der Sichtbare genannt wurde, austauschen konnten. Ähnlich war es bei der Gruppe der Pythagoreer, deren Schutzsysteme sich auf die Unterscheidung von exoterischen und esoterischen Mitgliedern stützte.

An diesem Abend verweilten sie sehr viel länger als gewöhnlich im Sporting. Abel hörte Carrier mit zunehmendem Interesse zu, da er, je länger der Faden der Worte wurde, umso mehr den Eindruck gewann, daß dieser ihn selbst betraf, ohne genau sagen zu können, wie oder warum. Sie bestellten sich noch zwei weitere Bier mit braun geränderten Omeletten, die sie, so vertieft wie sie waren, kalt werden ließen. Carrier redete und redete, beschwor nacheinander den irländischen Clan-na-gael, die Französischen Chauffeure des 18. Jahrhunderts, die afrikanischen Maîtres Constructeurs, die spanischen Gardunas, die mit der Inquisition zusammenarbeiteten, die deutsche Feme, die Gesellschaft der Mysterien, den Druiden-Orden. Er erklärte wie die Vaudois zum Beispiel, ich nehme die Vaudois als Beispiel, ich könnte auch irgend etwas anderes nehmen, aber ich nehme die Vaudois, also, wie die Vaudois, die sich zunächst nicht besonders bemüßigt fühlten, eine Geheimgesellschaft zu gründen, im 13. Jahrhundert dazu gezwungen wurden, weil sie sich versteckt halten mußten. Er schickte sich an, das Fresko ihres Untergangs auszumalen, der vor allem auf das Fehlen einer gezielten Zentralisierung zurückzuführen war, als der Kellner Anstalten machte, die Stühle auf die Tische zu stellen.

Sie schauten um sich, ihr Blick war etwas verstört. Der Raum hatte sich geleert, ohne daß sie es bemerkt hatten. Der andere Kellner schob einen Besen vor sich her. Der Besitzer des Sporting gähnte endlos hinter der Theke und unterließ es, die zuckende Öffnung mit der Hand zu verdecken, wie es sonst üblich ist. Seine mutmaßliche Gattin bündelte Banknoten zu kleinen Zehnerstapeln und heftete sie mit einem schnellen Nadelstich zusammen. Es war Zeit, aufzustehen und zu gehen. Sie schlüpften in ihre Mäntel.

Draußen hinderte sie die Kälte am Sprechen. Sie trennten sich an einem Taxistand und jeder stieg in einen Wagen, ohne noch ein Wort zu wechseln oder eine nächste Verabredung zu vereinbaren. Carrier fuhr in Richtung Nanterre und Abel gelangte verstört in die Rue de Mogador.

Am übernächsten Tag kehrte Abel in die Bar du Sporting zurück, wo er Carrier traf, der mit verschlossenem Gesicht dasaß und wenig gesprächig wirkte. Abel versuchte, ihn wieder auf die Gesprächsspur des letzten Treffens zu bringen, aber vergeblich. Der andere gab nur Einsilber von sich und war offenkundig von jeglichem Redeeifer verlassen.

– Nicht sehr gesprächig heute, merkte Abel an.

– Immer reden, stöhnte Carrier, wozu? Und worüber denn?

– Natürlich, gab Abel zu, so kann man es auch sehen.

Es verging eine Weile. Ihr Bier wurde gebracht. Wieder verging eine Weile.

– Ich habe eine Idee, brachte Carrier über die Lippen.

– Ja, meinte Abel neugierig, den Mund voll mit vergärtem Hopfen.

– Es geht um das Paket, meinte Carrier. Sprechen wir doch über das Paket.

Abels Kehle schnürte sich heftig zusammen, hinderte die Flüssigkeit am Weiterfließen, die durch die Nase zu entfliehen versuchte und eine vorübergehende Apnoe verursachte, begleitet von Atemnot, Ersticken, heftigem Nasenprickeln, Hustenanfall und ununterdrückbaren Tränen, Kopfschmerzen und Unpäßlichkeit.

– Nun, nun, sagte Carrier.

Er klopfte ihm auf den Rücken, wie man es in solchen Fällen tut.

– Welches Paket, ließ die zusammengezogene Kehle durch.

– Das Paket, das sie an dem Tag, als wir uns getroffen haben, durch die Gegend trugen, am Ufer entlang, in Richtung Stalingrad, Sie erinnern sich nicht mehr? Ein ziemlich großes, eher rundes Paket, wenn ich mich recht erinnere.

– Moment mal, sagte Abel.

In seinem Kopf begannen sich die Dinge zu fügen. Seine zufällige Inbesitznahme der Hutschachtel, seine nicht weniger zufällige Begegnung mit Carrier, die besonders zufällige Vorhersagung seines genauen Alters durch diesen, schließlich das in seiner Zufälligkeit nicht mehr zu übertreffende Auftauchen eines wesentlichen Datums seiner Biographie im Gespräch, alle diese Zufälligkeiten konnten in einem Zusammenhang stehen, sie drohten sich gegenseitig aufzuheben und Abel schien in einer Falle zu sitzen, deren Konturen und Hebel er ansatzweise erkennen konnte, obwohl sich ihm, wie vielen anderen auch, die Zweckbestimmung des Phänomens entzog.

Abel machte sich zum Vorwurf, daß er sich der Hutschachtel nicht wie geplant entledigt hatte, kurz nachdem er deren potentielle Gefährlichkeit zu ahnen begann. An dem Tag, an dem er Carrier begegnet war, hatten sie einen Augenblick zusammen verbracht, ohne daß auch nur ein Wort über den Gegenstand fiel. Abel ging dann nach Hause, innerlich ganz mit dieser neuen Bekanntschaft beschäftigt, und folglich widmete er dem Karton keinen Gedanken mehr, vernachlässigte ihn im weiteren sogar, stellte ihn auf einem unerreichbaren Regal ab und interessierte sich nur noch auf ausweichende Art für ihn, immer mit der Absicht, sich seiner zu entledigen, aber in diesem Vorhaben wurde er stets durch eine gewisse Trägheit gebremst. Abel bereute es. Die Hutschachtel konnte sehr wohl der erste Auslöser für das Räderwerk der Falle sein, die durch den 11. November 1954 unwiderruflich in Gang gesetzt wurde. Das alles war noch nicht recht zu greifen, dennoch empfand Abel etwas wie Mitleid für sich selbst. Der unglückliche Zufall schien endgültig verschieden zu sein.

Dennoch fing er sich wieder und fragte den anderen etwas schroff, worauf er hinaus wolle. Carrier schien überrascht, fast schockiert über diesen Ton.

– Ich will auf nichts hinaus, protestierte er, auf überhaupt nichts, ich habe nur plötzlich an dieses Paket gedacht, das ist alles. Ich erinnere mich lediglich, daß es mir aufgefallen ist, ich weiß nicht warum. Ich fragte mich, was wohl drin sein mag. Manchmal ist man eben neugierig. Ich habe mich damals nicht getraut, Sie zu fragen, ich wollte nicht aufdringlich sein.

Seine Stimme klang sehr natürlich, er machte den Eindruck,

als sei er bekümmert, Abel erzürnt zu haben, er bat um Entschuldigung; Abel gewährte sie ihm. Er war verwirrt. Wieder einmal hatte Carrier nur gesagt, was man auch zufällig sagen kann, nichts überschritt die Grenzen des Zufalls. Sicherlich hatte die Anhäufung dieser sich fügenden Zufälle etwas Deprimierendes, aber aus all dem ließ sich kein wirklicher Hinweis für den Verfolgungswahn ableiten, der ihn allmählich packte, noch immer konnte alles zufällig sein. Noch immer konnte alles auf das Konto des unglücklichen Zufalls gebucht werden.

Der unglückliche Zufall kam wieder zu sich, öffnete ein Auge, holte tief Luft und rappelte sich wieder hoch. Trotz seiner unendlich kleinen Überlebenschancen war er da, gegenwärtig, verfügbar, und Abel beschloß, sich an ihm festzuhalten.

– Wieso? fuhr Carrier grausam fort. Was war das für ein Paket?

Zufall, oder Nichtzufall, es hatte keinen Sinn zu lügen. Nun ja, es war ein Paket, dessen Verwahrer Abel geworden war, das Gegenstände enthielt, deren Nützlichkeit er nicht ganz verstand, und das er loswerden wollte, genau am Tag ihrer Begegnung, und das er schließlich aus Nachlässigkeit und Inkonsequenz behalten hatte. Mehr wußte er auch nicht. In Carriers Augen lag, während er ihm zuhörte, ein Ausdruck, als habe sich eine lauernde Muräne ins Innerste seiner Pupillen verkrochen. Sein Blick ließ den unglücklichen Zufall vor Schreck zu Eis erstarren.

– Mehr weiß ich auch nicht, schlußfolgerte Abel.

– Wissen Sie, was wir jetzt tun werden?

– Was denn? fragte Abel, der noch immer auf dem ausgepumpten unglücklichen Zufall herumritt und darauf hoffte, daß nun das Thema gewechselt werde.

– Das Paket, sagte Carrier, die Schachtel. Wir werden sie ihrem Besitzer zurückbringen.

– Aber ich kenne seinen Besitzer nicht.

– Aber ich, sagte Carrier, ich kenne ihn.

Und er sagte das mit einem völlig neuen Blick, den Abel an ihm nicht kannte, einem unbekannten, aber bedeutungsschwangeren Blick, der sagen sollte, daß nun genug gespielt worden, daß nichts zufällig war, daß Carrier, der über den 11. November 1954 verfügte, damit auch über Abel selbst und alles, was ihm gehörte, einschließlich des Pakets, verfügte, und daß nichts mehr zu tun und nichts mehr zu hoffen war. Der unglückliche Zufall, der Abel bis an die Grenzen seiner Möglichkeiten getragen hatte, drehte mit einem einzigen Zungenschlag einen hohlen Backenzahn um, brachte eine darin verborgene Zyankali-Ampulle zum Vorschein, zermalmte sie zwischen seinen Zähnen, bäumte sich auf und brach zusammen. Abel wohnte seinem Ableben bei. Carrier stand auf und erklärte, daß man nun gehe. Ein Taxi wurde gerufen.

– Rue Mogador, verordnete Carrier, und danach zum Boulevard Haussmann.

– Wird gemacht, sagte der Wagenlenker.

27

Sie kletterten in das Motorboot, das sich aufbäumte und mit großer Geschwindigkeit davonbrauste. Selmer wendete, steuerte dabei so hart, als schleudere er auf dem Wasser, das kleine Boot hobelte über die Oberfläche, und wirbelte bei seiner Drehung Schaumkronen in die Luft, die beim Niederfallen einen großen Kreis um das Schiff bildeten.

Ihre Gesichter waren jetzt mit Bärten geschmückt, da Arbogast ein paar Tage zuvor den einzigen Spiegel, den sie zum Rasieren besaßen, aus Ungeschicklichkeit zerbrochen hatte.

Er hatte darüber gejammert, und Selmer hatte ihn mit dem Vorschlag getröstet, sie könnten sich ja, da sie von ähnlicher Größe und Statur seien, nunmehr einander gegenüberstehend rasieren, ihre Handbewegungen symmetrisieren und jeweils einer dem anderen als Spiegel dienen. Versuchen wir es doch einfach, hatte Arbogast gesagt. Sie wagten das Experiment, sie schnitten sich fürchterlich. Vielleicht ähnelten sie sich nicht genügend. Lassen wir es, hatte Selmer gesagt.

Mit diesen Bärten hingegen, begannen sie sich immer mehr zu ähneln. So wurde der größte Teil ihrer Gesichter verdeckt, die Besonderheit ihrer Gesichtszüge verringerte sich und nur zwei ziemlich hohe Stirnen und zwei annähernd gerade, gleichermaßen durch den Fixstern gebräunte Nasen blieben sichtbar. Ihre Augen waren von unterschiedlicher Farbe, aber da Selmer sich über das zu grelle Licht beschwert und Arbogast ihm seine Ersatzgläser geliehen hatte, versteckten sie sie nun beide unter Sonnenbrillen, die die Mimikry noch vervollkommneten. Auch wenn die Bärte durch diese Maskenwirkung dazu beitrugen, daß ihre Gesichter sich immer mehr ähnelten, so wurde doch durch die Farbe ihrer Barthaare, schwarz bei dem einen, gelb bei dem anderen, ein wesentlicher Unterschied geschaffen.

Während der Umkreisung der Insel blieb der Außenborder, der in einem Verhältnis zur Meeresoberfläche gleichbleibenden Winkel zur Seite geneigt und mit der Schnauze in den Himmel gerichtet war, in einer labilen, wackligen, außerhalb des Wassers unvorstellbaren Lage und zog so eine vollkommen kreisförmige Spur der Küste entlang. Wie sie so nebeneinander auf den roten Ledersitzen saßen, reglos, mit nacktem Oberkörper und mit ihrem kleinen Boot umherkreisten, wirkten ihre bis auf die Haare fast identischen Körper wie diese kleinen genormten Plastikfiguren, die aus der gleichen Form stammten und maschinell bemalt sind, sie sahen aus wie diese festgeschraubten Miniaturpiloten, die man in Außenbordermodellen in hoher Geschwindigkeit durch das achteckige Becken des Jardin du Luxembourg kreisen sehen kann.

Nachdem sie wieder in das östlich gelegene Blockhaus zurückgekehrt waren, erholten sie sich einen Augenblick und hörten Schumann, oder das, was das kleine Tonband von Schumann behalten hatte. Arbogast liebte die Romantiker. Als Schumann abgespult war, schlug Arbogast vor, einige der umliegenden Inseln aufzusuchen, noch immer in der Hoffnung, das mutmaßliche Waffendepot zu entdecken. Selmer setzte sich wieder ans Steuer, sie fuhren wieder los.

Selmer hatte früher oft davon geträumt, einen großen Wagen zu fahren, und als Arbogast ihn mit der Handhabung des Außenborders vertraut machte, lernte er sehr schnell, ihn sehr schnell zu lenken und verwirklichte so einen alten Traum. Die Anzeiger des Armaturenbretts, die Ledersitze und das nach Elfenbein aussehende Lenkrad wären auch eines Buicks würdig gewesen; aber da die Fahrbahn der Maschine diese offene, flüssige Fläche war, die weder Hindernisse kannte, noch den Fahrkünsten irgendwelche Grenzen setzte – Selmer amüsierte sich manchmal damit, auf das Wasser riesengroße Schriftzüge und gigantische Monogramme zu zeichnen, er benutzte den Außenborder wie einen Schreibgriffel, zog seinen Namen in flüchtigen und schaumigen Buchstaben über das Meer und drückte so dem Pazifik seinen Stempel auf –, und da die Maschine selbst mit chronisch zurückgeklapptem Verdeck fuhr, und über diese Form und diese Bordwände, über diese Spannung und dieses Stampfen verfügte, kurzum, da der Buick ein Boot war, bekam die Verwirklichung seiner alten Autoträume eine ganz besondere Note.

Sie fuhren nach Süden. Sie durchquerten zunächst einen vollkommen flachen, ausschließlich wasserhaltigen Teil des Meeres, der jeglicher Erhebung entbehrte. Dann tauchten einige Festkörper auf: sie kamen an Korallenatollen und an Schwammkoralleninseln vorbei, die sie bereits kannten. Als sie eines ihrer Lieblingsatolle sichteten, gewährten sie sich eine Pause und näherten sich langsam, kurvten vorsichtig zwischen den Riffreihen und Steinklippen hindurch.

Das Atoll hatte, wie allgemein üblich, die Form eines Ringes, war aber an einer Stelle durchschnitten, so daß sich durch diesen Bruch in der Umrundung ein schmaler Durchgang öffnete, der zur Lagune führte, in deren Mitte Selmer den Motor abstellte. Das Wasser der Lagune war nur wenig aufgerauht, in ihm überlagerten sich die Begegnungen der äußeren Wellen und die kaum bewegte Glätte eines Weihers – im Grunde genommen war es in einem Zustand genau zwischen Meer und Schwimmbecken. Sie sprangen hinein.

Mit weit aufgesperrten Augen schwammen sie eine Weile in dem fast zu blauen Wasser, in dem sich polychrome Fische tummelten. Dann kletterten sie wieder an Bord und legten sich erschöpft hin, ließen das Wasser unter der Sonne und auf ihrer Haut verdunsten, auf der bald Spuren trockenen Salzes auftauchten. Selmer stellte fest, daß das Wasser der Lagune sehr viel salziger war, als das des Ozeans, und Arbogast versicherte ihm, daß der Salzgehalt des Wassers sogar bei jedem Atoll verschieden sei. Ausgestreckt und in ihrer Mitte schaukelnd schauten sie auf die um sie herum sich ausbreitende ringförmige Insel mit ihrer dichten Vegetation und einem abschüssigen Strandgürtel; sie wirkte wie ein willkürlich, fast irrtümlich aufgetauchter Festlandssockel. Jeder wollte dem anderen mitteilen, daß sie sich in diesem Augenblick im Krater eines altersschwachen Vulkans befanden, aber der jeweils andere wußte es bereits. Sobald sie trocken waren, verließen sie das Atoll.

Sie wagten sich etwas weiter nach Süden vor und gelangten zu einer kleinen, sehr dichten und wie zusammengezogenen Inselgruppe, die aus einem Wald von nah beieinanderliegenden Inselchen in allen Größen und Formen bestand. Manchmal berührten sie sich fast, und das Meer zwischen ihnen und um sie herum nahm je nach Entfernung die doch recht bescheidene Form eines Kanals, eines Baches oder eines Rinnsals an. Einige dieser Inselchen hatten die Größe einer Grünanlage, andere die eines Wohnzimmers. Die größten unter ihnen wirkten wie Amphibientheater, die kleinsten wie Luftmatratzen. Das Ganze sah aus, als sei es einst ein Felsmassiv gewesen, das bei einem Seebeben zerstäubt wurde und dessen Einzelteile erneut zusammengefügt werden müßten, um die ursprüngliche Einheit wieder herzustellen.

– Seltsam, sagte Arbogast, es sieht wie ein Puzzle aus. Man müßte den Erfinder einmal mit hierhernehmen.

– Schauen wir sie uns doch mal genauer an, sagte Selmer.

Sie schauten sie sich genauer an. Die meisten Inselchen waren flach, einige jedoch ragten spitz wie Kirchtürme aus dem Wasser heraus; andere, die die Form einer Halbkugel hatten, wirkten wie große, polierte, halb untergetauchte Steine; wieder andere waren ziemlich formlos. Manche lagen so nah beieinander, daß man mit etwas Schwung von einem zum anderen springen konnte.

Selmer und Arbogast verteilten sich auf die beiden Hälften der Inselgruppe und begaben sich auf die Suche nach einer möglichen Spur, die erweisen könnte, daß sie nicht mehr jungfräulich war. Da die Art der Spur nicht vorab bestimmbar war, galt es, auf die kleinste Einzelheit, auf den winzigsten Hinweis zu achten. Nach einer einstündigen Suche fand Selmer die gewünschte Spur. Er rief, Arbogast kam angelaufen. Sie tanzten auf der Spur.

Es handelte sich um ein in den Felsen eingelassenes Viereck aus Beton, das sich diesem schließlich durch Mimikry angeglichen hatte. Nur der Sand, der sich in den Furchen aufgehäuft und an ihren Umrissen eine Art Rahmen gebildet hatte, verriet die Anwesenheit dieser Platte, der die Zeit, die Luft, das Wasser und alle anderen Erosionsfaktoren durch ihre gleichförmige Abnutzungsarbeit die Farbe und die Beschaffenheit des sie umgebenden Felsen verliehen hatten. Nachdem Unbekannte auf diese Weise dem Felsen ihren menschlichen Stempel aufgeprägt und ihre Maurerarbeit hier hinterlassen hatten, ging die Natur daran, im Zuge einer ausgleichenden Gerechtigkeit, ihren natürlichen Stempel aufzudrücken, und vervollkommnete so die Tarnung. Arbogast lief zum Außenborder und holte eine Metallstange, die er als Hebel benutzte, um die Platte aufzustemmen. Sobald sie entfernt war, öffnete sich zu ihren Füßen ein schwarzes Loch. Arbogast reichte Selmer eine Taschenlampe und überließ ihm somit den Vortritt.

Selmer klemmte die Lampe an seinen Gürtel, stützte sich auf seine Arme und ließ sich mit baumelnden Beinen in die Öffnung gleiten. Seine Füße stießen auf eingelassene Stufen, er klammerte sich daran fest und verschwand. Arbogast hatte sich flach auf den Bauch gelegt und den Kopf weit in die Öffnung hineingesteckt, wie am Beginn einer sonderlichen, tellurischen und umgekehrten Niederkunft.

– Ich kann nichts sehen, schrie er. Was sehen Sie denn?

– Nichts, sagte Selmer.

In der Tat, da war nichts. Die Stufen führten in eine kleine leere Felshöhle. Selmer ließ lange den Lichtkegel der Lampe schweifen, in alle Richtungen und vergeblich. Als er nach oben blickte, sah er über sich Arbogasts Kopf und Schultern, eine klar abgehobene Silhouette am Rand eines himmelblauen Himmelvierecks.

– Was heißt nichts?

Selmer antworte nicht, leuchtete mit der Lampe noch einmal die Wände des hohlen Inselchens ab und hob sie dann in Arbogasts Richtung, der mit einem Augenblinzeln dagegen protestierte.

– Nichts, rein gar nichts, kommen Sie doch selbst.

Arbogast stieg hinab, suchte gründlicher und fand etwas. Es war ein Plastikschild, allerdings trotz seiner unverweslichen Abdichtung vergilbt und brüchig geworden, auf dem eine Reihe von Zahlen mit dazwischengeschobenen Buchstaben standen, die offenkundig Breiten- und Längengrade angaben.

– Sieh mal an, sagte Arbogast, das ist aber eigenartig.
– Was?
– Diese Angaben. Das sind genau die von Gutmans Insel. Erkennen Sie sie nicht wieder?

Da Selmer sie nicht kannte, konnte er sie folglich auch nicht wiedererkennen. Er wunderte sich, selbstverständlich. Welch ein Zufall. Und wie.

– Überlegen wir mal, sagte Arbogast. Denken wir nach.

Sie zwängten sich aus der Öffnung heraus, kehrten zum Boot zurück und ließen sich dort nieder, jedoch nicht ohne zuvor Tücher zwischen ihre denkenden Körper und die heißen Sessel zu legen. Sie begaben sich häufig auf den geankerten Außenborder, um nachzudenken oder zu schlafen und überließen sich oft beiden Tätigkeiten gleichzeitig. Sie glaubten festgestellt zu haben, daß die Schaukel- und Schlingerbewegungen dem Schlaf einen besonderen Reiz verliehen und auf die Gedanken anregender wirkten als die Unbeweglichkeit des Erdbodens. Wobei es sich im übrigen nur um eine relative Unbeweglichkeit handelte, wie sie in ihren Gesprächen über dieses Thema betonten, das im übrigen das Hauptthema ihres Nachdenkens war, wenn sie auf diese Weise vor sich hindämmernd auf dem Wasser trieben – wirklich nur um eine relative Unbeweglichkeit in Anbetracht der Erdumdrehung, denn in ihrem Sichtreibenlassen verbanden sich folglich die Meereswellen mit besagter Umdrehung, neben der zweifellos noch andere, weniger wahrnehmbare Bewegungen in Rechnung zu stellen waren, wie die der Erde um die Sonne, die des Sonnensystems in der Galaxis und in deren möglichen Behältnis, ganz zu schweigen von den anderen, unbekannten, viel weiträumigeren und globaleren Bewegungen im Weltall, für die sie aber vielleicht, ohne es zu wissen, äußerst empfänglich waren.

Obwohl sie normalerweise von dieser dynamischen Mischung geradezu benebelt wurden, überließen sie sich nicht dem gewohnten Halbschlaf. Arbogast konnte sich nur schwer den Inhalt der in der Höhle gefundenen Botschaft erklären, die darauf hinweisen konnte, daß einstmals hier gelagerte Ausrüstungsgegenstände zu der Insel, auf der sie jetzt lebten, gebracht worden waren, obwohl er diese Insel eigenhändig bis in die letzten Winkel durchwühlt hatte, ohne auch nur irgend etwas zu finden. Er erging sich in endlosen Mutmaßungen. Selmer hatte seinen Kopf an die Sitzlehne gestützt; er dachte an nichts und schaute in die Luft. Bald schon überfiel ihn eine Ungeduld, die die Sitze des Außenborders in Kinositze und den blasser werdenden Himmel über der Inselgruppe in eine jungfräuliche Leinwand verwandelte, die bereit war, sich zu beleben, sich zu bevölkern. Aber nichts geschah, nichts kam; nur die Sonnenbestrahlung änderte sich merklich, dergestalt, daß sie schwächer wurde.

– Fahren wir?

– Ja, kehren wir um, sagte Arbogast. Ich verstehe es nicht.

Sie kamen zum Blockhaus zurück, wo sie Brahms ein bißchen durch die harte Schule des Tonbands laufen ließen. Dem Klang nach zu urteilen, war der Apparat eine Pfanne, in der Brahms langsam vor sich hin brutzelte, und dieses Kochgeräusch weckte ihren Hunger. Arbogast griff nach Büchsenfleisch und Bier, nach Bohnenkonserven und einheimischen Früchten, und Selmer schlug vor, zum Essen in den Wald zu gehen, bevor es gänzlich Nacht werde. Da er der Meereslandschaft überdrüssig war, schaute er ins Inselinnere, wo im Vordergrund eine verwirrende Komposition unterschiedlichster Mineralien in die Höhe ragte. Zwei Silhouetten tauchten auf der linken Seite der Komposition auf und gingen, ohne ihn wahrzunehmen, in Richtung Norden die Küste entlang.

– Der Erfinder, gab er weiter. Mit dem Mädchen.

Arbogast warf einen Blick auf die undeutlichen Spaziergänger und ging ins Blockhaus zurück, aus dem er mit einer kleinen 8-Millimeter-Kamera wieder erschien. Er stellte das Objektiv ein, machte sich daran, das Pärchen zu filmen und drehte sich um die eigene Achse, um Caine und Vera in einem langen Panoramaschwenk im Sichtfeld zu halten, bis sie hinter der nächstfolgenden Komposition verschwanden. Selmer lud den Proviant auf das Boot.

Sie gelangten zu einer Stelle der Insel, an der der Wald bis an den Strand reichte. Sie betraten ein Flaschenbaumwäldchen, in dessen Mitte Arbogast eine kleine Feuerstelle errichtete, um die Bohnen aufzuwärmen, während Selmer das Büchsenfleisch öffnete. Als alles fertig war, holten sie das Dosenbier aus der kleinen Bucht, wo es kühlgestellt war, und begannen gemächlich, an die bauchigen Baumstämme gelehnt, zu essen und dabei zu plaudern. Sie erzählten sich ihre Reisen, Geschichten, Erinnerungen, alles mögliche.

Am Ende des Essens zum Beispiel griff der durch das Bier in Fahrt gekommene Arbogast das zwar abgedroschene, aber noch immer unterhaltsame Wildesche Paradoxon auf, nach dem die Natur nur die Kunst nachahme, und nahm die Flaschenbäume als Beispiel, um zu beweisen, daß ihre immer irgendwie eiförmigen Stämme im Grunde genommen nur die Formen der Amphoren, Urnen, Korbflaschen und anderer, vom menschlichen Gehirn erdachten Flaschen nachäfften. Noch immer vom Bier inspiriert, theoretisierten sie darüber, wie wunderbar sich doch besagter Flaschenbaum durch die europäische Korkeiche ergänzen ließe, die sinnvollerweise nebeneinander gepflanzt werden sollten, so könnte die eine dem anderen als Korken dienen. Im übrigen waren sie sich darin einig, daß man sich an diese antipodische Pflanzenwelt und vor allem an die Bäume nur schwer gewöhne.

– Was mir hier, sagte Selmer, am meisten fehlt, ist die Platane.

– Ah, die Platane, rief Arbogast aus. Singen wir ein Loblied auf die Platane.

Und sie begannen ihren Lobgesang auf die sanftmütige Platane, diesen gezähmten Baum, dessen Bestimmung darin liegt, die Nationalstraßen und öffentlichen Plätze zu zieren, der das pflanzliche Gegenstück ist zur Kuh, deren Bestimmung darin liegt, die Wiesen zu schmücken, ein Baum, über den man nach freiem Belieben verfügt, den man ebenso leicht der menschlichen Ordnung unterwerfen kann wie einen Hund oder ein Huhn. Als Zeichen ihrer Fügsamkeit und in gewisser Weise auch ihrer Resignation bildet die Platane keine Rudel wie andere, wildere Bäume. Selmer und Arbogast konnten sich nicht im entferntesten an Platanenwälder erinnern; vielleicht gab es welche, obwohl das kaum vorstellbar war: die Platane war ein großer, geschlechtsloser und gefügiger Baum, ein geästeter Kastrat. Wahrscheinlich hatte sie unter den anderen Baumarten einen schlechten Ruf; sie galt vermutlich als Spitzel, Spion, als Streikbrecher. Träge und vertraulich, das glatte Gegenteil des Affenbrotbaums – oder, um ein näherliegendes Beispiel zu nehmen, der einfachen Zypresse –, war sie mehr als alle anderen Baumarten jeder tragischen Dimension beraubt, lediglich wenn ein Wagen auf ihren Stamm prallte, ergab sich für sie die Gelegenheit zu einem Drama, das jedoch ihren Status eines äußerst vermenschlichten Baumes, der sich bis in den Unfall hinein als gesellschaftsfähig erweist, nur noch mehr betonte.

Sie erschöpften die Platane, gingen zur Pappel über, dann zur Eiche, vertieften sich in die Linde, verweilten bei der Pinie, erbarmten sich der Weide und leerten ihr Bier. Die Nacht war eingebrochen. Schwankend gelangten sie zum Außenborder. In dem Augenblick, als Selmer den Motor anließ, war vom Meer her eine schwere, dumpfe und weit entfernte Detonation zu hören. Da sie vom Motorengeräusch betäubt und vom Bier und den Bäumen berauscht waren, hörten sie sie nicht. Auf ihrer Rückfahrt zum Blockhaus kurvten sie langsam durch den finsteren Ozean.

28

– UND WAS IST DAS? fragte Vera.

Ohne ihr Wissen hatten sie das Sichtfeld von Arbogasts Kamera verlassen. Sie näherten sich dem großen, grauen Meilenstein, der aus seinem glänzenden Untergrund herausragte.

– Nichts.

– Was heißt nichts?

– Das ist der Greenwich-Meridian, sagte Caine schon zum zweiten Mal. Sie wissen, was das ist?

– Ja.

Er ging neben ihr, nicht zu nah. Er fühlte sich schuldig, verlegen, unpassend. Er war nah daran, zur erstbesten Felswand zu rennen und sich hinunterzustürzen, aber würde sie ihn dafür lieben? Wird man dafür überhaupt geliebt? Nein. Nein? Er begann zu sprechen, um das Schweigen zu brechen.

– Dieser Meridian ist ein Skandal, sagte er, er ist eine Bestätigung des Scheiterns. Daß man sich genötigt sah, die Welt durch diese gebastelte Linie zu teilen, ist der Beweis, daß es nie gelungen ist, Zeit und Raum miteinander zu versöhnen, sie zu vereinen. Wissen Sie übrigens, weshalb man beschlossen hat, die Linie der Datumsgrenze gerade hier zu ziehen, wo nie jemand vorbeikommt?

Sie wußte es nicht. Er war sich nicht sicher, ob sie es überhaupt wissen wollte. Was soll's.

– Weil man sie verstecken will, erklärte er, aus Scham. Man schämt sich, die Zeit auf einer Kugel nicht anders vergehen lassen zu können, als mittels eines intellektuellen Kunstgriffs, eines abstrakten und willkürlichen Meridians, dem aufgetragen ist, zugleich die Erde und die Zeit zu teilen, und der nicht mehr Bestand hat als der Horizont. Dennoch hat die Zeit ohne diese Linie keine Form, keine Norm, keine Schnelligkeit. Sie wird unbenennbar. Man schämt sich, weil man keine bessere Lösung findet. Folglich versteckt man den Kunstgriff auf einem abgelegenen Fleckchen der Erdoberfläche, in der Hoffnung, daß er so nicht auffällt.

Und noch lange lästerte er so, Vera antwortete nicht, Caine wußte nicht, ob sie ihm zuhörte, aber er sprach trotzdem über das, was ihm durch den Kopf ging, auch über seine Frau. Ja, er war verheiratet, aber jetzt nicht mehr. Sie waren jetzt getrennt. Sie hieß Kathleen, seine Ehe war sehr schnell vergangen, er wußte auch nicht mehr wie. Und dann hatte er sie verlassen, weil sie wollte, daß er sie Kate nennt. Nein, genau, sie war gegangen, weil er sie nicht Kate nennen wollte, oder vielleicht auch, weil er sie so nannte, er wußte es nicht mehr genau, aber wahrscheinlich waren auch noch andere Gründe im Spiel.

– Ja, sagte Vera.

Während er sprach, führte er sie zu seinem Lieblingsplatz, der zentralen Erhebung, auf der man die ganze Insel überragte. Obwohl sie den Ausführungen des Erfinders aufmerksam zuhörte, war es Vera peinlich, seine Autobiographie entgegenzunehmen, denn sie war zurecht davon überzeugt, daß man sich Vertraulichkeiten wie auch gewissen Strahlungen nicht ohne Risiko aussetzt. Sie erreichten den Gipfel des Hügels, der noch durch ein Araukarienbüschel nach oben verlängert war. Vera folgte mit den Augen dem geschlossenen Umriß der Insel.

– Haben Sie gesehen, sagte Caine, sie ist fast rund.

– Ja, sagte Vera, das ist fast zu einfach.

Er schaute sie an, ohne sie zu verstehen. Der Tag ging zur Neige. Um sie herum war es schon dunkel genug, um den punktförmigen Lichtschein der Petroleumlampe am Fenster des Palastes wahrnehmen zu können.

– Dieser Junge, wissen Sie, sagte er etwas leiser.

Sie antwortete nicht. Sie schaute ihn nicht an.

– Der, der gestorben ist.

– Ja? fragte sie.

Sie hatte sich ihm zugewandt. Sie schaute ihn an. Letztendlich wäre es ihm lieber gewesen, wenn sie ihn nicht angeschaut hätte.

– Sie kannten ihn, glaube ich.

– Ja, sagte Vera, ich kannte ihn.

Caine wußte nicht weiter. Er nutzte das Einbrechen der Dämmerung.

– Es wird bald dunkel, wir müssen zurück.

Sie kletterten seitlich den Hügel hinunter, machten sich auf den Weg und nahmen zunächst das kleine gelbe Licht als Anhaltspunkt. Auf halber Strecke schlug Caine plötzlich eine andere Richtung ein.

– Eine Abkürzung, sagte er.

Die Nacht war schon vollkommen schwarz, als sie auf eine Anhäufung riesenhafter runder Kieselsteine stießen, die so künstlich aussahen wie eine Opernkulisse. Caine stieß einen der Kieselsteine an, der, obwohl aus Granit, dahinrollte, als wäre er aus Pappmaché, und einen Durchgang freilegte, der leicht abschüssig ins Innere der Erde führte.

– Alle diese Inseln sind voll von unterirdischen Gängen, kommentierte der Erfinder. Manchmal sind sie auch untereinander verbunden.

Er hatte sich in den Stollen begeben und zündete auf seinem Weg die im Abstand von zehn Metern aufgestellten Kerzen an, von denen jede ihm einen zusätzlichen Schatten verlieh. Vera blieb zögernd vor dem Schlauch stehen. Er drehte sich um.

– Kommen Sie.

Als sie sich anschickte, ihm zu folgen, nahm sie ein dumpfes, fernes und durch die Ferne gedämpftes Donnern wahr, das vom Meer zu kommen schien. Caine war schon zu weit in das Unterirdische eingedrungen, um es hören zu können. Vera war zunächst darüber beunruhigt, dann führte sie das

Geräusch, das schon verhallte, auf die gewöhnliche und alltägliche Andersartigkeit der Antipoden zurück, vermutete darin eine unter vielen Erscheinungen dieser Umgebung, in der einen alles erstaunen konnte, folglich nichts. Sie holte den Erfinder ein, blies eine Kerze nach der anderen aus, die er anzündete, und löschte so jedesmal einen der Schatten. Sie durchquerten die Eingeweide der Insel, einer hinter dem anderen, und bewahrten um sich eine Lichtzone, die in der gleichen Geschwindigkeit wie sie voranrückte, die Dunkelheit durchstieß und sie nach ihrem Durchgehen wieder sich schließen ließ, so wie ein dickes Glühwürmchen sich sein Loch bohrt.

29

– Haben Sie gehört?

Das Geräusch kam vom Meer. Tristano stand auf und ging zum Fenster. Draußen war kein anderes Licht mehr als das verschwindend geringe der letzten tangentialen Strahlen am Horizont, die nichts mehr erleuchteten.

Das Geräusch legte sich und sie warteten, bis es sich vollkommen in Stille umgewandelt hatte, obwohl es heikel war, den genauen Augenblick der Umwandlung zu bestimmen. Sie standen vor der breiten Milchglasscheibe, Joseph ruhte auf seinen unteren Gliedmaßen, die breit und stabil waren wie ein Sockel, der unruhigere Tristano trat von einem Bein aufs andere und überkreuzte und entkreuzte seine Finger.

– Vielleicht eine unterseeische Explosion, schlug Joseph vor, atmosphärische Störungen, oder ein Flugzeug, das abgestürzt ist.

– Es war etwas anderes. Diese Gegend wird von keiner Fluggesellschaft überflogen und die Atomtestgebiete sind viel weiter entfernt. Ich werde Paris rufen. Wo ist Caine?

– Ich schau mal nach, sagte Joseph.

Als er wieder hochkam, saß Tristano vor der Konsole des Sender-Empfängers, drehte wie wild an den Knöpfen und verursachte so manches Geräusch.

– Xerox, schrie er, Xerox.

– Er ist nicht im Keller, sagte Joseph, und das Mädchen auch nicht. Was ist los?

– Ich finde die Wellenlänge nicht mehr, ich verstehe das nicht.

Stur versuchte er es noch eine Weile, dann riß er sich vom Apparat los.

– Ich bin zu nervös, versuchen Sie mal.

Joseph setzte sich und begann seinerseits am Apparat herumzuhantieren. Die Verbindung war etwas schwierig herzustellen, aber normalerweise gelang es immer recht schnell. Jetzt erschien jedoch jedesmal, wenn Joseph sie fast gefunden hatte, eine seltsame Musik, als spiele eine slawische Blaskapelle eine haitianische Melodie.

– Was ist denn das für eine Scheiße, knurrte Joseph, das ist doch die übliche Frequenz.

Sie warteten. Die Musik wurde leiser. Angespannt hofften sie auf die synthetische und vereinbarte Stimme. Die Musik brach ab. Eine ungemein biologische Stimme tauchte auf.

– Guten Tag, sagte die Stimme mit falscher und unberechtigter Munterkeit. Einen schönen guten Tag Ihnen allen.

Es war die junge, unsichere Stimme eines Anfängers oder einer Vertretung. Man konnte sich den Sprecher gut vorstellen, wie er außer Puste und schwitzend vor seinem Mikro saß und unter dem teilnahmslosen Blick eines Ton-Technikers, der durch die Scheibe des Studios glotzte, mit seinen feuchten Händen an seinen Unterlagen herumfingerte.

– Hier ist Radio-Switzerland, faselte der Praktikant. Nun

wie jeden Tag zwei Stunden Musik und Unterhaltung, wir beginnen gleich mit unserer Platte der Woche, Sie hören Coco Schmidt mit *Pourquoi moi?*

Eine melodische Unzumutbarkeit durchflutete für einen Augenblick den Raum, Tristano stellte den Ton ab.

– Sie lassen uns im Stich, sagte er, sie nehmen jetzt wahrscheinlich statt ihrer alten Wellenlänge irgendeinen anderen Kurzwellensender. Irgend etwas ist im Gange, ich weiß nicht was, aber sie lassen uns im Stich, das ist klar. Wir müssen uns jetzt alleine durchschlagen. Und Arbogast? Der Übersetzer? Wo sind sie?

– Sie müssen den Krach gehört haben, täuschte sich Joseph, sie werden gleich kommen. Aber es gibt keinen Grund, sich zu beunruhigen, vielleicht ist das Radio ganz einfach kaputt. Und dieser Krach, das könnte alles Mögliche gewesen sein.

Ohne zu antworten, öffnete Tristano einen grün gestrichenen, metallenen Militärkoffer, dem er ein ganzes Arsenal an Revolvern, automatischen Waffen und Maschinenpistolen entnahm: eine richtige Spielzeugkiste. Es lagen auch verschiedene Dosen mit dazugehöriger Munition darin und, ganz unten, drei kleine Holzschachteln mit Handgranaten, die wie exotische Früchte oder Eier sorgfältig in Seidenpapier eingewickelt waren. Tristano überprüfte seine Utensilien und häufte sie auf einen kleinen Tisch, der als Ablage diente.

– Man weiß nie, ob es zu viel sind, oder, nicht genug, sagte er mit einem prüfenden Blick auf die Waffensammlung. Das ist wirklich ärgerlich.

Joseph kochte Kaffee. Sie regelten die Wachablösung und löschten die Lampen. Tristano legte sich, ohne zu schlafen, auf ein Feldbett, das er in die Mitte des Raumes gezogen hatte, und Joseph setzte sich neben das offene Fenster, ein Maschinengewehr auf den Knien und die Beine fest auf die Handgranatenkistchen gestützt.

Um den Palast herum war die Nacht nun vollkommen schwarz. Jenseits des Strandes tauchten die Fische und Wale in Paaren oder ganzen Schwärmen an die Oberfläche, um aus größerer Nähe die Sterne zu betrachten, deren punktförmige Strahlen sich zittrig auf der Haut des Pazifiks spiegelten.

Zwei schwarze Schwäne quiekten im Sumpf. Es vergingen vier Stunden.

Eine Barke legte am Strand an und das Zischeln der gleitenden Wellen, die den Sand mit langen Schaumwellen überzogen, überlagerte das Reiben der Körner und Steine am Schiffsrumpf. Russel sprang heraus, lief und ließ sich flach auf den trockenen Sand fallen. Er lag da, regungslos und gegen den Boden gepreßt, lauschte, schnüffelte, machte seine ganze sensorische Ausrüstung mobil und entfaltete seine Wahrnehmungsantennen so weit wie möglich.

Russel arbeitete gerne in der Nacht. Seine fast völlige Blindheit hatte seine anderen Sinne übermäßig geschärft, er war fähig, in der dunkelsten Dunkelheit eine Unzahl von Informationen aufzuspüren, die jedem Sehenden, jedem Späher, jedem Schießenden unzugänglich sind. Und indem er so das Universum beschnupperte, befingerte, behorchte und beschmeckte, konnte er die komplexesten Sachverhalte bis in alle Einzelheiten erkennen, die in der Dunkelheit für andere unsichtbar waren und für manche sogar am hellichten Tag.

Um seine Landung vorzubereiten, hatte Russel die Stimmen der einheimischen Tiere, die Oberflächeneigenschaften ihrer Federn und ihrer Haare, die Temperaturschwankungen, die spezifischen Gerüche der Flora und eine ganze Reihe ähnlicher Gegebenheiten studiert, deren vollständige Aufzählung etwas zu mühsam wäre. Alle diese sensorischen Parameter, die sich überlagerten, sich gegenseitig nährten und sich untereinander verbanden, bildeten ein sehr kompliziertes Informationsgeflecht, das sich auf eine Reihe ungewöhnlicher Klassifizierungen, völlig neuer Entsprechungen und un durchschaubarer Axiome stützte – ein System, das im übrigen, wie groß seine Wirksamkeit in Wirklichkeit auch immer sein mochte, den Systemen der Leute, deren Augen gut funktionieren, deren normale Sehkraft aber unweigerlich blind macht, in nichts nachstand.

Nachdem er den Schrei des schwarzen Schwanes identifiziert hatte, begann Russel sich vorzurobben, wobei er alle fünf Meter innehielt, um erneut die Klang- und Geruchserscheinungen zu studieren. Als er in seinem Dahinkriechen eine bequeme Grasmulde erreichte, war er geneigt, sich dort einen Augenblick hinzuhocken, aber aus Furcht, der penetrante Pflanzengeruch könnte andere, bedeutungsträchtigere Gerüche überdecken, kehrte er zum Sand zurück, dessen neutraler, zurückhaltender Geruch seinem wachsamen Geruchsorgan freiere Hand ließ.

Er kniete sich nieder, holte aus seiner Tasche eine Karte der Insel, die Gutman für seinen Bedarf hatte anfertigen lassen, und entfaltete sie. Es war ein großes Blatt aus weißem Plastik, eine Reliefkarte, in die ein Abdruck der Insel eingestanzt war. Alle Höhenunterschiede, Vegetationszonen, Geländeunebenheiten, Hindernisse, Sümpfe und Bauten ragten hier maßstabsgerecht empor. Unter jeder Erhebung war in Blindenkurzschrift eine Bemerkung eingraviert, die über deren Beschaffenheit und ihren möglichen Nutzen Auskunft gab: strategischer Punkt, offenes Gelände, Deckung und andere bedeutsame Einzelheiten.

Er strich sanft mit den Fingern seiner rechten Hand über die Karte, jeder bewegte sich fast unabhängig von den anderen, als seien sie mit verschiedenen Aufgaben betraut. Als er seinen Standort ermittelt hatte, stellte er den kleinen Finger darauf, den Daumen legte er auf den Palast, den Zeigefinger, den Mittelfinger und den Ringfinger ließ er über den Raum des Modellgeländes gleiten, der ihn vom Gebäude noch trennte. Nachdem er den Abschnitt eine Weile betastet hatte, faltete Russel die Karte zusammen und erhob sich langsam. Er blähte seine Nasenflügel, spreizte seine Zehen, sperrte seine Ohrmuscheln auf und ging lautlos und zielgerichtet auf den Palast zu.

Den linken Arm hatte er ein wenig nach vorne gestreckt, um den Raum zu ergründen, die rechte Hand war in Reichweite der Granaten, die an seinem Gürtel hingen und im Schwung seines Schrittes wie riesige, schwere, dunkle Affenhoden schaukelten und manchmal gegen die seinen stießen. An seiner Hüfte trug er zudem kleine, in Lederetuis eingeschlossene Plastikbomben, die mit Schlaufen an seinem Gürtel befestigt waren.

Auch bei ihm konnte man nicht genau wissen, ob er zu viel Waffen bei sich hatte oder zu wenig, ob er furchteinflößend oder zum Lachen aussah. Neben den Sprengstoffen, mit denen er sich umgürtet hatte, war er noch mit einigen Klingen ausgerüstet, und an seinem Schenkel hing ein italienisches Colt Peacemaker Modell. Gutman hatte darauf bestanden, daß er den Revolver mitnahm, aber Russel machte sich keine Illusionen über seine Geschicklichkeit im Umgang mit Schußwaffen. Dagegen war er sehr begabt für das Werfen von Granaten, bei dem das Auge in gewisser Weise weniger zählt.

Bald mußte eine Böschung auftauchen, die anzeigte, daß der Palast noch zwanzig Meter entfernt war. Russel ahnte sie voraus, verlangsamte seinen Schritt, stieß gegen die Böschung, blieb stehen und schnupperte.

In der Umgebung des Gebäudes wurde das Geruchsbild genauer. Im Vordergrund drängte sich ein Gemisch aus Petroleumqualm, verbranntem Holz und giftigen Abfällen auf, mit dem anstößigen Gestank eines sich selbstüberlassenen Cassoulets dazwischen, das sich mit dem feinen Blechgeruch seines ursprünglichen Behältnisses vermengte. Es lagen auch noch andere häusliche, vertraute Ausdünstungen in der Luft: der Duft eines Komposthaufens und das Aroma einer etwas entfernteren Latrine. Die Nase des Blinden wühlte in dieser Kulisse der Gerüche und versuchte, diejenigen ihrer möglichen Bewohner aufzuspüren. Er schnupperte, schnupperte noch stärker und roch schließlich den Menschen.

Es gab also Menschen. Russel versuchte den Geruch zu isolieren, aber er war so schwach, so schwer aus diesem Spektrum auszusondern, daß er ihn immer wieder aus der Nase verlor. Er näherte sich mit vorsichtigen Schritten dem Palast und der Geruch wurde deutlicher, er teilte sich. Einer dieser Menschengerüche war stärker als der andere; er war von einer strengeren, bäuerlicheren Färbung, er schien von einem genauen Punkt der oberen Etage auszuströmen, wahrscheinlich aus einem offenen Fenster. Er wirkte viel lebhafter als der andere, viel wacher. Russel suchte Unterschlupf unter einer kleinen Baumgruppe, um sich den Augen eines möglichen Spähers zu entziehen. Er saß zusammengekauert zwischen den Stämmen und versuchte aus dem bäuerlichen Aroma noch andere Informationen zu ziehen, aber irgend etwas hinderte ihn daran, ein anderer Geruch.

Dieser war nicht vorgesehen. Es war ein zugleich fader und schneidender, ein aufdringlicher Geruch, der ihn plötzlich umflutete und jede andere Wahrnehmung überlagerte. Er war eine Herausforderung für die Nase des Killers, er schwoll an, setzte sich durch und versperrte den Weg für jeglichen Versuch einer globalen Analyse der Geruchssituation. Dieses heimtückische und ekelerregende Aroma überdeckte nicht wirklich die anderen Gerüche, sondern neutralisierte, vernichtete sie, wie ein Pickel auf dem Gesicht, wenn man in den Spiegeln nur noch diesen Pickel an Stelle des Gesichtes sieht. Russel verharrte. Er kannte diesen Geruch sehr genau, aber obwohl er sich verbissen darum bemühte, gelang es ihm nicht, ihn zu identifizieren. Er war ihm seit seiner Kindheit wohlvertraut, aber er war ihm seit langem nicht mehr begegnet; ein Essensgeruch, der Geruch eines Nahrungsmittels. Dunkle Erinnerungen zogen durch sein einfarbiges Gedächtnis, Erinnerungen an Geräusche und Schreie, an Küchen und Kälte, Erinnerungen an Treppen, Speiseräume und Hotels, die von diesem grauen, aufdringlichen und hartnäckigen Eindruck durchzogen und verpestet waren. Er strengte sich an, klammerte sich heftig an diesem Geruch fest, und lächelte schließlich, als er dessen Quelle entdeckte. Es war Kohl. Blumenkohl. Er hätte nicht vermutet, daß man ein solches Gemüse in einem solchen Klima findet.

Er verschwendete seine Zeit. Er wurde ungeduldig und orientierte sich. Der bäuerliche Menschengeruch kam zweifelsohne von der Fassade, die zum Meer hin zeigte. Er rief sich die Einzelheiten der Karte wieder ins Gedächtnis. Der Palast war von einer ungeschützten Zone umgeben, dahinter lag ein Baumgürtel, der eine gewisse Unsichtbarkeit gewährleistete. Mit ausgestreckten Armen und von einem Baum zum anderen gleitend umrundete Russel den Palast, um seine Rückseite mit Plastikbomben zu spicken.

Als er sich vor den Blicken des Bäuerlichen geschützt wähnte, verließ er die Bäume und näherte sich der Mauerecke. Das Gras dämpfte seine Schritte. Als er die Hand nach der Wand ausstreckte, um sie abzuhorchen, stolperte er über ein Bambusbüschel, verlor das Gleichgewicht und stürzte lärmend zwischen die Stützstäbe, die Joseph für seinen Tomatenanbau hier eingerammt hatte.

Russel stand schnell und etwas irritiert auf, er war vom Saft verfaulter Tomaten befleckt, den er sofort identifizierte. Nie war von Tomaten die Rede gewesen, geschweige denn von Blumenkohl, nie hatte Gutman diesen Gemüseaufmarsch erwähnt. Zorn packte ihn und Angst. Er hörte Geräusche über sich. Er fing an zu laufen.

Joseph, von dem der bäuerliche Duft stammte, war an das Fenster gerannt, aus dem er normalerweise das Gedeihen des Kohls verfolgte. Tristano sprang mit einem Satz auf und stürzte ihm hinterher, er schwenkte eine Taschenlampe und richtete sie auf das Gemüsebeet, aus dem Russel zu verduften suchte. Joseph feuerte in Kopfhöhe eine lange, waagrechte Garbe ab und der blinde Killer machte einen großen, ungelenken und unzusammenhängenden Satz, als wolle er in mehrere Richtungen gleichzeitig hüpfen. Das erste Projektil machte unvermuteterweise seinen Sehnerv wieder funktionsfähig und Russel erlebte ein einzigartiges und endgültiges Geblendetwerden, bevor er niederfiel, absolut tot; seine Schädelkapsel war in der Mitte durchlöchert und ihr ganzer Inhalt ergoß sich über den Blumenkohl, dessen weißliche und verschlungene Röschen wie pflanzliche Gehirne aussahen, die, sei es aus Verwandtschaft, Ähnlichkeit oder Solidarität, die Reste ihrer menschlichen Entsprechung anzogen. Auf all das folgte tiefe Stille. Kurz nachdem Joseph seine Garbe abgefeuert hatte, zog er sich hinter die Mauer zurück, Tristano löschte im gleichen Augenblick seine Lampe und versteckte sich auf gleiche Weise. Sie nahmen an, daß Russels Eindringen nur das Vorspiel war zu einem noch bedrohlicheren Angriff, den sie nun erwarteten. Sie standen einander gegenüber, der eine auf dieser, der andere auf jener Seite des Fensters und riskierten hin und wieder einen schrägen Blick in die dunkle Außenwelt. Sie warteten, nichts bewegte sich. Sie warteten die ganze Nacht hindurch. Sie saßen jetzt in der Dunkelheit und hatten ihre Hände auf ihren Waffen liegen, die auf ihren Knien lagen. Sie konnten nicht schlafen, sie warteten. Und sehr langsam brach jetzt der Tag an, allmählich konnten sie sich wechselseitig erkennen, das Licht nahm zu und verdeutlichte ihre Züge, ihre sehr blassen, grauen oder hellbeigen Gesichter, ihre Münder mit dem säuerlichen und bitteren Geschmack, ihre schlaftrunkenen Augen, die wegen der aufsteigenden Sonne unablässig blinzelten; es war jetzt hell, und sie warteten noch immer. Sie inspizierten lange mit dem Fernglas die Umgebung des Palastes, bevor sie sich hinauswagten. Schwerfällig stiegen sie die Leiter hinab und schauten dabei in alle Richtungen. Außer Russels Leiche war niemand da.

– Ist er das?

– Ja, sagte Joseph, das ist er. Er war wirklich eine unglaubliche Person. Wenn Sie mich fragen, ich bedauere, ihn getötet zu haben.

– Ich habe Sie aber nicht gefragt, antwortete Tristano trokken.

Sie gingen zum Strand hinunter. Von dort aus entdeckten sie in der Ferne, in Richtung Sonnenaufgang und kaum wahrnehmbar unter der Sonne, die triefend und blendend aus dem Ozean auftauchte, ein gutes Dutzend länglicher und schwarzer Flecken, die über die ganze Linie des Horizonts verstreut waren und eindeutig auf die Insel zuliefen.

– Da kommen sie, sagte Tristano. Gehen wir zurück.

Ihr Rückmarsch vollzog sich langsamer als die Situation es erfordert hätte, in einer Art höflicher Resignation. Teilnahmslos besprachen sie die Aufteilung der Waffen und das beste System einer Verteidigung. Sie wirkten gleichgültig und sanft.

– Und Arbogast ist immer noch nicht da, sagte Joseph.

Sie kletterten die Leiter hoch, stapelten die Waffen neben den Fenstern und warfen dann und wann einen Blick über das Meer. Die Einbäume näherten sich noch immer, aber sie waren zu weit entfernt, um zu handeln. Joseph kochte frischen Kaffee.

Als sie in Reichweite ihrer Waffen auftauchten, lehnten sie sich jeder an ein Fenster, und begannen ruhig und methodisch zu schießen und nahmen wie in einer Schießbude ihre Zielscheiben vor und nach dem Abdrücken lange ins Visier. Logischerweise schossen die Einbäumler zurück, der Kampf fing an, und die Fassade des Palastes begann unmerklich, wie unter der Wirkung eines Säurestrahls oder einer irrwitzigen Erosion zusammenzuschrumpfen.

30

Zweihundert Meter von der Küste entfernt beobachtete Kasper Gutman von der Brücke seiner Yacht die Szene durch ein Teleskop. Als Joseph und Tristano unvermittelt das Feuer eröffnet und auf einen Schlag drei oder vier Einbäume versenkt hatten, fragte sich Gutman beunruhigt, ob er die Verteidigung der Insel nicht doch unterschätzt habe. Er betätigte die Rändelschraube der langen, vergrößernden und sich verjüngenden Röhre und stellte sie scharf auf die Fenster des Palastes ein, die durch die lichten, zwischen dem Strand und dem Gebäude liegenden und von verbissenen Garben durchzischten Baumgruppen hindurch zu erkennen waren. Trotz der gebündelten und anhaltenden Schüsse, die aus dem Haus kamen, überzeugte er sich durch eine eingehende Untersuchung, daß dieses höchstens durch zwei oder drei offenkundig gut ausgerüstete Verteidiger geschützt wurde. Sollte sich der Gegner darauf beschränken, wäre die Angelegenheit ziemlich schnell erledigt. In diesem Fall erschiene die Sache jedoch fast zu einfach; man konnte ein gezieltes Manöver darin vermuten; aggressive Helfershelfer konnten plötzlich irgendwo auftauchen, und vielleicht lockten die Schützen im Palast die Ruderer auch nur auf die Insel, um sie besser auf einen Schlag vernichten zu können; ein überraschender Rückgriff auf das ominöse Prestidge-Projekt war ebenfalls nicht auszuschließen. Mit einer Handbewegung forderte Gutman den Steuermann auf, sich nicht weiter der Küste zu nähern und sich für den möglichen Fall einer überstürzten Abfahrt zu rüsten. Dann griff er wieder nach seinem Rohr und richtete es auf seine eigenen Truppen.

Auf seiten der Angreifer waren die Verluste geringer. Die

meisten Insassen der durchlöcherten Einbäume hatten sich in die noch unzerstörten gehievt, andere schwammen langsam auf den Strand zu und ihre Köpfe baumelten und ragten über die Oberfläche wie ein auf den Ozean geworfener Luftballonschwarm. Unter einem Hagel aus Blei, Stahl und Messing näherten sich die Einbäume der Insel, sie flitzten immer schneller und führten geschickte und energische Zickzackbewegungen aus, um den Schüssen der Schützen auszuweichen. Schließlich legten sie, über einen langen Küstenstreifen verteilt, frontal am Strand an und ihre Insassen rannten gebeugt, flink und mit ihren Waffen in der Hand über den Sand bis zu der Gebüschdeckung, in der sie sich in vier Gruppen aufteilten, die von Buck, Raph und den beiden Offizieren angeführt wurden.

Die taktische Aufteilung der Söldner hinderte Joseph und Tristano daran, gezielt zu schießen. Die Soldateska machte sich daran, sich in dem Wald, der den Palast umgürtete, zu verdünnen und verdickte sich schließlich wieder rund um das Gebäude in einem großen, kreisförmigen, schweigenden, geduldigen und in seiner Unbeweglichkeit äußerst bedrohlichen Fleck, der sich jeden Augenblick verengen, zusammenziehen und den Palast zum Implodieren bringen konnte.

Ein paar falsche Bewegungen im ansonsten geschickt und wie am Schnürchen ablaufenden Aufmarsch der Angreifer erlaubten es den Insassen des Palastes, doch ein paar Treffer zu landen. Auch als diese stumme Belagerung um sie herum schon errichtet war, hatte Joseph immerhin noch sechs Gegner erschossen und Tristano vier. Sie gratulierten sich dazu, bedauerten jedoch zugleich, daß die Zerstreuungstaktik der Söldner einen effektiven Einsatz ihrer Handgranaten vereitelte. Joseph konnte dennoch eine kurze Verwirrung in Raphs Kommandoeinheit, die sich irrtümlich für einen Augenblick zusammengerottet hatte, nutzen, um auf raffinierte Weise durch den Wurf eines explosiven Eies zwei Drittel der besagten Kommandoeinheit zu eliminieren, angefangen mit Raph selbst, von dem als einzig intaktes Teil nur die Brille übrigblieb, die durch die Explosion in die obersten Zweige eines Eukalyptusbaumes geschleudert und von einem über diesen unverhofften Fund beglückten Flugbeutler im Vorbeifliegen geschnappt wurde, bevor er von Baum zu Baum schwebend und hüpfend, dem Krach, dem Blei, dem Kupfer, dem Antimon und dem Stahl in Richtung Norden entfloh, wo seine Familie ihn erwartete.

Gutman beruhigte sich. Er zweifelte nun etwas weniger am Ausgang des Kampfes. Der belagerte Palast hielte nicht mehr lange stand. Blieben noch die vagen Befürchtungen, die mit dem Prestidge-Projekt zusammenhingen, diesem noch immer herumspukenden Requisit, über dessen Funktion die verschiedensten Gerüchte kursierten, was darauf schließen ließ, daß entweder die Gerüchte falsch oder das Requisit multifunktional war. So hatte man von synthetischer Energie gemunkelt, von einem autarken Motor, man hatte von einer Bakterienzüchtung gesprochen, von Elementumwandlung, von Kernspaltung, von einem Computerprogramm, von Dokumenten, die den einen gestohlen und Mikrofilmen, die den anderen anvertraut wurden, von Abfallwiederverwertung und von einer Wunderwaffe. Alles Quatsch, dachte Gutman. Er zuckte mit den Schultern, die bei ihm weit auseinanderlagen, und schloß den Palast wieder in das Kreisrund des Fernrohrs ein.

Der Kampf geriet ins Stocken. Die Angreifer versuchten, die Schützen im Obergeschoß mit kurzen, überraschenden, wiederholten und schnellen Attacken zu ermüden, sie preschten an verschiedenen Stellen gleichzeitig aus dem Wald heraus und zwangen Joseph und Tristano, ihrerseits schneller zu schießen, wobei sie viel Munition verschwendeten, ohne viel zu treffen. Die Söldner veränderten nun unablässig ihre Stellungen rund um den Palast, sie bewegten sich so abrupt und flink wie Fliegen, so unvorhersehbar und koordiniert, daß es weder Joseph noch Tristano trotz gespannter Aufmerksamkeit gelang, bei dieser Vielzahl flüchtiger Bedrohungen gezielt auf die eine oder andere dieser beweglichen Gefahren zurückzuschießen. Hinter ihren Fenstern auf der Lauer liegend, warteten sie erneut. Ohne vorherige Übereinkunft trat nun eine Art Waffenstillstand ein. Auf seiten der Söldner begann man ebenfalls abzuwarten. Die Situation zog sich in die Länge.

Sie zog sich in die Länge, bis das Vogelgezwitscher und das Nagetierschnüffeln wieder zu hören waren, denn die Tiere hatten sich zunächst, als der Kampf begann, diskret zurückgezogen und es den Bekleideten überlassen, ihre Angelegenheiten unter sich zu regeln.

Von der Brücke seiner Yacht aus nahm Gutman die Stille wahr und auch er begann zu warten. Es war heiß, das Meer um ihn herum plätscherte leise und verhalten. Schwitzend versuchte Gutman, sich zu beruhigen. Jetzt konnte nichts mehr passieren: der Palast war im Grunde schon eingenommen, die Insel fiele wieder an ihn zurück, das Prestidge-Projekt war nur ein Schwindel oder ein Reinfall. Er wunderte sich jetzt über seine Vorsichtsmaßnahmen. Er hatte Armstrong Jones auf die Insel geschickt, er hatte die unterseeische und nächtliche Explosion als eine Art Warnschuß durchführen lassen und schließlich auch noch Russel eingeschleust, aber keine dieser Herausforderungen hatte eine Antwort zur Folge, die dem geheimnisvollen und hochgeschraubten Nimbus des Prestidge-Projekts entsprochen hätte. Sicher waren der Albino und der Blinde dabei umgekommen, der eine sofort und der andere etwas später, aber das war ja in gewissem Sinne doch das Nebensächlichste. Das Wichtigste dabei war, daß sie auf ganz traditionelle Weise niedergeschossen wurden, ganz unspektakulär, ganz normal, einfach so. Die Besatzer der Insel hatten sich mit primitiven Morden begnügt, mit einer Lösung, zu der nur Schwache und Mittellose greifen. Das hieß, daß sie nichts anderes besaßen. Genau, sie besaßen überhaupt nichts. Und vielleicht wußten sie auch nicht mehr als er, vielleicht wußten sie nichts von diesem Nichts, das sie dort unten mit ihrer Angst, ihrem Schweiß, ihrem Schmutz, ihren Waffen und mit dem Fett ihrer Waffen auf ihren Fingern, hinter ihren Fenstern angeblich verteidigten.

Eine abrupte Bewegung der oben Genannten durchquerte nacheinander das Objektiv und das Okular des Rohrs, dann Gutmans Iris und Linse. Er sperrte seine Augen weit auf.

Buck war ungeduldig geworden. Um die Reaktionsfähigkeit der Belagerten zu testen, oder um die Sache zu beschleunigen, oder einfach um zu sehen, was los war, hatte er zum Erdgeschoß ein Kamikaze-Kommando beordert, das Joseph und Tristano auf der Stelle durchsiebten. Die noch gehfähigen Kamikaze flüchteten sich protestierend und in Windeseile unter die Bäume und ließen drei frisch Verstorbene hinter sich zurück. Erneut trat Stille ein. Alle hatten es allmählich satt.

Nach einer kurzen Beratung entschieden sich Buck und die Offiziere, den Lauf der Dinge zu beschleunigen. Die Sache zog sich hin, und die Situation erschien ihnen, so mühsam sie auch war, doch zu einfach. Buck wußte, daß auf der Insel mehr als nur diese beiden Personen waren. Die Furcht, eine mögliche Verstärkung könnte sie im Rücken fassen, trieb ihn dazu, zunächst den Palast zu umzingeln.

Man beschloß, ihn zu stürmen. Man plante, gleichzeitig und geballt anzugreifen, und zwar von den Winkeln aus, die von den Fenstern aus gesehen, die totesten waren. So geschah es auch. Rund fünfzig Sekunden verstrichen, dann war der Palast eingenommen. Tristano starb in der dreißigsten, Joseph in der sechsundvierzigsten.

Als zum Angriff geblasen wurde, witterten sie schon das Ende. Dennoch griffen sie, ohne auch nur einen Augenblick an die unmittelbare Zukunft zu denken, nach ihren Werkzeugen, postierten sich ungeschützt in den Fensteröffnungen und machten sich daran, die Welt zu durchlöchern, und das Universum zu zerfetzen. Ein Weile lang wurde die Luft in allen Richtungen von symmetrischen, parallelen und zerreißenden Einschlägen durchsiebt. Als Tristano sich bückte, um sein Magazin neu zu laden, und dabei dem flüchtigen Gedanken nachhing, daß es keinen Grund zur Eile gab, drang ein Projektil, das findiger war als die anderen, durch die linke Schläfe in ihn ein, durchquerte das Kleinhirn, durchschlug die Aorta und plazierte sich im rechten Teil des Brustkastens. Tristano fiel.

Als Joseph ihn fallen sah, stürzte er sich mitten im Getöse auf ihn, stellte seinen Tod fest, hob ihn hoch und entriß ihm seine Waffe. Er rahmte sich im Fenster ein, umschlang Tristanos Körper mit seinen bäuerlichen Unterarmen, preßte ihn wie ein Schild oder ein Wappen an sich, auf der einen wie auf der anderen Seite durch die Waffenläufe gestützt, die Joseph mit beiden Händen betätigte. Die Garben, die er abfeuerte, sahen aus wie brennende Fackeln, die man in der Luft schwenkt, um den schwarzen Nachthimmel mit roten Zeichen zu überziehen und rafften alles dahin, was in ihrer Fluglinie lag. Viele Leute wurden noch getötet. Schließlich fand sich einer, der eine Kugel Kaliber 38 und Modell Special Metal Piercing einsetzte, die aus einem Wolframkern und einem Teflonmantel zusammengesetzt war und durch die aneinandergeklebten Brustkörbe von Joseph und Tristano ein großes Loch vom Durchmesser einer kleinen Schallplatte bohrte. Vier oder fünf Sekunden später stürmte einer der Offiziere in den Saal des Palastes und ballerte prophylaktisch eine letzte und überflüssige Garbe durch den Raum. Der Sender-Empfänger explodierte.

Gutmans Fernrohr war nicht so leistungsfähig, daß er die Szene in allen Einzelheiten hätte verfolgen können. Erst als die siegreiche Büste des Offiziers wie ein offizielles Portrait im Fenster des Palastes eingerahmt zu sehen war, gab er dem Steuermann Zeichen, auf die Insel zuzusteuern. Buck wartete am Strand.

– Es waren nur diese beiden da, sagte er und half Gutman,

seine Korpulenz an Land zu bringen, ich habe Leute ausgeschickt, um die Gegend nach Caine und den anderen zu durchsuchen, falls es andere gibt.

– Sie haben vielleicht die Flucht ergriffen. Haben Sie Ihre Papiere gefunden?

– Ich habe im oberen Zimmer nachgesehen, aber da war nichts weiter.

– Es gibt auch noch einen Keller, sagte Gutman und hob einen Finger.

– Ich habe damit auf Sie gewartet. Ich habe so lange die Tür versperren lassen, falls sich darin noch jemand befindet.

– Eine gute Idee, sagte Gutman, aber wir haben Zeit.

Er keuchte beim Gehen. Die Leichen der Söldner lagen durcheinander und in den verschiedensten Positionen erstarrt auf dem Boden herum. Gutman und Buck machten einen Bogen um sie. Während die Unbeschädigten sich auf der Suche nach neuen Zielscheiben über die Insel verstreuten, hatten sich die lädierten Überlebenden im Erdgeschoß versammelt, wo sie ihre Wunden mit Mullbinden und Leukoplast verbanden und sich dann plaudernd um die kleine Palme setzten, deren Stamm und Blätter schon schwarz vor Teer waren und jetzt noch zusätzlich von Einschüssen und Rissen geschmückt wurden; all diese Verzierungen verliehen ihr das Aussehen eines städtischen, beinahe industriellen Abfallprodukts und löschten ihr pflanzliches Sein fast völlig aus.

Gutman weigerte sich, die Leiter hinaufzuklettern. Buck rief die weniger Verletzten zusammen, um mit Hilfe von Riemenscheiben und Seilen eilig eine Zugwinde anzufertigen, mit der der Fettleibige nach oben gehievt werden sollte. Oben angekommen, beugte sich Gutman prüfend über die Körper.

– Kannten Sie sie?

– Nicht sehr gut, antwortete Buck. Ich habe einmal mit ihnen zusammengearbeitet, vor fünf oder sechs Jahren.

– Auch heute haben Sie mit ihnen zusammengearbeitet, grinste Gutman.

– Wenn man so will, sagte Buck.

Gutman drehte sich um.

– Hier muß etwas Ordnung geschaffen werden.

Buck schleppte Joseph und Tristano bis zur Tür, warf sie aus dem Zimmer hinaus und sie zogen sich im Sturz zahlreiche Brüche zu, aber posthum. Gutman musterte beiläufig die Möbelstücke, hob die Kleidungsstücke und Papiere hoch und befühlte die zerborstenen Sessel. Einer von ihnen schien ihm solide genug, er ließ sich hineinfallen. Der Sessel zuckte kaum unter der anatomischen Lawine zusammen. Gutman rutschte etwas hin und her, als wolle er ihn zurechtmodellieren. Er ließ seine Augenlider halb zuklappen.

– Und nun? fragte Buck.

– Wir haben keinen Grund zur Eile, sagte der dicke Mann. Es ist so schön, wieder zu Hause zu sein.

Sechs Meter unter ihm behauptete Byron Caine gerade das glatte Gegenteil.

31

– Dann waren sie also das Puzzle, hatte der Erfinder beim Aufwachen gesagt.

Sie hatten auf dem Boden zu Füßen der Maschine geschlafen, jeder in eine Decke eingehüllt und durch einen Grenzstreifen von fünfzig Zentimeter voneinander getrennt, der wie ein Schwert oder wie ein Lamm im Mittelalter als Hüter der Keuschheit diente. Am Abend zuvor hatten Vera und Caine es nicht versäumt, sich insgeheim und jeder für sich die Frage zu stellen, was der andere wohl über den möglichen Fall eines Geschlechtsverkehrs denken mochte. Sie waren so damit beschäftigt, sich die Sache, falls sie zustande käme, vorzustellen, daß sie ganz vergaßen, sie auch durchzuführen, jeder überließ dem anderen die Verantwortung für die Initiative und so waren sie sich, außer in ihren vergeblichen Spekulationen, nicht nähergekommen. In ihre eigenen Körper verschanzt, hatten sie sich auf ein vages Begehren beschränkt, bevor sie einschliefen und jeder für sich, und so gut er konnte, in einen schweren Schlaf versank, der durch den Lärm, der auf das nächtliche Eindringen Russels folgte, nicht gestört wurde. Sie waren ziemlich früh, kurz vor der Landung der Söldner, aufgewacht.

– Ich hatte einen Traum, sagte er. Nicht leicht wiederzugeben.

Er tastete nach Streichhölzern, zündete eine Kerze an und betrachtete Vera. Sie lag zur Seite, ihm zugewandt, ihre Augen waren weit offen. Caine richtete sich auf, seine Arme, die seinen Oberkörper stützten, hatte er angewinkelt und seine Ellbogen nach hinten geschoben, dann streckte er sich wieder aus und kuschelte sich unter seine Decke. Er hatte keine Lust, aufzustehen.

– Nun, was war das für ein Traum? fragte Vera.

Nun begann über ihren Köpfen das Gefecht, und geräuschvoll fingen die automatischen Waffen an zu knallen, immer wieder, hartnäckig und von einem Echo anderer, entfernterer und, wie es schien, viel zahlreicherer Waffen gefolgt. Caine erhob sich abrupt und mit einer Lebhaftigkeit, die bei diesem Mann, der nur in Nebensächlichkeiten, Obsessionen und Ausflüchte verstrickt zu sein schien, völlig überraschend war.

– Schnell, helfen Sie mir.

Und während draußen die Dezibel anschwollen und immer stärker und verbissener wurden, hatten sie vor der Tür, die zur Treppe des Erdgeschosses führte, alles aufgehäuft, was sie im Keller an Schwerem und Handfestem finden konnten, also recht wenig: ein paar Balken, Ziegelsteine und die Kisten mit Caines Sachen. Unter Veras erstauntem Blick riß der Erfinder hastig die Kabel heraus, die seine Maschine mit dem kleinen schwarzen Würfel auf dem Boden verbanden, und wie einen zu zwei Dritteln abgesägten Stamm kippte er den hohen und schweren, baumförmigen Zylinder um, dessen wunderliche Äste im Fallen knickten und brachen. Mit dem Fuß trat Caine die noch intakten Scheinfüßchen ab, die aus den Seiten des Apparates herausragten, und unter gewaltiger Kraftanstrengung rollten sie die Gußeisenmasse bis zur Tür, um sie damit zu versperren.

Die Barrikade dämpfte ein wenig die laute und anwachsende Geräuschkulisse der Detonationen über ihnen, die unweigerlich aufeinanderfolgten, sich gegenseitig anspornten und wie ein endloses Crescendo wirkten, obwohl man doch wußte, daß es irgendwann ein Ende nehmen mußte. Die vor der Tür aufgehäuften Gegenstände hatten das Klangvolumen des Gefechts auf ein Minimum, fast auf die Lautstärke einer Hintergrundmusik verringert. Vera und Caine legten sich wieder hin, jetzt zwar etwas näher zusammen, aber noch immer wahrten sie einen gewissen Abstand. Die Gewalttätigkeit der Umstände brachte sie einander plötzlich nahe, ohne sie jedoch gänzlich von der Notwendigkeit einer Umarmung zu überzeugen. Caine holte Zigaretten aus seinem Verschlag und legte sich wieder neben sie.

– Die sollen das mal unter sich ausmachen, sagte er, wollen Sie eine Zigarette? Ich sehe nicht ein, weshalb wir uns in ihre Geschichten einmischen sollten. Wenn sie sich gegenseitig abgeknallt haben, können wir immer noch versuchen, hinauszugehen und uns mit den Siegern zu verbünden, falls es überhaupt Sieger gibt. Es sind Chesterfield, ich weiß nicht, ob Sie die mögen?

Er war plötzlich lebhaft und gesprächig. Die Situation schien ihn zu beflügeln.

Er schlug Vera vor, ihr so lange von seinem Leben zu erzählen.

– Aber das haben Sie doch gestern schon, entgegnete sie.

– Ich habe noch nicht alles erzählt.

Und er spielte die Rolle des Icherzählers. In schöner Chronologie folgten nacheinander die Ufer des Patapsco, das Haus seines Onkels in einem Vorort von Baltimore und der Bauernhof eines anderen Onkels, der fünfhundert Kilometer weiter südlich zwischen Florence und Hamlet lag, die Beschreibung einer gewissen Shirley, mit der er zwischen dreizehn und sechzehn auffallend viel zusammen war, und die weißen Lederrücksitze in einem der fünf Autos von Shirleys Vater, der wiederum zusammen mit einem dritten Onkel im Aufsichtsrat einer Kleisterfabrik saß. Byron Caine schien endlos viele Onkel gehabt zu haben.

Dann war die Universität an der Reihe, wo ein gewisser Remington Remington ihm auf dem Flur Kathleen vorgestellt hatte, seine schnelle Ehe, aber darüber hatte er schon gesprochen, es folgte eine undurchsichtige und bewegte Geschichte, bei der er neben den Schreien und schlaflosen Nächten, den Szenen und den zertrümmerten Gegenständen nur noch das eine Bild genau vor Augen hatte, wie Kathleens Gepäck hastig im Kofferraum eines Taxis verstaut wurde. Es folgten morbide Erinnerungen an Rasiermesser, Alkohol und Elektrizität, und eine zweite, ebenfalls sehr verschwommene Geschichte, die aber noch verworrener, komplizierter und bewegter war als die andere und damit endete, daß der Erfinder sieben Monate im Zimmer einer Klinik verbrachte, die kurioserweise in einer zugleich ländlichen und erdölhaltigen Gegend lag, die von Vogelscheuchen und Bohrtürmen übersät war, irgendwo zwischen Oil City und Altoona, sieben Monate nichts als Langeweile, Beruhigungsmittel und der Geruch von Erdöl, zweihundert Tage mit Chemie vollgestopft dahindämmern, und die vierzehntägigen Besuche von Kathleen, die sich nie entschließen konnte, ihn endgültig zu verlassen, die Begegnungen auf einer Bank im Park der Klinik, im Pyjama und im Gestank des Rohöls als einzige Abwechslung, sieben Monate lang.

Über ihnen wurde noch immer geschossen. Caine war jetzt in Baton Rouge gelandet, wo er eine kleine Assistentenstelle in einem Zulieferlabor gefunden hatte. Als er sich von der Leere in Oil City wieder erholt hatte, waren ihm Ideen gekommen, Ideen, die sich sehr langsam in seinem Kopf festgesetzt, sich sehr langsam vervollkommnet hatten, bei denen die eine die andere nach sich zog, wie bei scheuen, verhuschten und vorsichtigen Fischen. Er hatte sich ganz seiner Arbeit hingegeben, wem auch sonst, und sich mit viel Erfolg ans Erfinden gemacht, bis er schließlich in einer Filiale von Haas beschäftigt wurde, in der er auffiel, angeheuert, eingekauft und von Labor zu Labor geschickt wurde, um weiterzuerfinden und in immer höhere Gefilde des Erfindertums vorzudringen. Auf seinen Namen und um ihn herum stapelten sich die Patente. Baton Rouge, Memphis, Phoenix, Seattle und New York waren die ersten Stufen einer Karriereleiter, die ins Zentrum des Erfindertums führte, in das Mutterhaus, nach Paris, auf den Boulevard Haussmann. Dort wirkte er, dort erfand er. Alles Mögliche und jahrelang.

Und dann führte er in einem fremden Land das Leben eines Fremden, das nur Arbeit, schlaflose Nächte und unbedeutende, flüchtige Liebschaften kannte, eine Véronique, eine Carla, eine Dorothée, eine Paule. Dann nahm er an den Treffen bei Georges Haas teil, jeden dritten Donnerstag im Monat in dem großen Büro mit den unverputzten, blau gefleckten Wänden. Und dann fand schließlich die Begegnung mit Rachel Haas statt, zum ersten Mal in diesem Büro, für sie war es das ihres Vaters, für ihn das seines Arbeitgebers, dann in seinem eigenen Büro, dann bei ihm zu Hause, dann bei ihr zu Hause, und dann in diesem Raum der Verliebtheit, in dem man nicht mehr mein und dein und nicht mehr das Eigene vom Anderen unterscheidet. Und dann war da an einem Sonntagmorgen auch noch die Begegnung mit Lafont im Marinemuseum.

Im oberen Stockwerk erreichte der Kugelhagel seinen Höhepunkt, der Geräuschpegel war nicht mehr zu überschreiten und die Knallerei hatte sich so zugespitzt, daß nur noch Stille folgen konnte. So geschah es auch. Plötzlich hörte alles auf. Eine wirkliche Stille breitete sich aus. Aber Byron Caine sprach noch immer.

Von seinen Erfindungen und von Rachel abgesehen lebte Byron Caine im Grunde genommen ohne ernsthafte Bindungen, ohne besondere Verwurzelungen. Er interessierte sich weder für Gegenstände, noch für seine Umgebung, er durchquerte die Welt mit freimütiger Gleichgültigkeit. Das Gefühl, irgendwo heimisch zu sein, war ihm immer fremd geblieben, der staatsbürgerlichen Pflicht, sich einen privaten, intimen und häuslichen Ort zu schaffen, war er nie nachgekommen. Vom Patapsco, an dem er geboren war, bis zu dieser Pazifikinsel, auf der er jetzt lebte, hatte er sich unaufhörlich und hartnäckig bemüht, seine verschiedenen Unterkünfte zu neutralisieren, es war ein Kampf auf Leben und Tod, in dem er vermied, ihnen auch nur die geringste persönliche Note zu geben – nur die Klinik in Oil City hatte ihm diese Anstrengung erspart, da sie ein unveränderbarer Raum für austauschbare Wesen war, ein von vornherein und aus Prinzip neutraler Raum und vielleicht uneingestandenermaßen, so abstoßend es auch klingen mag, der ideale Raum.

– Auf jeden Fall ist es immer unangenehm, irgendwo zu Hause zu sein, sagte er und widersprach in diesem Augenblick dem Dickleibigen in der oberen Etage. Sobald man sich irgendwo zu Hause fühlt, wird es unangenehm. Für mich zumindest.

So waren ihm in Paris sein Büro am Boulevard Haussmann und seine Wohnung in der Rue Pétrarque, die beiden extremen Pole einer zweigleisigen Alltäglichkeit, gleichermaßen vertraut und fremd, sie wirkten ebenso intim wie extim und waren darin zum Beispiel einer Fahrstuhlkabine vergleichbar, dem Warteraum eines Zahnarztes oder der Terrasse eines Cafés am Quai Voltaire, wo er sich gelegentlich mit Lafont traf.

Der Riese hatte ihn mit seinen Freunden zusammengebracht, mit Carrier, Tristano und anderen. Man plauderte. Vor allem Carrier, der studiert hatte, diskutierte gern mit Caine und entwickelte ein laienhaftes Interesse für dessen Arbeiten; es war unterhaltsam. Aber es war bereits die Zeit, in der der Erfinder nichts mehr erfand.

Er trat auf der Stelle, versagte, hatte keine Einfälle mehr. Es ging schon eine ganze Weile so; vielleicht lag es an Rachel. Um seine Untätigkeit zu rechtfertigen und seine Einfallslosigkeit zu tarnen, war er auf die Idee verfallen, ein altes, unvollendetes und längst abgeschriebenes Projekt wieder aufzugreifen und es Georges Haas als laufendes Forschungsprojekt zu präsentieren.

Es war an einem dritten Donnerstag im März, es regnete. Zu Caines Überraschung hatte Haas dem Entwurf des Projekts, das er, warum auch immer, Prestidge getauft hatte, eine ungewöhnliche Aufmerksamkeit und Unterstützung zukommen lassen, die der Erfinder zwar unverhältnismäßig fand, aber was kümmerten ihn das Geld und die Aufmerksamkeit der anderen.

Zwei Tage später, in Nanterre, hatte sich die Geschichte weiter konkretisiert. Ohne um den heißen Brei zu reden, ohne große Floskeln, ohne Gewalt, schlug Carrier ihm plötzlich und unerwartet vor, ihm das Prestidge-Projekt abzukaufen, und zwar direkt, ohne über Haas zu gehen. Caine war kaum überrascht, so fern war er der Realität oder so nah, ganz wie man will. Sein Verstand, der nur auf Einzelheiten reagierte, konnte sich auch nur über Einzelheiten wundern, welcher Art sie auch waren; auf das Ausmaß dieses Vorschlags, der jeglicher Einzelheiten entbehrte, konnte er nur mit einem maskenhaften Lächeln antworten, zu dem er sein Gesicht in erzwungener Höflichkeit verzog. Carrier ging noch weiter: er bot ihm zudem an, seine Forschungsarbeiten im Ausland weiterzuführen, außerhalb von Haas' Reichweite, für den Fall, daß dieser sich erzürnt zeigen sollte. Das Angebot war klar und hoch dotiert. Der Erfinder nahm es an, fast ohne nachzudenken. Hätte er nachgedacht, hätte er im übrigen ebenfalls angenommen, es war nicht so sehr das Geld, das ihn reizte, als die verführerische Aussicht, seinen Horizont zu erweitern und seine Bronchien wieder einmal mit noch unbekannter Luft vollzupumpen. Der Vorschlag war die ideale Medizin für diese Art von schmalem Überdruß, für diesen süßlichen, oder eher süßstofflichen Ekel, den jeder etwas längere Aufenthalt, wo auch immer, unweigerlich in ihm erregte.

Es war nicht allzu schwierig, Carrier davon zu überzeugen, daß er nicht ohne Rachel reisen konnte. Noch weniger schwierig war es, Rachel zu überzeugen, die an ihrem Vater hing, wie Caine an einem Tapetenmuster. Es war letztendlich ein Kinderspiel, eine Studienreise oder irgendeinen Kongreß vorzutäuschen, um Paris unter Wahrung aller Formen zu verlassen und so den notwendigen Raum und die nötige Zeit zwischen Haas und sie zu bringen, damit es bereits zu spät wäre, wenn der Vater und Arbeitgeber ihnen auf die Schliche käme und sein Grimm, der sich wahrscheinlich in absurder Gewalttätigkeit und in ungebührlichen Entlassungen ausdrücken würde, im Nichts aufliefe. Es war wie ein Spiel.

Kurz vor ihrer Abreise hatte Carrier Caine gebeten, ihm eine gefälschte Kopie des Prestidge-Projekts anzufertigen, die aber doch so nah am Original sein sollte, daß nur ein Experte, und auch der erst nach einer gewissen Zeit, den Schwindel entdecken könnte. Folglich müßte man nur noch, erklärte er, Haas direkt auf diese falsche Fährte locken, so wäre für sie noch etwas mehr Zeit gewonnen und für ihn verloren. Das Spiel des doppelten Spiels hatte den Erfinder schon immer gereizt, und da er außerdem zu Recht davon überzeugt war, daß er auch nicht mehr Grund hatte Carrier zu gehorchen als Haas, nutzte er die Tatsache, daß er aus Sicherheitsgründen und ohne daß jemals ein Mensch davon erfuhr, zwei identische Exemplare des Prestidge-Projekts besaß, um eines davon Carrier anzuvertrauen, und es schmeichelte ihm nicht wenig, daß es ihm gelungen war, etwas Echtes für etwas Falsches auszugeben, während es meistens umgekehrt läuft. Er wußte zudem, als er Carrier diese falsche Fälschung überreichte, daß er damit in ein System, dessen allgemeine Logik sich ihm entzog, einen Parameter einführte, der selbst den Drahtziehern dieses Systems unbekannt war, eine geheime, unkontrollierte Variable, deren Auswirkungen niemand vorhersehen konnte, die damit aber, aufgrund der Strukturgesetzlichkeit, das ganze System verändern und folglich die Schöpfer dieses Systems nachträglich ihrer Vaterschaft berauben konnte. Auf gewisse Weise wurde Caine nun zum Drahtzieher; zwar ein blinder Drahtzieher, aber immerhin.

Es war wie ein Spiel, und es war noch immer wie ein Spiel, als Byron und Rachel wenig später nach Australien flogen, wo sie auf Umwegen und noch immer in spielerischer Laune auf die Insel gelangten, auf der Tristano, Arbogast und Joseph sie erwarteten.

Aber kaum waren sie auf der Insel angekommen, welkte ihre Laune wie eine unbegossene Pflanze dahin. Nach dem doppelten, dreifachen Spiel hatte es sich ausgespielt; auf die Flut folgte die Ebbe, auf den fünften Gang der Leerlauf. Sie waren nun auf dieser runden Insel eingeschlossen und abgestellt, Caine war durch die Kehrseite eines Vertrages, den er blindlings und von seiner glänzenden Vorderseite geblendet unterschrieben hatte, gezwungen zu arbeiten, während Rachel sich langweilte, sich auf der Insel im Kreise drehte und die Zeit damit verbrachte, Kieselsteine ins Meer zu werfen.

Die Tage und Nächte waren zu Wochen geworden, die Wochen zu Monaten. Rachel und der Erfinder sahen sich an, versuchten, ein Gespräch zu führen, aber bald fanden sie keinen Gesprächsstoff mehr. Sie machten eine Bestandsaufnahme aller nur denkbaren Fluchtmöglichkeiten, aber von dieser winzigen Insel mitten im Ozean konnten nur Comicfiguren entfliehen. Sie wurden unglücklich, gereizt, es war besorgniserregend. Eines Abends kündigte Tristano an, daß Rachel am nächsten Tag für einige Zeit verreisen müsse; man brauche sie anderweitig, es werde nicht allzu lange dauern. Er spulte ein ganzes Knäuel von Erklärungen und Argumenten ab, in dem Wahres und Falsches unentwirrbar ineinander verflochten waren, vorausgesetzt, seine Rede ließe sich überhaupt allein mit diesen beiden Kategorien fassen, ohne daß ein dunkler Rest übrigbliebe.

Am nächsten Tag hatte Caine sie bis zum Schiff begleitet. Es war ein altes, sehr schönes, sehr großes, mit mehr als vierzehn Segeln ausgerüstetes Schiff. Rachel war gegangen.

Und der Erfinder fühlte sich nun ganz allein und betrogen und bitter, und der Saft der Aloe rann durch seine Gedanken, und eine gelbe, entlarvende Lampe überflutete plötzlich mit ihrem Licht den Raum und zeigte die falschen Freunde, die falschen Liebschaften, die falschen Worte und falschen Gesten in einem neuen Licht. Er beschloß, sich zu rächen und zwar mit Niveau: er machte eine Fälschung.

Da sie seine Arbeit nicht kontrollieren und sich darunter sowieso nur böhmische Dörfer vorstellen konnten, vertrauten ihm die anderen. Dieses Vertrauen, das ihn jetzt noch mehr als alles andere entrüstete, da es, wie ihm schien, dem Vertrauen ähnelte, das man zu einem Haustier oder einem einfältigen Knecht hat, dieses Vertrauen also konnte Caine nach freiem Belieben mißbrauchen. Er betrieb Sabotage. Er versuchte, sich so gelassen wie möglich zu geben, verbarg seinen Groll hinter einem teilnahmslosen Gesicht und machte sich heimlich daran, die Akte des Prestidge-Projekts durch eine dieses Mal wirklich gefälschte Akte zu ersetzen, die noch sehr viel esoterischer wirkte als das Original.

Die Blätter seines ursprünglichen Werks verbrannte er eines nach dem anderen und ersetzte sie nach und nach durch Elemente einer Phantasieerfindung. Niemand, weder hier noch irgendwo anders, hätte den Ersatz vom Original unterscheiden können. Caine hatte sich schließlich nur noch für die sorgfältige Vervollkommnung dieses Schwindels, dieses bloßen Scheins, dieser inhaltslosen und formalen Hülle interessiert, die so nützlich war wie ein Theaterrequisit, das – auch wenn dies jetzt etwas vom Thema abführt – die wirklichen Charakteristika des Gegenstands, für den es steht, immer betont und so dessen Eigenheiten besser verkörpert als der Gegenstand selbst in seiner nackten Wahrheit. Wie ein zum Ausmalen von Büchern verdammter Mönch entwickelte der Erfinder eine ihm bis dahin unbekannte Lust, fehlerhafte Axiome, sinnlose Theoreme, wurmstichige Lemmata miteinander zu kombinieren, in schönster Schrift verworrene Formeln niederzukritzeln, und auswuchernde Schemata zu skizzieren, bei denen keiner je auf die Idee käme, daß sie ihr Aussehen und ihre Komplexität nur der Anzahl und dem Abnutzungsgrad der Farbstifte verdankten, die er jeweils zur Hand hatte.

Was die dazugehörige Maschine betraf, die als Ausführung seiner Theorie gelten und die Höhenflüge seiner Spekulationen bezeugen sollte, so bezeugte sie tatsächlich etwas: sie war alles und nichts. Caine hatte eine Art Collage gebastelt, ein Konglomerat aus Altmaterialien, die er untereinander nach dem willkürlichen, aber streng gehandhabten Prinzip des Zufalls verbunden hatte. Es war eine Art technologischer Augentäuschung, die jedoch mit genügend Motoren und Mysterien versehen war, um Joseph und Tristano so lange Mißtrauen und Respekt einzuflößen, bis Caine es aus Gründen der Vorsicht vorzog, ihnen den Zutritt ganz zu verbieten.

– Nun hat sie doch noch zu etwas genutzt, schloß er und zeigte auf den gewichtigen und gestutzten Zylinder, der die Tür verbarrikadierte.

– Und das? fragte Vera und zeigte auf den kleinen, abgeschalteten Würfel, der noch immer friedlich vor sich hin brummte.

– Das ist der einzige ernstzunehmende Gegenstand, sagte der Erfinder. Der einzige, der wirklich eine Funktion hat, wenn auch keine große. Es ist ein Akkumulator, eine Art Batterie. Je nachdem, wie man ihn aufstellt, kann er eine ziemlich hohe Temperatur erreichen. Es ist ein bißchen kompliziert zu erklären, und im übrigen wüßte ich auch nicht, ob ich es könnte.

Caine hatte nie verstanden, warum sich alle, von Haas bis Joseph, so sehr für diesen reichlich bedeutungslosen Gegenstand interessierten. Sicher konnte eine etwas ausgetüftelte Batterie mehrere Verwendungszwecke haben, aber sie waren entschieden begrenzter, als sie zu glauben schienen und standen in keinem Verhältnis zu ihrer leidenschaftlichen Neugier. Er hatte ihnen nicht widersprochen und sich darüber amüsiert, daß sie sich so täuschen ließen und wegen einer Lapalie in Aufregung gerieten.

An dieser Stelle hörte Byron Caine zu sprechen auf. Er erhob sich, ging zur Treppentür, rüttelte daran und kam zurück.

– Wir können versuchen hinauszugehen, sagte er, es ist jetzt ruhig, aber die Tür ist auch von außen versperrt. Nehmen wir also den unterirdischen Gang.

Sie begaben sich in den langen Schlauch, den sie schon am Vorabend benutzt hatten und der etwa einen Kilometer vom Palast entfernt nach draußen führte. Als sie ins Freie traten, inspizierte der Erfinder die Umgebung.

– Kommen Sie, bitte, Sie zuerst, es ist keiner da.

Vera ging in die Sonne hinaus und wurde vom weißen Licht, das die weißen Steine noch verstärkten, geblendet. Sie hörte ein Dröhnen hinter sich, sie drehte sich um: die riesigen Steine stürzten schwerfällig um und prallten hart aufeinander. Sie lief zum Eingang des Schlauchs, suchte Caine, aber vergeblich. Sobald sie hinausgegangen war, hatte er den Mechanismus der Eingangsverrammelung betätigt und schnell unter der Erde Zuflucht gesucht, als sich zwischen Vera und ihm die Mineralien aufgetürmt und unwiderruflich den Durchgang versperrt hatten. Vera hörte nicht weit von sich entfernt Schritte, bekam Angst, suchte Zuflucht unter einem Busch und wartete ab.

Byron Caine kehrte ungewöhnlich entschlossen in den Keller zurück und drang in einen dunklen und verborgenen Bereich des riesigen Untergeschosses vor, bis er auf eine Mauer stieß, die von einer braunen Plane verdeckt war. Hinter dieser Plane stapelten sich bis zur Decke Kisten aus weißem Holz, aus dunklem Holz, aus Leichtmetall, aus Ebonit und dicker Pappe, und jede Kiste trug ein Schild mit einem knappen Vermerk.

Ganz im Gegensatz zum Prinzip des Wörterbuchs, das sich bemüht, alle Vokabeln einer gleichen Wortgruppe aufzulisten, verzeichnete diese Schilderwand nur das Wort *Sprengstoff*, es stand dort unendlich oft wiederholt, zugleich identisch und doch verschieden, in allen nur erdenklichen Sprachen. Da befand sich das von Arbogast so lange gesuchte Explosivmaterial, das Caine beiläufig in einem versteckten Winkel des Untergeschosses entdeckt hatte, ohne irgend jemandem ein Wort zu sagen.

Es war alter Sprengstoff, der aus dem letzten Krieg stammte. Hier lagen nebeneinander alle möglichen Derivate von Nitroglyzerin, Nitrobenzol, Pikrinsäure, kombiniertem Nitropenta und Hexogen, sowie jede Menge Zündkapseln, Packungen voller Schießpulver und Rollen mit traditioneller Bickford-Zündschnur. Der Erfinder öffnete eine Kiste und holte eine in durchsichtiges Papier eingewickelte Plastikbombe heraus. Er hantierte an dem kleinen Barren herum, gravierte mechanisch mit dem Fingernagel seinen Vornamen hinein und legte ihn vorsichtig wieder an seinen Platz zurück. Dann brachte er eine Zündkapsel an der Kiste an und verband sie mit einer Schnur, die er gute zwanzig Meter lang ausrollte, bevor er in seinen Verschlag ging, um dort eine Chesterfield und eine alte Streichholzschachtel zu holen.

Er kehrte zurück, hockte sich nieder und befestigte das Ende der Zündschnur zwischen den Streichhölzern und bildete so eine Art Gewebe, in dem die Bickford, die zwischen die Kette der flachen Brennstäbchen gewickelt war, als Einschlagfaden diente. Er arbeitete langsam und sorgfältig, mit einem gewissen Vergnügen, als bastle er an einer Lampe herum oder an einem anderen dieser leicht zu reparierenden Gegenstände. Als er damit fertig war, zündete er seine Zigarette an und klemmte sie nach zwei oder drei Zügen in die Schachtel zwischen die Streichhölzer und die Pappe. Er überließ diese Zündvorrichtung sich selbst, griff nach seiner Decke, warf sie über die Schulter und ging zu der Sprengstoffwand zurück. Dort löschte er seine Lampe und begann, sich langsam vorantastend, die aufgestapelten Kisten hochzuklettern.

Auf dem Gipfel des Stapels rollte Byron Caine seine Decke aus und legte sich hin. Das Untergeschoß war in vollkommene Dunkelheit gehüllt und Caine verbrachte einen Augenblick damit, seine Augen abwechselnd zu öffnen und zu schließen, um die verschiedenen Schwarzfärbungen, mit oder ohne dazwischen geschaltete Augenlider, miteinander zu vergleichen. Dann entdeckte er weit entfernt die glimmende Zigarette. Er folgte dem schwachen, kaum aufleuchtenden, nur unmerklich voranschreitenden Glühen, das in dieser unwiderruflichen Dunkelheit, die mit dem Raum auch die Dauer außer Kraft setzte, der einzige Beweis war für das Verstreichen der Zeit. Er beobachtete, wie die Streichhölzer bei der Berührung mit dem Zigarettenstummel in Brand gerieten und die Flamme weiterzüngelte, nachdem sie auf die Zündschnur übergegriffen hatte; die Intensität und die Geschwindigkeit des Glühens veränderten sich nun; die Bickford brannte schneller ab als die Chesterfield.

Der leuchtende Punkt folgte den Windungen der Schnur und näherte sich ihm. Caine hätte noch springen, rennen, ihn löschen können; er zog es vor, diesen Punkt zu betrachten, und dieser Punkt war noch immer weit entfernt, noch immer weiter, als ihm lieb war. Caine wurde langsam ungeduldig.

Dann wandte er sich schroff der Wand zu, mit einer beleidigten und verächtlichen Geste, als wolle er die Welt weit von sich weisen, wie ein Schlafender, der unter einem nichtigen Vorwand geweckt, sich empört und heftig seinen Schlaf zurückfordert. Der Erfinder schloß die Augen, ballte die Fäuste, preßte die Lider zusammen, verkroch sich unter seine Decke und versuchte zu schlafen, und wider alle Erwartung, wider alle Erfahrung und wider alle Wahrscheinlichkeit schlief er ein.

32

– Der Keller, erinnerte Buck.

– Es eilt nicht.

Buck drehte sich um und näherte sich der Tür, in deren Rahmen die letzten – oder die ersten, je nachdem, ob man hinauf- oder hinuntersteigt – Sprossen der Leiter ragten. Er lehnte sich an die Türeinfassung und betrachtete die dürren Bäume, die starren Leichen am Fuß der Baumstämme, das bewegliche Meer durch das Geäst hindurch, die Baumtierchen, die sich in selbigen Bäumen tummelten, und kurz gesagt, all das, was man anschauen konnte. Hinter ihm monologisierte Gutman mit pappiger und palataler Stimme.

– Es eilt nicht, wiederholte der dicke Mann, und sein Körper war in den tiefen Sessel versunken, aus dem nur seine nicht unterzubringenden Extremitäten herausschauten, sowie der Spitzbogen seines Schädels, der gefährdet hochragte wie ein Ei in einem Eierbecher, und seine selbstzufriedenen und verschwommenen Gedanken schweiften durch die Gegenwart und stießen gelegentlich an deren Rändern in die unmittelbare Zukunft vor.

– Man muß das ganze Zeug hier verbrennen, sagte Gutman und deutete auf die Möbelabfälle, mit denen das Stockwerk vollgestopft war, auf alle Arten von Gegenständen, bei denen man sich nur mit Mühe vorstellen konnte, daß sie einmal neu gewesen waren. Das alles muß weg, ich werde nur diesen Sessel behalten. Er ist wunderbar, dieser Sessel.

– Der Keller, wiederholte Buck.

– Um den Keller kümmern wir uns später. Im Augenblick könnte mich nichts auf der Welt dazu bringen, mich von hier wegzubewegen.

Noch einmal mußte ihm widersprochen werden. Alles flog in die Luft.

Von einer Sekunde – oder, um unnötiger Weise genau zu sein, während des 9 162 631 770 fachen der Periodendauer der dem Übergang zwischen den beiden Hyperfeinstrukturniveaus des Grundzustands von Atomen des Nuklids Cs 133 entsprechenden Strahlung – zur anderen verwandelte der Sprengstoffvorrat des Untergeschosses den Palast in einen Vulkan. Wenn man die einzelnen Stadien des Ausbruches so aufgliedert, so wurde zunächst Gutman an die Decke geschleudert, wo sein gewaltiger Körper zerquetscht wurde und dort einen riesigen anatomischen, homogenen und klebrigen Schmutzfleck bildete, der gleichmäßig glatt die gesamte Oberfläche bedeckte. Dann zerbarst die Decke und mit ihr zerstreuten sich die Überreste des Fettleibigen in den lauen und blauen Himmel. Von der Druckwelle beschleunigt startete Buck durch die Tür und landete rund dreißig Meter entfernt, auf vier ziemlich weit auseinanderstehenden Bäumen, die von seinem Körper geschmückt wie Weihnachtsbäume für Menschenfresser aussahen. Wie die Springflut eines Geysirs wurden im Staub und Rauch, von allen Seiten und in alle Richtungen, die noch intakten Söldner in die Höhe katapultiert, die noch immer ihr Maschinengewehr, ihr Messer oder ihre Gabel in der Hand hielten. Der Palast, der in seiner Gesamtheit in einen pulverigen Zustand verwandelt war, fiel, von der zerstörerischen mechanischen Wirkung zerlegt, wieder auf seinen eigenen Platz. Die Überreste des Erfinders, die viel pudriger und leichter waren als die anderen, fielen als letzte in einem feinen Regen auf den Haufen, wie eine endgültige und personalisierte Retusche.

Das Beben erschütterte die gesamte Insel bis zu ihren Rändern, und die Wellen, die sie unaufhörlich beleckten, wichen einen Augenblick zurück, bäumten sich auf und gerieten in Unordnung. Die Ausläufer der zentralen, das Inselchen überragenden Erhebung sträubten sich, die hochgestreckten Stämme der Araukarien auf dem Gipfel wellten sich einen Augenblick wie sinuskurvige Peitschen, und Selmer und Arbogast, die von dort den Ereignissen von Anfang an gefolgt waren, fielen durch- und übereinander.

Sie waren später als gewöhnlich aufgestanden. Sie hatten gegähnt und vor sich hin gebrummt, sich gestreckt und sich wie jeden Morgen Bananen und Kekse kauend zu dieser Erhebung aufgemacht, wo sie sich täglich einen Überblick verschafften, im wörtlichen und zugleich übertragenen Sinne, was selten ist, so verbaut er normalerweise ist, der Überblick, auf die eine oder andere Art. Diese Inspektion, die ihnen im Prinzip durch eine militante Wachsamkeit auferlegt war, hatte durch zunehmende Nachlässigkeit und Skrupellosigkeit allmählich den Charakter eines kleinen Gesundheitsspaziergangs angenommen, den sie ohne Eile und ohne Geschwätzigkeit ausführten, wobei sie die täglichen Reste ihrer Träume ausfransen ließen oder auf friedliche Weise zwischen diesen Überresten rationale Verbindungsstege bauten; all das geschah in einer vollkommenen und unbeschwerten Sanftmut, in dieser besonderen Stimmung eines universellen Wohlwollens, einer schläfrigen Leutseligkeit und einer unerschütterlichen Innerlichkeit, in der sich das gemeinsame Frühstück zwischen ruhigen und sorglosen Menschen abspielt.

Die Sonne hatte bereits ihre ersten Strahlen ausgesandt, als sie auf dem Gipfel der Erhebung ankamen. Selmer hatte sich hingesetzt und sich an den Stamm einer Konifere gelehnt. Arbogast blieb stehen, ließ seinen Blick schweifen und atmete die relative Höhenluft. Als der Palast in sein Blickfeld geriet, runzelte sich plötzlich seine Stirn, seine Lippen rundeten und seine Halswirbel streckten sich, der Ablauf mündete in ein leichtes Pfeifen, dann in eine Bemerkung:

– Sieht so aus, als wäre da etwas im Gange.

Als Selmer ungläubig seine Lider öffnete, ertönte im Osten das Geknatter der Waffen, zunächst vereinzelt, wie ein Schluckauf oder wie etwas Ungebührliches, wie das anfängliche Knistern eines Scheiterhaufens, wie ankündigende und auslösende Funken, die, wie unter der Wirkung eines Luftzugs, die Schußsalven entflammten und das Feuer der Einschläge auslösten, was bei Théo dazu führte, daß er in eine senkrechte Lage sprang und bei Tristano und bei Joseph, bei Vera und Caine, bei Buck, Raph, Gutman und bei den Söldnern die bekannten Verhaltensweisen bewirkte.

Nachdenklich betrachteten Arbogast und Selmer die ganze Aktion, von ihrem pointillistischen und diskreten Alpha bis zu ihrem gewaltigen, verpuffenden Omega. Nachdem sie völlig aufgewacht waren, hatten sie die anwesenden Kräfte taxiert, ihre jeweiligen Chancen abgeschätzt, ihre Taktik kommentiert, die Strategie beurteilt, die Manöver beobachtet und den Ausgang vorhergesehen. Beim ersten Angriff war Selmer versucht, zu intervenieren, aber Arbogast riet ihm davon ab: man könne sich später immer noch in das Schauspiel einmischen, auf jeden Fall wäre es ratsam abzuwarten, bis sich die Zahl der Schauspieler verringert habe; man könne dann mit der Waffenausrüstung des Palastes in einem ersten Anlauf die Reihen der Söldner lichten.

– Und Tristano? fragte Théo. Und Joseph, und die anderen?

Arbogast setzte ein onkelhaftes Lächeln auf.

– Was meinen Sie, was die an unserer Stelle tun würden?

– Natürlich, stimmte Théo zu. Selbstverständlich.

Und sie hatten es sich, da sie nun schon einmal da waren,

zwischen den Araukarien gemütlich gemacht und eher als Gutachter, denn als parteiische Zuschauer, dem Kampf wie einem beliebigen Spiel beigewohnt. Arbogast filmte alles: Vormärsche, Abmärsche, Finten, Irrtümer, Erfolge, die Niederlage. Keine Einzelheit der Schlußattacke entging ihnen, und ihre Ruhe trübte sich erst, als die Angreifer, nachdem sie den Palast eingenommen hatten, ihn verließen, um in kleinen, gewappneten Trupps feinmaschig die Insel zu durchstreifen. Diese plötzliche Änderung der Taktik weckte in Selmer und Arbogast eine Unruhe, vergleichbar mit der, die in den Zuschauerreihen auftritt, wenn ein Schauspieler auf die löbliche, aber bemühte Idee kommt, mitten in einem Drama, das sich auf der Bühne entfaltet, entwickelt und abwickelt, in den Saal hinabzusteigen.

Sie liefen jetzt Gefahr, sehr schnell gesichtet und in die Enge getrieben zu werden und wahrscheinlich ebenso schnell Verstorbene zu sein. Ihre unbeschwerten Gehirne waren für einen Augenblick unschlüssig. Genau in diesem Moment zerstäubte der Palast in einem gewaltigen, urhistorischen Getöse und Aufleuchten. Unter der Gewalt der Druckwelle hörten alle auf, einander hinterherzulaufen; auf der Insel, mitten in der Erstarrung und im Gedonner, explodierte man in diesem Augenblick oder man schaute nachdenklich, eine andere Alternative gab es nicht. Arbogast filmte eifriger denn je.

– Da also war der Sprengstoff, seufzte er, nachdem alles, oder fast alles, wieder auf den Boden zurückgefallen war. Da war er also, ganz in der Nähe. Ich bin ein Dummkopf.

Als das Gebäude in die Luft flog, nagelte das unbeschreibliche Beben die Killer zunächst an Ort und Stelle fest; dann liefen sie schreiend, ohne sich um andere Zielscheiben zu kümmern und vom Licht gelenkt durcheinander. Da bei ihrem Zurückfluten auch das Getöse nachließ, kamen Arbogast und Selmer überein, daß es besser sei, auf der Stelle zu fliehen und den Strand anzupeilen: das Meer ließe sie gehen, wohin sie wollten.

Sie hangelten sich seitlich den Hügel hinunter und gingen unauffällig einen Pfad entlang, der so unentwickelt wie ein Embryo und von dornigen und unförmigen Büschen und wuchernden Farnkräutern verstellt war, die sie beim Gehen behutsam beiseite schoben.

Arbogast blieb als erster stehen. Auf der linken Seite schien das einheitliche und wenig abwechslungsreiche Grün der Pflanzen eine zusammengekrümmte, menschenähnliche und beige Gestalt zu verbergen. Die Umrisse der Gestalt, durch das überquellende Blattgrün verwischt, waren nicht genau zu erkennen. Da die beige Farbe im übrigen jeder Art von Kleidung zugeschrieben werden konnte, vom Kostüm bis zum Drillich, hegten sie ein gewisses Mißtrauen und näherten sich ihr nur gebückt, in der Hocke und schließlich kriechend.

Mitten im Herzen eines farnigen Gebüschs hockte Vera, fötal und kraftlos, das Gesicht zwischen den Knien und die Arme um die angezogenen Beine geschlungen, in sich geschlossen wie das Gebüsch, und genauso zusammengedrängt, wie ein Schmuckstück in einem Kästchen, das durch Mimikry die Besonderheiten dieses Kästchens annimmt, nur daß sie eben beige war und nicht grün.

Arbogast sprach sie leise an. Sie zuckte zusammen, blickte nach oben, erkannte ihn. Sie weinte und von ihren dornenzerschrammten Wangen tropfte etwas Blut, das sie auf ihrem abgespannten Gesicht verschmierte, als sie es abzuwischen versuchte und das, mit ihren Tränen vermischt, eine Art Schminke bildete, eine rötliche und stark gesalzene Mischung aus Tränen und Plasma. Arbogast näherte sich ihr, beugte sich hinunter. Er sprach leise auf sie ein, begutachtete den Zustand ihrer Abschürfungen, nahm ihre Hand und zog aus seiner Tasche ein Tuch, wischte die geronnenen Spuren ab, entfernte alle entfernbaren Schäden, machte all die Gesten, die in solchen Situationen üblich sind, aber es lag ein gewisses Etwas darin.

Danach gingen sie zu dritt weiter den Pfad entlang. Selmer

folgte Arbogast und Vera, die dicht hintereinander liefen.

– Aber nicht doch, sagte Arbogast sanft.

Vera weinte noch ein wenig, aber ihre Tränen flossen jetzt seltener und weniger trüb. Sie hatte die Explosion gehört, der Erfinder war tot, bestimmt. Bestimmt, sagte Arbogast. Und die anderen wahrscheinlich auch, vermutete sie. Wahrscheinlich, sagte er. Auch Paul ist tot, sagte Vera. Der Erfinder ist mir völlig egal, sagte sie, aber Paul. Und sie weinte nochmals ein wenig.

– Er erzählte mir Geschichten. Bevor er aus Paris abreiste, hatte er die von den drei Lanzenreitern aus Bengalen begonnen, aber jetzt ist er tot. Er ist vor dem Ende der Geschichte gestorben.

Arbogast hielt den Atem an und zählte bis zehn, bevor er sprach.

– Ich kenne das Ende, sagte er.

Vera wäre beinahe stehengeblieben, aber es war nicht der rechte Augenblick dafür. Weiter, weiter, rief Selmer leise hinter ihnen. Sie senkte den Kopf.

– Nun, flüsterte sie, was ist mit MacGregor?

– Was glauben Sie? raunte Arbogast.

– Er kommt davon, sagte Vera, er kommt durch.

– Nein, sagte Arbogast, er stirbt. Er stirbt, er erhält eine Auszeichnung. Den Victoria Cross, glaube ich, vielleicht war es auch ein anderer Orden, ich habe den Namen vergessen. So endet die Geschichte.

Und in diesem Augenblick, es wurde allmählich langweilig, ertönte wieder ein Schuß, gefolgt von seinem Projektil, und das Projektil plazierte sich, nachdem es sechzehn Zentimeter von Selmers Kinn entfernt vorbeigeflogen war, in einem Baumstamm, und der Baum ließ unter der Schockwirkung seine Frucht fallen und die Frucht fiel unter diesen Umständen nicht auf den Kopf einer Person, denn das wäre nur ein sogenannter Gag gewesen. Selmer stürzte nach vorne.

– Verstecken Sie sich, sagte er hastig, gehen Sie zum Boot.

Ich locke sie zum Strand, wir treffen uns später wieder.

Er holte eine Waffe aus seiner Tasche und begann nach Norden zu rennen, er schoß in alle Richtungen, um die Aufmerksamkeit der Söldner auf sich zu ziehen, er hörte sie hinter sich, wie sie trompeteten und fauchten und ihn durch die Gräser, Stiele und Stämme hindurch verfolgten, aber noch waren sie zu weit entfernt, um auf ihn zu zielen. Er rannte. Er erinnerte sich, daß er als Jugendlicher im Sportunterricht ziemlich schnell laufen konnte, es war die einzige Bewegung, die ihm aus seinen Studienjahren noch in Erinnerung blieb, neben dem Sprachunterricht, wo er seine Zunge bewegte. Er erinnerte sich, daß er gern gelaufen war, und wunderte sich, daß er noch immer so schnell und leichtfüßig lief und daß es selbst mit einer Killertruppe auf den Fersen so angenehm war.

Er hatte spontan und ohne nachzudenken den Entschluß gefaßt, sie auf seine Fährte zu locken, als sei es das Selbstverständlichste von der Welt. Als er jetzt jedoch die Meute der Verfolger immer näher kommen hörte, trat ihm das Fehlen jeglicher Taktik, das sein Verhalten bestimmte, in seiner schreckensvollen Tragweite vor Augen, falls einem ein Fehlen überhaupt vor Augen treten kann. Sein Rennen war auf kein bestimmtes Ziel, auf keine Finte ausgerichtet, und vielleicht wunderten sich sogar seine Verfolger über sein schematisches Vorgehen. Vielleicht weckte es auch ihren Verdacht, vielleicht witterten sie eine List, vielleicht rief es bei ihnen Zweifel hervor, das einzig wirkliche Problem stellte sich jedoch Selmer, es war ein Problem, das in zwei einfache Fragen aufzuteilen war: sie loswerden, aber wie, nicht sterben, aber wie? Rennend analysierte er das Problem. Und je mehr er merkte, daß er unfähig war, es zu lösen, desto schneller rannte er. Als er ein wenig Vorsprung gewonnen hatte, entdeckte er das Ende des Waldes.

Dreihundert Meter vor ihm lag das Meer, er sah es bereits. Zwischen dem Wasser und dem Meer erstreckte sich ein geradliniges, mineralisches, weißes, vollkommen freies Gelände. Hätte man einen Schießplatz einrichten wollen, man hätte kein geeigneteres Terrain finden können als dieses; in der Rolle einer Zielscheibe stürmte Selmer aus dem Schatten und den Blättern in das Licht einer indifferenten Sonne, die objektiv und präzise war wie ein Scheinwerfer.

Kaum war er aus seiner pflanzlichen Deckung aufgetaucht, spürte Selmer ein erstes Brennen an seiner Schulter. Da es das erste Mal in seinem Leben war, daß sein Körper eine Kugel abbekommen hatte, begriff er den Zusammenhang nicht sofort; absurderweise dachte er an einen Insektenstich, an einen plötzlichen Sonnenbrand, an einen eingeklemmten Nerv. Der zweite Treffer, etwas oberhalb der Hüfte, brachte ihn der Wahrheit etwas näher.

Ihm schien, als liefe er jetzt noch schneller, als werde er von einem Mechanismus angetrieben, der seine eigenen Fähigkeiten übertraf, von einem ungeahnten, potentiellen Automatismus, als verstärkten die Projektile seinen Schwung, als stießen sie ihn jedes Mal ein Stück weiter nach vorn. Er erhielt noch mehrere und wunderte sich, daß er noch immer nicht zusammenbrach. Alle möglichen Kugeln und finsteren Gedanken gingen durch ihn hindurch, aber die Killer schienen nur die peripheren Punkte seines Körpers ins Visier zu nehmen, als sei es für sie ein Spiel, bei dem sie sich des Ausgangs ihrer Verfolgung sicher waren, als nutzten sie diese Gewißheit und zugleich die Gelegenheit, über eine bewegliche Zielscheibe auf idealem Gelände zu verfügen, um das Ende hinauszuschieben und die Zielscheibe nicht sofort unbrauchbar, sie auf gewisse Weise rentabel zu machen, indem sie seine am wenigsten lebenswichtigen Zentren mit genau gezielten Kugeln durchlöcherten, bis er als Zielscheibe untauglich geworden wäre und sie ihm den Garaus machten, indem sie sein Herz oder seine Stirn, oder beide durchsiebten. Selmer stellte sich vor, wie die Söldner darum wetteiferten, wer ihn traf, ihn dabei aber am wenigsten verwundete, an der Wade, am Ohrläppchen, am kleinen Finger, an den Haaren, am Schatten.

Zwar erreichten nicht alle Kugeln ihr Ziel, dennoch fühlte er sich an seinen Rändern völlig durchlöchert. Keuchend und außer sich war er seltsamerweise und sogar mehrmals nahe daran zu überprüfen, ob er noch in der Lage war, zu atmen und zu rennen, es erregte ihn, es war eine absurde Idee, alles war absurd, sobald er das Meer erreichte, bliebe ihm nur, sich hineinzustürzen, aber er könnte nicht schwimmen, es würde weh tun, jetzt tat es noch nicht wirklich weh, er hatte keine Zeit dazu, er spürte schon im voraus das Brennen des Salzes auf seinen Wunden, er dachte an Veras Blut und ihre Tränen, er lief, aber es war nicht er selbst, der da lief, durchlöchert, jemand anderes wurde von dieser ungeheuerlichen Horde verfolgt, und nun sah er deutlich das Wasser, zehn Meter vor sich. Auf diesen letzten Metern traf ihn eine letzte Kugel, ohne daß er die Einschußstelle genau lokalisieren konnte. So wenig wie die anderen hinderte sie ihn am Weiterlaufen.

Das flache Felsgelände lief nicht sanft zum Meer hin aus; eine Gesteinsverschiebung bildete eine Art Rampe, eine winzig kleine Klippe, auf deren Rückseite ein schmaler Sandstreifen verlief. In seinem roboterhaften Rennen stürzte Selmer, nachdem er einen Augenblick ins Leere getreten hatte, die Plattform hinunter, und fiel in einer seltsamen Stellung auf den Strand. Das Gesicht in den Sand gedrückt, hörte er, unbeweglich und zum letzten Mal, sein Herz schlagen, seine dreißig Adern pochen, die Luft durch sein Bronchialgeäst hin- und zurückströmen. Er aktivierte alle aktivierbaren Muskeln; die notwendigsten Organe schienen noch zu reagieren und er dachte, daß er in einem guten Zustand sterbe. Um seinen Körper herum nahm er die sich überlappenden Geräusche der Wellen, des Windes und des Windes auf den Wellen wahr, es war wie ein gewaltiges Erschauern, kalt, klamm, kräuselig und knittrig, und genau vor dieser Kette kollidierender Reibelaute hörte er, wie die Söldner sich näherten.

Es waren zwölf. Sie drangen frontal nach vorne, liefen beinahe, mit den Kolben ihrer Waffen unter der Achselhöhle oder in der Faust, sie marschierten erhobenen Hauptes. Sie blieben am Rand der Plattform stehen, schossen aber nicht gleich. Sei tauschten Sätze und Rufe in Englisch und in der Sprache der Eingeborenen aus, die der unter ihnen liegende Selmer in einem letzten Gewohnheitsreflex übersetzte, ohne es zu wollen und im übrigen auch, ohne ein Wort davon zu verstehen. Er ahnte die sich nähernden Gewehrläufe.

Vierzig kugelförmige Bleigeschosse mit einem Durchmesser von fünf Zoll bewegten sich nun mit einer Geschwindigkeit von fünfundzwanzig Metern pro Sekunde, gingen mit der Präzision eines Hagelschauers nieder und wühlten den Inselrand auf, wo sich die Söldner aufreihten. Da das Verhältnis zwischen den einen und den anderen etwas mehr als drei kugelförmige Geschosse pro Söldner betrug, blieb von letzteren, nachdem das Spektakel zu Ende war, nichts mehr übrig. Théo Selmer vernahm dieses gewaltige Geräusch, das er zunächst für das seines eigenen Todes hielt. Er wartete darauf, zu sterben, starb aber nicht und war außerordentlich überrascht. Diese Zugabe an Außerordentlichkeit, der unendlich viele Außerordentlichkeiten in immerhin relativ kurzer Zeit vorangingen, war für ihn zu viel des Guten. Er war überfordert und spürte sich in eine Art Koma entschwinden.

33

Das Taxi kurvte um die Place de la République und fuhr dann den Boulevard Saint-Martin hinauf. Abel sah die Grands Boulevards vorbeiziehen, lange, breite und fast gerade Asphaltbänder, sie waren von Bürgersteigen und allen möglichen Gebäuden, von Dingen und Leuten, von wenig Tieren gesäumt und wechselten alle vierhundert Meter ihre Namen. Diesen Namensänderungen schienen architektonische, ökonomische, klangbedingte und vielleicht sogar klimatische Stilveränderungen zu entsprechen. Von der Place de la République bis zur Place de la Madeleine folgte man so einem langsamen metamorphischen Prozeß, der immer wieder abrupt in Abschnitte zergliedert war. Die Namen dieser Abschnitte schienen den Besonderheiten ihrer Bewohner samt Zubehör nachgebildet. Italiens und Capucines, Bonne-Nouvelle und Poissonnière, die Namen schienen all das anzugeben und zu bezeichnen, was diese Boulevards wiederum an Gegenständen und Personen einschließlich Tieren verbargen. Die reichen Leute, das hatte Abel beobachtet, wohnten häufig in Straßen mit prachtvollen Namen, und die armen Leute mußten dafür häufig die schäbigen Bezeichnungen ausbaden. Abel fragte sich, ob eine Absicht dahinter stand, oder ob die Namen selbst, die in Bezug auf den ökonomischen Aspekt am Anfang zumeist neutral waren, im Laufe der Zeit, da sie unablässig mit der Anwesenheit oder Abwesenheit von Geld in Verbindung gebracht wurden, derart Armut oder Reichtum konnotiert hatten, daß sie dann auf etwas hindeuteten und schließlich bedeuteten.

Sie hielten in der Rue Mogador. Carrier wartete im Wagen. Abel ging in seine Wohnung hinauf und kam mit der Hutschachtel unter dem Arm wieder herunter. Das Taxi mußte nur ein paar Meter zurücklegen, um zum Boulevard Haussmann zu gelangen, dem sich Abel nun widmete. Unter dem patronymischen Aspekt, der ihn kurz zuvor beschäftigt hatte, stellte der Boulevard Haussmann einen Sonderfall dar, eine Art wissenschaftlicher Rarität. Genau wie der Eiffelturm, der neben seinem Eigengewicht den Namen des Mannes trägt, der ihn entworfen hat, trägt dieser Boulevard in der Tat den Namen des Mannes, der ihn geschaffen hat, was dazu führt, daß er sich selbst bedeutet und sich anders darstellt als ähnliche Verbindungsstraßen, deren Benennungen trotz ihrer großtuerischen, aber immer etwas verschwommenen magischen Beschwörungskraft nichts sind im Vergleich zu dieser objektiven, kühlen und unanfechtbaren Kennzeichnung dieses Namenszuges des Baron Haussmann auf der unteren und rechten Seite seines Boulevards. Im übrigen hätte man viele der angrenzenden Boulevards, die ebenfalls von diesem einen Baron geschaffen wurden und familiäre Ähnlichkeiten aufwiesen, ebenfalls mit seinem Namen taufen können und wahrscheinlich hatte man nur darauf verzichtet, um den Benutzer nicht irrezuführen.

Das Taxi setzte sie vor dem Square Louis XVI ab, von wo Abel Carrier bis zu einer hohen, doppelten und verglasten Tür folgte. Eine unverhältnismäßig große, in den Halbschatten getauchte Halle schien das ganze Erdgeschoß in Anspruch zu nehmen. Der Boden dieser Eingangshalle war mit einem so alten Teppich bedeckt, der sich so wunderbar seiner Oberfläche anpaßte, daß man sich zu Recht fragen konnte, wer für wen geschaffen wurde. Sie näherten sich einer Glasloge, in der ein kornblumenblau gekleideter Wärter über einem dicken, violett eingebundenen Buch nickte. Der Wärter riß sich nur mit Mühe von seinem Buch los und drehte seinen Kopf knapp ein Drittel zur Seite, als Carrier durch das Hygiaphon hindurch seinen Namen ausspuckte. Der Wärter öffnete seine Lider und die Plexiglasklappen ein wenig mehr und bat ihn, zu wiederholen.

– Carrier, wiederholte Carrier.

Der Zeigefinger des Wärters richtete sich auf als Zeichen, daß sie warten sollten, er krümmte sich als Zeichen der Aufforderung waagrecht in Richtung dreier niedriger Sessel, die am anderen Ende der Halle um ein Tischchen gruppiert waren, und führte sich dann in die Löcher einer Telefonwählscheibe ein, die er dreimal um sich selbst drehen ließ, bevor er mit einem dürren Fingerglied das Hygiaphon verschloß. Carrier überprüfte an den Lippen des Wärters die korrekte Übermittlung seines Namens, dann wandte er sich den Sesseln zu und durchquerte die Halle. Abel setzte sich nach ihm und neben ihn und stellte den Karton wie immer auf seine Knie.

Die Halle war ebenso leer und still wie weiträumig und dunkel. In ihr befanden sich nur diese Sessel, dieser Tisch und dieser Wärter, außerdem eine kleine Topfpalme, die am Ende als Grenzmarkierung diente und die wimmelnden Figurinen des Teppichs, der sie bedeckte. Von diesem Teppich stachen die wunderlichsten Einzelheiten ab, ohne Verbindung und Fortsetzung untereinander, ohne ersichtliche Logik und ohne daß es möglich gewesen wäre, dort, wo Abel sich befand, das Gesamtmotiv zu rekonstruieren oder überhaupt die Existenz eines Motivs zu erkennen. Vielleicht mußte man sich in die Mitte der Halle begeben, um diese zerstreuten Formen zusammenzufügen, um sie zu einer einzigen Form, und sei es auch nur eine Formel, zu verbinden. Abel ließ die zylindrische Schachtel mit den üblichen Vorsichtsmaßnahmen auf das niedrige Tischchen gleiten, stand auf, ging in die Mitte des Gewebes und achtete auf die Bilder, auf die er trat. Sie defilierten unter ihm vorbei, genau und benennbar, es waren eine Tulpe oder ein Delphin, ein offenes Buch und zwei überkreuzte Geigen, Kanonen, menschliche Gesichter, tierische Gestalten und Weintrauben. Obwohl jedes dieser Bilder für sich leicht erkennbar war, konnte Abel zwischen ihnen keinerlei logische Verbindung herstellen, weder eine der Ähnlichkeit oder der Entsprechung, noch der Kontinuität und der Kontiguität. Als er in der Mitte der Fläche angekommen war, versuchte er vergeblich, das Widersprüchliche auf einen Nenner zu bringen, es in einen verständlichen Gegenstand einzubeziehen, aber die Oberfläche war zu groß, um die entferntesten Motive erkennen zu können, ohne die wahrscheinlich keine allgemeine Bedeutung, kein sinnvoller Sinn wahrnehmbar war. Der Gegenstand wirkte paradoxerweise wie ein riesiges abstraktes Bild, das aus lauter gegenständlichen Elementen gebildet war. Abel setzte sich wieder.

In der Glasloge klingelte das Telefon. Der Wärter nahm ab, legte auf. Als Zeichen eines Signals klopfte sein Zeigefinger gegen die Scheibe, dann deutete er als Signal des Zeichens mit einer leichten Bewegung von unten nach oben in Richtung Fahrstuhl. Carrier stand auf.

Im zweiten Stock führte die Fahrstuhltür direkt zu einem Raum, der ebenso groß war wie die stille Halle, aber noch stiller als sie und heller. Ganz hinten war ein Tisch mit einem Mann dahinter, der eine Handbewegung machte. Abel und Carrier durchquerten den Raum, der so groß war, daß ihnen der Weg wie eine Reise vorkam. Als sie näherkamen, deutete der Mann hinter dem Tisch mit seinem Kinn in Richtung Abel.

– Abel Portal, kündigte Carrier an, er arbeitet mit mir zusammen.

Abel war kaum überrascht über diese schroffe und in gewissem Sinne zweifache Vorstellung, da er nicht nur dem Mann hinter dem Tisch vorgestellt wurde, sondern auch sich selbst, in seinem neuen Status und in seiner neuen Rolle. Er fühlte sich weder zu einem Spruch, noch zu einem Widerspruch genötigt. Das Seltsame war, daß sich unter seinem geordneten Leben ein anderes Leben verbarg, ohne daß er sich dessen gewahr wurde, und daß die Art, wie er bis jetzt sein Leben gestaltete, die Ordnung, die er sich auferlegte, nun eine neue Form annahm, einen ganz anderen Zusammenhang, als er ihm geben durfte, wollte und konnte. Sein Blick verweilte auf einem blauen, an der Wand befestigten Rechteck wie ein Vogel auf einer Stromleitung. Carrier symmetrisierte die Vorstellung.

– Monsieur Haas, sagte er mit der Stimme eines Fremdenführers. Wir arbeiten für ihn.

– Haben Sie die Filme erhalten? fragte Monsieur Haas.

Carrier durchwühlte seine Taschen und holte eine Spule heraus, die er ihm hinstreckte. Durch eine winzige Veränderung seiner Mimik lenkte Monsieur Haas seine Kinnbewegung auf einen Gegenstand, der wie eine antike Skulptur aussah oder wie ein Abdruck einer antiken Skulptur aus Stein oder Ton, die auf einen matten Metallstift montiert war und entfernt einen Kopf darstellte.

– Sie wissen, wie es funktioniert, sagte er.

Dann schwebte sein Blick in Abels Richtung und sein Ellbogen deutete eine verschwindend kleine Geste an, die bei diesem Mann, der offenkundig sparsam mit seinen Ausdrucksmitteln umging, möglicherweise als Hinweis auf einen Sessel zu verstehen war. Abel ging zu dem Sessel und ließ sich nieder. Hinter ihm machte sich Carrier an dem antiken Schädel zu schaffen, aus dem wie aus einem Leuchtturm plötzlich ein Lichtkegel drang, der beim Aufprall auf die gegenüberliegende Wand einen fahlen Fleck bildete. Carrier ging durch den Raum, schloß die Jalousien und zog die Vorhänge zu, und der Schatten wurde dichter, und der Fleck intensiver und kontrastreicher, bis er sich in ein leuchtendes Rechteck verwandelte, weiß und glatt wie ein unbeschriebenes Blatt. Ein unbewegliches, verschwommenes Bild erschien darauf, bewegte, verdeutlichte sich.

Der Film war in Farbe. Die Festeinstellungen waren sehr scharf, die Panoramaschwenks ein bißchen verwackelt, die Zoomeffekte etwas zu zahlreich. Man sah vor allem Personen, einzeln oder in Gruppen, vor der sonnigen Kulisse einer exotischen Landschaft, die von vier, von rechts nach links hüpfenden Känguruhs durchquert wurde. Carrier nannte die Personen in der Reihenfolge ihres Auftretens.

– Und Caine? fragte Monsieur Haas.

– Kommt gleich, sagte Carrier. Da ist er schon.

Eine Reihe von Einstellungen zeigte den gleichen Mann in verschiedenen Stituationen, wie er über einen Strand läuft, auf der Spitze eines Baumes mit sich selbst spricht, wie er gegen die Wand eines bizarren Gebäudes uriniert, des einzigen, das im Film zu sehen war. Abel runzelte die Haut seiner Stirn. Er hatte den Eindruck, diese Person schon einmal gesehen zu haben, ohne ausmachen zu können, wo und wann. Carrier wandte sich ihm zu.

– Kommt er Ihnen bekannt vor?

– Ich glaube, sagte Abel, aber ich bin nicht ganz sicher. Ich weiß nicht.

– Ein Freund einer Ihrer früheren Angestellten. Die, Carrier zögerte, die, bei der Sie die Schachtel gefunden haben. Sie sind ihm bestimmt in ihrem Umkleideraum begegnet, er kam hin und wieder vorbei.

– Carla? fragte Abel aufgeschreckt. Ein Freund von Carla?

Carrier antwortete nicht.

– Sie wissen, warum sie tot ist? fragte Abel mit geschrumpfter Stimme.

Carrier antwortete wieder nicht. Als er sich umdrehte, begegnete er zum ersten Mal dem Blick von Monsieur Haas und las in diesem Blick eine Antwort auf seine Frage, eine Antwort, die klarer, unanfechtbarer und endgültiger war als die unumstößlichsten Worte. Die Augen von Monsieur Haas schienen noch auf andere Fragen zu antworten, die Abel sich insgeheim stellte, und vielleicht sogar auf noch andere, die er sich nicht stellte. Schlimmer noch, dieser Blick schien ihm auf einen Schlag und für immer seinen Verstandeshorizont abzustecken, und sogar den Lebensraum, der ihm zugestanden wurde, er schien von ihm selbst Besitz zu ergreifen, die Bedingungen seines Überlebens zu diktieren und ihn unwiderruflich festzuschreiben, bis in seine Persönlichkeit, bis in seinen eigenen Körper hinein. Abel erschauerte, versank in seinen Sessel und konzentrierte sich wieder auf den Film, der gerade zu Ende ging.

– Gut, sagte Monsieur Haas. Von wann sind diese Aufnahmen?

– Sie wurden vor einer knappen Woche aufgenommen, sagte Carrier. Es dauert immer eine Weile, bis sie ankommen. Sie haben gesehen, sie sahen keineswegs beunruhigt aus. Es ist wahrscheinlich sehr gut gelaufen. Inzwischen müßte alles erledigt sein.

Er schaute auf seine Armbanduhr. Monsieur Haas begutachtete seine Fingernägel.

– Sollte es nicht heute stattfinden?

– Ja, sagte Carrier zögernd, nein gestern, man gerät ja völlig durcheinander mit dieser Zeitumstellung. Auf Dauer ist das ganz schön nervend.

– Wie weit sind wir mit dem Patillot-Projekt? fragte Monsieur Haas den Nagel seines rechten Daumens.

Carrier antwortete noch vor dem Fingernagel.

– Deshalb habe ich Portal mitgebracht, ich dachte, er dürfte der richtige Mann dafür sein. Er könnte mit Parkinson zusammenarbeiten.

– Wie Sie wollen, sagte Monsieur Haas. Aber arbeitet Parkinson nicht schon mit Poiret zusammen. Und was wird dann aus Poiret? Soll er allein arbeiten? Ich bitte Sie.

– Aber Monsieur, raunte Carrier mit verlegenem Gesichtsausdruck, Poiret sollte doch aussteigen, so viel ich weiß. Sie hatten doch selbst beschlossen, ihn in seinen Funktionen kaltzustellen.

– Entschuldigen Sie bitte, sagte Monsieur Haas, ich hatte es vergessen. Und, sagen Sie, haben sie an jemand Bestimmtes gedacht, um Poiret gänzlich kaltzustellen?

– Nun ja, wagte sich Carrier vor, um offen zu sein, ich hatte an Parkinson gedacht.

– Eine gute Idee, gab Monsieur Haas zu, eine gute und schlichte Idee. Dann wird er also Poiret ersetzen. Sie werden sehen, fügte er hinzu und blickte auf Abel, es wird Ihnen gefallen, mit Parkinson zu arbeiten, Sie werden es nicht bereuen. Er ist zuverlässig, man kann ihm vertrauen. Sind Sie schon informiert über die Arbeit?

– Noch nicht, schaltete sich Carrier dazwischen, ich wollte noch auf ihre Zustimmung warten.

– Sie haben sie, sagte Monsieur Haas mit einer unscheinbaren Bewegung des Handtellers.

Carrier drehte seinen Sessel zu Abel hin und legte sich die Stimme eines Schöffen zu.

– Es ist ganz einfach, schaltete er sich wieder ein. Es handelt sich um einen der Mitarbeiter von Monsieur Haas, um Monsieur Patillot. Monsieur Patillot ist der Erfinder und Besitzer und also der Hauptnutznießer einiger Patente, deren Herstellung und Vertrieb in Monsieur Haas' Händen liegen. Der Vertrag, der bei der Einstellung von Monsieur Patillot zwischen den beiden geschlossen wurde, sieht vor, daß für den Fall, daß Monsieur Patillot nicht mehr unter uns weilt, die gesamten Nutzungsrechte dieser Patente an Monsieur Haas fallen. Bis vor kurzem lief alles wie gewünscht: Monsieur Patillot setzte seine Forschungsarbeiten fort, reichte seine Patente ein, wie es sich gehört, und Monsieur Haas könnte Ihnen ein Lied davon singen, wie sehr er seine Mitarbeit schätzte.

Abel warf unwillkürlich einen Blick auf Monsieur Haas, der mit einer mikroskopisch kleinen Bewegung des Augenlides zustimmte.

– Aber leider, fuhr Carrier fort, hat die Produktivität von Monsieur Patillot, der allmählich alt wird, in den letzten Monaten beträchtlich nachgelassen. Kurz gesagt, er macht überhaupt nichts mehr und streicht noch immer einen beachtlichen Teil der Nutzungsrechte seiner alten Patente ein, der, um offen zu sein, in keinem Verhältnis zu seinen Bedürfnissen steht. Das ist zumindest die Auffassung von Monsieur Haas. Monsieur Haas hält diese Situation für bedauerlich, ja sogar ungerecht und, einfach gesagt, er möchte Konsequenzen ziehen, kurz, er will Patillot loswerden, habe ich mich klar ausgedrückt?

Abel bejahte.

– Ich war sicher, daß Sie mich verstehen würden, sagte Carrier, aber das ist noch nicht alles. Das Verschwinden von Monsieur Patillot hat noch einen anderen Vorteil. Wir werden dieses Verschwinden inszenieren. Wir werden das Gerücht in die Welt setzen, daß Monsieur Patillot sich mit wichtigen Papieren auf und davon gemacht hat, und natürlich werden wir auch die Gerüchte über diese Papiere schüren. Wahrscheinlich werden bald eine Menge Leute auftauchen, die durch dieses Gerücht angelockt und auf diese Papiere neugierig gemacht werden und diese auch gleich mit jenem verwechseln. Wenn wir diese Leute also auf einen Köder ansetzen, wenn wir sie mit seiner Hilfe zu Feinden machen, werden sie sich bald alle gegenseitig umbringen – das ist der Sinn der Sache – ohne sich die Zeit zu lassen, überhaupt zu prüfen, ob der Köder eine Finte war oder nicht. Es genügt, je nachdem, das Tempo zu verlangsamen oder zu beschleunigen, um sie auf Trab zu halten und ihnen die Zeit zu stehlen. Für gewöhnlich geht das immer sehr schnell, Sie werden sehen, es ist ganz einfach.

– Da wäre ich von allein nie drauf gekommen, sagte Abel.

– Das weiß man nie, sagte Carrier.

– Aber wer sind diese Leute? erkundigte sich Abel ohne allzu große Hoffnung. Warum wollen Sie, daß sie sich gegenseitig umbringen?

– Alle möglichen Leute. Leute, die lästig sind oder es werden könnten. Aber reden wir über das, was für Sie wichtig ist. Da es unser Ziel ist, eine möglichst große Zahl von Protagonisten in diese Geschichte zu verwickeln, ist es angebracht, möglichst viele falsche Fährten zu legen – im übrigen sind sie alle falsch und daher sind sie in gewissem Sinne auch alle wahr, aber ich schweife schon wieder ab. Wir werden also in diesen Kreislauf mehrere Exemplare von Patillots Papieren einschleusen. Genau darin besteht Ihre Aufgabe. Zur gegebenen Zeit werden Sie einige dieser Dokumente unter die Leute bringen. Eine einfache Sache.

– Es könnte aber doch sein, daß ich gar nicht weiß, wie man das macht, gab Abel zu Bedenken. Ich verstehe überhaupt nichts davon, ich habe keinerlei Erfahrung.

– Aber ja doch, sagte Carrier und zeigte auf die Hutschachtel.

– Ah, machte Abel.

Unter der Neutralität dieses Einsilbers verbarg sich eine

Gewißheit: Abel begriff inzwischen fast alles. Hinter dieser Gewißheit stand ein Fragezeichen. Die Hutschachtel enthielt zwei Elemente, ein Bündel Papiere und einen Würfel. Möglicherweise war das Bündel eine Attrappe, das war ihm jedoch egal; aber der Würfel, er hatte es selbst erlebt, er erinnerte sich noch genau, der Würfel konnte vibrieren. Kann man vibrieren und zugleich eine Attrappe sein? Und war das überhaupt die richtige Frage? Abel kaschierte diese Gedanken durch ein ausdrucksloses Gesicht und griff auf das Nächstliegende zurück.

– Ich kann nein sagen.

– Nein.

– Aber das kann man immer, sagte Abel.

– Nicht in Ihrer Situation, sagte Carrier.

– In meiner Situation, wiederholte Abel.

– Sie wissen, sagte Carrier, der 11. November.

– Ja, sagte Abel.

– Selbstverständlich werden Sie dafür bezahlt, präzisierte Carrier.

– Natürlich, sagte Abel und stand auf. Ich glaube, ich werde jetzt nach Hause gehen.

– Nun gut, dann bis Samstag, sagte Carrier. Bei mir, in Nanterre. Ich werden Ihnen Parkinson vorstellen.

Abel wandte sich zur Tür und sah die Hutschachtel zu seinen Füßen. Er griff danach, wie um sie zu grüßen, vielleicht auch um sie zu grüßen, und dann drehte er sie mechanisch, vielleicht auch nicht mechanisch, vorsichtig um. Da er mit dem Phänomen vertraut war, vernahm er den Auslöser und das leichte, durch die Bewegung ausgelöste Brummen, das die anderen, die zu weit entfernt und zu unaufmerksam waren, nicht wahrnahmen. Er deponierte das Paket, das noch immer auf seiner Oberseite ruhte und in sein vibrierendes Flüstern vertieft war, auf seinem Sessel und schaute auf Monsieur Haas.

– Monsieur Haas, in dieser Schachtel ist ein Objekt. Eine Art kleiner Würfel.

Monsieur Haas stimmte in seiner noch immer selbstgenügsamen Art durch einen verschwindend knappen Wimpernschlag zu.

– Es interessiert mich nicht, was das ist, ich wüßte nur gerne, woraus dieser Würfel gemacht ist. Es ist ein Stoff, den ich nicht kenne.

Monsieur Haas öffnete seinen Mund zu einem winzig kleinen Spalt, der sich zu einem dünnen Lächeln verzog und ein Quentchen Gelehrsamkeit abließ.

– Das ist der Stoff, aus dem die Träume sind, sagte Monsieur Haas.

– Ich verstehe, sagte Abel.

Und er machte sich auf den Weg.

Er benutzte die Treppe, um hinunterzugehen, und vom Treppenabsatz des ersten Stockwerks aus entdeckte er wieder die mit ihrem Teppich ausgekleidete Halle. Wie er erwartet hatte, war es nur durch einen Blick von oben möglich, das gesamte Motiv zu entdecken: es stellte ein riesengroßes, antikes und orientalisches Boot dar, eine Triere oder Pentere, die zugleich mit Segeln und Rudern ausgestattet und offenkundig wegen der Sintflut in See gestochen war. Auf ihren Dollborden waren tatsächlich bis zum Überquellen alle Arten von Gegenständen und alle Arten von Lebewesen versammelt, ein Gewimmel paarweiser Tiere, Reihen von Kräutern und Pflänzlingen, eine übermäßige Vollständigkeit an Sachen, eine strenge Auswahl all der Dinge, die sich auf der Erde finden. Was Abel zunächst für einen Wust verschiedenster Stoffe gehalten hatte, enthüllte sich nun als eine vollkommene Einheit, als ein sorgfältig und ordentlich zusammengestellter Katalog der Natur und der Kultur. Und diese Ordnung und dieses Boot, das schräg den Raum aus Hanf und Flachs durchquerte, hatten eine gewisse Ähnlichkeit mit Abels Leben; es war undurchsichtig und unklar, solange man auf dem Boden stand, und es erhellte sich mit neuer Logik, sobald man sich zu Haas in die oberen Etagen begab.

Die Kälte draußen tat ihm gut. Er ging langsam den Boulevard Haussmann hinunter, zwang sich, an nichts zu denken, und ging und dachte wie auf Eiern, in einer unbestimmten Erwartung.

Als er an der Ecke Rue du Havre angekommen war, hörte er eine Unruhe hinter sich, ein Geräusch. Er wandte sich nicht um. Und dann sah er Geschäftsleute auf den Schwellen ihrer Läden auftauchen, Anwohner sich in ihren Türrahmen aufpflanzen, Passanten vom Weg abweichen und auf die gleiche Stelle hinter ihm starren, und überall wurde herumgestanden, geredet, kommentiert, geantwortet und gefragt. Gas, behaupteten die einen; ein Kurzschluß, versicherten die anderen; beides zusammen, vermuteten die dritten. Abel ging weiter seines Weges, aber das wurde nun immer schwieriger, denn er mußte einer Ansammlung von Armen, Knien und Oberkörpern ausweichen, die jetzt in die Gegenrichtung, auf das vermutete Spektakel zuliefen. An der Ecke Rue Caumartin kamen wie ein Wirbelwind Feuerwehrleute und Polizisten, Sanitäter, Fotografen und Vertreter aller anderen Berufsstände, die das Unheil anzieht, angefegt. Die Rauchschwaden drangen nun schon bis zu ihm vor. Es war ein schwarzer, klebriger und wirkungsvoller Rauch. Die Leute husteten. Abel atmete tief durch.

Zum ersten Mal seit dem Morgen stieß die Sonne wieder durch die Wolken durch; das Licht tropfte auf den Bürgersteig und wurde hin und wieder vom zähen Rauch verschmutzt und verdeckt. Abel dachte an die Frauen der Rue Mogador, die in den kleinen Sonnenflecken stehend, nach ihren flüchtigen Liebhabern Ausschau hielten, und auf der Suche nach den Sonnenstrahlen immer wieder unmerklich ihren Standort auf dem Bürgersteig wechselten. Der Vorteil dieser Nachbarschaft war, daß er eine von ihnen kannte, die Noëlle hieß. Er kam auf die Idee, Noëlle aufzusuchen und mit ihr zu feiern, daß soeben seine Sorgen in Flammen aufgegangen waren. In Gegenrichtung zu der Menge, die nun immer dichter wurde und zur Étoile hochlief, bog Abel nach links ab und ging zur Trinité hinunter.

34

Die Insel befindet sich mitten im Pazifik, am östlichen Rand Mikronesiens, im Nordosten des Marshall-Archipels, gleich weit von Schanghai und San Francisco entfernt, oder, für die Eingeweihten, von Ning Po und Eureka. Ihr Bodenprofil ist uneben, ihre Form kreisrund. Ihre Fauna und Flora sind typisch für die ozeanische Tier- und Pflanzenwelt.

Im Augenblick läßt sich auf dieser Insel, von Théo Selmer und der oben genannten Fauna und Flora abgesehen, keinerlei Leben beobachten. Ein Staub- und Pulvergeruch schwebt hie und da noch in der Luft, und die Körper, die ihre Oberfläche übersäen, haben sich ihres Blutes noch nicht ganz entledigt; aus vereinzelten Schlagadern strömt es noch, in schwächer werdenden Stößen, und gerinnt sofort. Das Schweigen hat sich auf dieser Insel breitgemacht.

Théo Selmers Herz pulsiert regelmäßig, wenn auch langsam. Seine Luftröhre röchelt ein wenig, aber seine Atmung ist ebenfalls regelmäßig. Keine der Kugeln hat in seinem Körper eine entscheidende Verletzung verursacht; aber viele sind in seine Beine eingedrungen. Dennoch ist sein Zustand, bis auf die biologischen Vorgänge, schwer von einem posthumen Zustand zu unterscheiden; und im übrigen muß man wohl davon ausgehen, daß er überhaupt nicht denkt. Betäubt liegt er da, erschöpft vor Müdigkeit, Todesangst und dem vielen Rennen auf solchen Beinen.

Nach einer unermeßlichen und farblosen Weile, nach einer

Zeitlücke, einem Loch, öffnet Théo Selmer die Augen. Sogar für ihn ist es äußerst schwierig zu wissen, was er denkt, was er denken könnte, falls er dächte. Er erlebt dieses Aufwachen, dieses Auftauchen in einem Zustand der Gleichgültigkeit, der ihn noch immer ausfüllenden Leere, der Sprachamnesie. Sein Blick stellt sich auf einen Kieselstein ein, auf einen unter vielen Kieselsteinen, der direkt vor seinem Auge liegt. Oval und kreidehaltig, diese erste Wahrnehmung bedeutet seine Rückkehr in die Welt, sie ist wie ein Schöpfungsakt, ein Beweis; plötzlich überfällt ihn ein Anflug von Allmacht und Überlegenheit; als habe man einen Motor angelassen, einen Auslöser betätigt, taucht in ihm die Fähigkeit zu denken auf. Selmer deutet eine Bewegung an, seine Geste mißlingt und sein Kopf fällt in anderer Lage wieder auf die Kieselsteine zurück, seine Augen sind jetzt aufs Meer gerichtet. Wieder verstreicht eine Latenzzeit und sein Blick nimmt nun etwas anderes wahr als einen Kieselstein. Ein großer Gegenstand ruht auf dem Wasser, genau vor ihm. Ein Boot, denkt Selmer, ein Schiff. Er freut sich, daß er in der Lage ist, einen Gegenstand mit zwei Worten zu bezeichnen; dies erscheint ihm als der Beweis, daß er seine Sprache wiedererlangt hat. Dann freut er sich noch, aber das ist schon zwiespältiger, daß er die Kraft hat, sich zu fragen, ob er nicht auf Grund seiner Geschwächtheit ein Opfer seiner Einbildungskraft geworden sei.

Ob eingebildet oder nicht, das Boot läßt sich beschreiben. Es ist ein großer Schoner mit zwei Brücken, wie man sie im achtzehnten Jahrhundert baute. Die drei Masten halten eine Unmenge eingeholter Segel, die kleine, an den Rahen festgeklammerte Figuren, einzureffen versuchen. Die Breitseiten des Segelschiffes sind auf ihrer ganzen Länge von zwei Reihen rechteckiger, mit Kanonen versehener Öffnungen durchlöchert, aus denen noch fahlblaue und graue Rauchschwaden ziehen. Das kupferne Gefunkel des Galions läßt die Umrisse seiner Figur unscharf erscheinen; schräg senkt sich unter ihr die Ankerkette ins Wasser. Théo Selmer müht sich ab, dieses

Amalgam aus Leinen und Holz, Kupfer, Kanonen und Seilen, das zweihundert Meter vor seinen Augen schwebt, in allen Einzelheiten zu erkennen.

An Bord des Amalgams sind Figuren zu sehen, die mit Hilfe von Seilrollen ein Beiboot ins Wasser lassen. Vielleicht wird man ihn abholen, vielleicht auch nicht; er weiß nicht, was ihm lieber ist. In einer Anwandlung aus Trotz, Bequemlichkeit, Mißtrauen, Vertrauen und einer gewissen Gleichgültigkeit läßt er sich wieder in seine Betäubung zurücksinken. Er läßt seinen Kopf wieder auf die Kieselsteine fallen, er schließt die Augen: er überläßt sich seinem Schicksal.

Man nähert sich, legt an. Man trägt ihn, legt ihn auf den Boden des Beiboots. Man rudert, hebt ihn hoch, trägt ihn wieder, legt ihn hin, kleidet ihn aus, verarztet ihn. Man läßt ihn schlafen, geht weg. Er öffnet die Augen. Im Halbschatten um ihn herum ist alles aus Holz, aus beruhigendem Material. Er schließt wieder die Augen, schläft ein, läßt den Schlaf über die Welt siegen. Er schläft.

Er schlief zwei Tage und eine Nacht. Dann erwachte er, stand auf, verließ die Kabine und irrte eine Zeitlang durch die dunklen Eingeweide des Schiffes, bis er einen Ausgang entdeckte; an der Spitze einer Leiter befand sich eine Falltür, die in die widerspenstige Luft, in den beharrlichen Himmel, auf das ewige Meer hinausführte. Ein Schwindelgefühl überfiel ihn, dem ähnlich, das er vor Jahren in Venedig empfunden hatte, nachdem er endlos in einem verwirrenden Netz enger Gäßchen umhergeirrt war und durch eine von ihnen plötzlich auf den riesigen Sankt Markus Platz getrieben wurde, als stürzte er in einen horizontalen Abgrund. Er richtete sich auf, stand mit beiden Beinen auf den Holzplanken der Brücke. Eine Unzahl geblähter Segel, die durch ein schräges und senkrechtes Mastwerk, durch Stage, Wanten und Halsen auf dem Schoner befestigt waren, trieben das Schiff, diesen fahrbaren Wald, mit einer Geschwindigkeit voran, die in keinem Verhältnis zu seiner Größe und seiner Beschaffenheit stand.

Das Meer rundherum war unerhört leer. Kein anderes Boot, kein Land trübten seine Oberfläche. Da er weder die Geschwindigkeit, noch den Kurs des Schiffes, noch die Dauer seines Schlafes bestimmen konnte, hatte Théo Selmer keine Idee, in welchem Teil der Welt er sich befand – eine seltene Situation.

Rund um ihn war die Besatzung zu Gange: Gelbe, Schwarze, Blonde, Kahlköpfige und andere, die blaue Kappen und ockerfarbene Schiebermützen trugen. Einige kümmerten sich um die Ersatzsegel, falteten ein Bramsegel, nähten ein Kreuzbramsegel oder säumten ein Oberbramsegel. Andere wuschen gemütlich die Brücke. Himmelwärts, einsam mitten im verwirrenden Netz des Mastwerks, und beweglich und rothaarig wie eine in Ungnade gefallene oder als Reserve dienende Galionsfigur, tauchte ein Profil der Schiffswache aus einem breiten, gebogenen Faß auf, das am Fockmast befestigt war. Unter ihm, am Fuß des Mastes, steckte ein großer weißhaariger Araber Stecknadeln mit farbigen Köpfen auf eine riesige, an einer Kojenwand befestigte Seekarte.

Bis auf die schweigsame Schiffswache sprachen die Matrosen miteinander. Alle ihre kurzen, vom Meer gedämpften Sätze, in denen die wunderlichsten Worte wie Fetzen aus verschiedenen Sprachen zusammengewürfelt waren, wirkten wie Knoten, wie eine Anhäufung von Bedeutungen mit einer besonderen und einzigartigen Anordnung, die für immer verschwand, sobald sie ausgesprochen war. Selmer lauerte noch einen Augenblick diesen komplizierten und vergänglichen Zeichen auf und die Bemühung, sie zu übersetzen, rief ihm das ganze technische Marinevokabular, eine erschreckende Flut von Worten, wieder ins Gedächtnis. Dann ging er zum Schiffsbug.

Eine Frau stand dem Meer zugewandt neben dem Ankerbalken. Sie sprach mit einem ziemlich betagten Mann, der einen schmucken Bart und eine Uniform der Handelsmarine trug. Die Frau war jung, blond und hatte ein weißes Kleid an;

sie zeigte auf einen Punkt am Horizont, und in der untergehenden Sonne wirkte diese Geste wie stilisiert, fast allegorisch. Sie wandte sich um, entdeckte Selmer und ging auf ihn zu. Sie begrüßten sich, nannten ihre Vornamen, Rachel, Théo, der Kapitän verschwand. Ja, sagte Théo, Arbogast habe ihm von ihr erzählt.

Sie fragte ihn, ob er gut geschlafen, ob er nicht Hunger habe und ob ihm nicht seine Wunden weh täten. Er antwortete mit maßlos optimistischen Bekundungen; sie lächelte.

Sie setzten sich auf eine an der Brücke festgeschraubten Holzbank. Nachdem sie das Purpurstadium durchschritten hatte, wurde die Sonne milder, orangefarben. Théo erzählte, was sich auf der Insel zugetragen hatte, aber er hielt sich kurz, er konnte es noch nicht wirklich fassen, die Worte kamen ihm nur schwer über die Lippen. Alles erschien ihm unendlich weit entfernt, weggehobelt und eingeebnet, als hätten dreißig Stunden Schlaf eine Bannmeile errichtet, eine Grenzmauer gezogen, als gestatte sein Leben seinem Gedächtnis jenseits davon keinen Zugriff mehr. Vielleicht, dachte er, wurde diese einebnende Wirkung von der Bewegung des Schiffes verursacht, durch sein eigenwilliges Stampfen. Das erinnerte ihn an den Außenborder, an Arbogast.

– Ich mochte Arbogast ganz gerne, sagte er, es täte mir wirklich leid, wenn er tot wäre.

– Ich glaube nicht, daß er tot ist. Bei ihm würde mich das wundern.

Das Licht steuerte auf safrangelb zu, überschritt die Schwelle zum Manganbraun und Théo schlief wieder ein.

Er träumte, daß ihn ein Schiff nach Toulon führe, wo er geboren war. Er ging an Land und setzte sich direkt am Hafen auf die Terrasse des Neptunia. Ein Kellner, der so ernst und rothaarig war wie die Schiffswache, kam und legte eine Flasche vor ihn hin, in der das Miniaturmodell eines Schiffes schwebte. Théo beugte sich über die Flasche und entdeckte sich selbst, wie er winzig klein auf der Brücke des Schiffes stand und mit einer Kanone auf noch viel kleinere fliegende Fischlein schoß, die beim Davonhuschen gegen die Wände des Glases stießen; aber ein schlecht gezieltes Geschoß zerbrach die Seitenwand der Flasche, die sich rasend schnell und stoßweise, im Rhythmus des Herzschlags entleerte und das Meer strömte durch die Öffnung und bildete einen Strudel, der bald das schiffbrüchige Schiff verschlang, und die Matrosen strandeten auf dem Tisch der Bar, strampelten und zappelten auf der Bakelitfläche, öffneten und schlossen zuckend ihren Mund und hatten erstickte Augen wie an Land gezogene Fische.

Er erwachte auf seinem Bett, in seiner Koje, von Schweiß bedeckt, erschöpft und kaum seinem Traum entrissen. Er stand auf und ging zu dem kleinen Bullauge; die Dunkelheit hing nur noch an einem dünnen Faden, sie drohte das Gleichgewicht zu verlieren, war dabei, sich aufzulösen. Er schlief wieder ein.

Am nächsten Morgen traf er Rachel wieder auf der Brücke.

– Ich habe lange geschlafen.

Er wollte auf seine Armbanduhr schauen, legte sein Handgelenk frei. Das Glas war zerbrochen, die Zeiger verbogen, die Feder rührte sich nicht.

– Ich hing auch nicht allzu sehr an ihr, sagt er.

– Sie können in Kanton eine neue kaufen, sagte Rachel. Wir werden in zwei Wochen dort sein.

Selmer löste den Verschluß des Armbands und warf sie über Bord. Er stellte sich das langsame Absinken seiner Uhr vor, wie sie immer dunklere und immer weiter vom Himmel entfernte Wasserschichten durchquerte und sich schließlich sanft und anachronistisch auf der versandeten Brücke einer spanischen Galeone niederließ, falls sie nicht vorher von einem tiefschwimmenden und gierigen Tier geschnappt wurde.

– Kommen Sie, sagte Rachel, gehen wir essen.

Im Speisesaal herrschte eine schattige Helle. An den Wänden hingen Gemälde. Nicht alle Tische waren besetzt, die

Matrosen aßen nicht unbedingt alle zur gleichen Zeit. Diejenigen, die da waren, sprachen ruhig und halblaut in einer vollkommenen Geruchsharmonie, in der sich das Essen, das Wachs und das Salz vermischten. Es herrschte eine Stimmung wie am Strand des Meeres, obwohl man sich in seiner Mitte befand. Sie setzten sich an ein Fenster.

– Wenn Sie mich in Kanton absetzen würden, könnte ich versuchen, von dort aus nach Hause zu kommen.

– Wie Sie wollen, sagte Rachel. Wo werden Sie hingehen?

– Ich weiß es noch nicht genau. Ich werde es mir überlegen.

– Sie haben noch Zeit.

– Und Sie, fragte Théo, wohin fahren Sie von dort aus?

– In Richtung Norden, sagte Rachel. Zum Nordpol, so nah wie möglich. Der Kapitän ist einverstanden.

– Warum?

– Einfach so.

– Sie werden frieren, gab Théo zu bedenken.

– Der Frachtraum ist voll mit Pelzen.

– Ja, nahm er ihre Worte auf, natürlich, der Frachtraum ist voll mit Pelzen, mit Säcken voller Goldstücke und Diamanten, mit Truhen aus Elfenbein oder Edelhölzern voller Perlen und Saphire.

Sie lächelte.

– Ganz genau.

– Ich weiß nicht, sagte Théo, vielleicht habe ich doch Lust, mit Ihnen zu kommen.

– Wie Sie wollen, sagte Rachel.

Und dann beendeten sie ihre Mahlzeit, und dann erhoben sie sich.

Als sie den Speisesaal verließen, blieb Théo vor den Wandgemälden stehen. Die meisten stellten Landschaften dar, die übertrieben realistisch wiedergegeben waren. Eines der Bilder stellte einen Mann und eine Frau vor einer verwirrenden Landschaft dar. Ein anderes zeigte das Meer, das schräg von einem großen Segelboot durchquert wurde.

Als Théo aus dem Halbschatten wieder auf die Brücke kam, stach das grelle Außenlicht wie ein Messer in seine Augen. Er wühlte in seinen Taschen und fand die Sonnenbrille, die Arbogast ihm geliehen hatte. Ein Glas war zerbrochen, wahrscheinlich zur gleichen Zeit wie die Uhr, bei seinem Sturz am Strand. Er würde sich daran gewöhnen müssen, die sonnenbestrahlte Welt bis Kanton zweigeteilt zu sehen; wahrscheinlich bekäme er in Kanton auch eine Brille. Théo schaute zum Himmel empor.

Zwei Wochen später trafen sie in Kanton auf Arbogast, der den Ozean auf dem Außenborder und auf nur ihm allein bekannten Wegen überquert hatte. Vera war bei ihm. Sie gingen an Bord, das Schiff legte ab.

Zwei Monate später, nachdem sie das Chinesische und Japanische Meer durchquert haben und am Ochotskischen Meer vorbeigekommen sind, nachdem sie zu ihrer Rechten die Riukiu-Inseln und die Kiuschu-Insel und zu ihrer Linken die Urup- und die Uturup-Inseln hinter sich gelassen haben, kommen sie in Sichtweite der Aleuten, die wie Rosenkranzperlen bogenförmig auf dem Wasser zwischen Dutch-Harbour und Ust-Kamtschaktska aufgereiht sind. Es ist kalt und der Himmel ist wolkenlos, als das Schiff, das jetzt dem Verlauf des Meridians von Greenwich in Richtung Nordpol folgt, die Aleuten-Untiefe zwischen siebentausend Metern Wasser und hunderttausend Metern Luft durchfährt. Die Sonne ist kraftvoll, aber sie wirkt wie eingefroren, wie von der arktischen Luft gelähmt.

Mit seiner neuen Brille auf der Nase schaut Théo wieder in den Himmel empor. Es ist früh am Morgen. Es sind kaum Menschen auf der Brücke bis auf einen alten, schlaflosen Matrosen. Er windet ein Seil um sich, das auf dem Boden die Form eines breiten, flachen Kuchens annimmt. Rachel hat ihren Ellbogen auf dem Steuerruder aufgestützt und schaut in das Kielwasser. Auch sie trägt eine Sonnenbrille. Théo geht zu ihr. Sie sehen sich durch vier Gläser hindurch an. In dem

Augenblick, als ihre Gesichter sich näherkommen, stoßen ihre Brillengestelle aufeinander und verursachen ein kleines Plastikgeräusch, das winzig klein, nur für sie wahrnehmbar ist und im Tosen des Wassers, das unter ihnen auseinanderstiebt, untergeht.

Sie bleiben so stehen, fast regungslos. Wir entfernen uns. Ohne sie aus den Augen zu lassen – sie werden kleiner – entfernen wir uns, bis wir das ganze Schiff und das Meer rundherum in unserem rechteckigen Blickfeld haben. Man kann dieses Schauspiel mit Musik unterlegen. Man kann auch den Originalton des Ozeans aufzeichnen, der bei unserem Höhersteigen leiser wird, bis er in Stille übergeht. Das Bild bleibt stehen.

Das Schiff durchschneidet schräg das Bild. Es teilt das Meer wie ein Skalpell, und hinter ihm schließt sich das Wasser wieder, und die weißen Schaumkronen des Kielwassers verlaufen sich, werden nach seiner Durchfahrt schwächer, und das Wasser beruhigt sich allmählich, bis es seine unruhige, furchige Glätte wiedererlangt und so im Zeitraffertempo die Heilung einer Wunde zeigt, den Prozeß der Vernarbung.